ངའི་ལག་པའི་སྐྱེང་ཡོད་སི །

ཀ་ར་ཏ་ལ་ཀ་མ་ལ་

Translated to Tibetan from the English version of Lotus on my Palm

Devajit Bhuyan

Ukiyoto Publishing

འཛམ་གླིང་ཡོངས་ཀྱི་གསལ་བསྒྲགས།

Ukiyoto Publishing

2024 ལོའི་ཟླ 4 ཚེས 4 ཉིན།

ISBN 9789362698919

རྩོམ་པ་པོ།: སྐུ་མགྲོན།

www.ukiyoto.com

དེབ་འདི་ནི་Śrīmanta Śaṅ karadeva དང་འཛམ་གླིང་ཡོངས་ཀྱི་མི་རྣམས་ལ་བསྔོ་འབུལ་བྱས་ཡོད། །
དེ་ཚོས་བསམ་བློ་བཏང་བའི་ནང་། ཁྱི་དང་སེའུ་དང་སེའུ་གཉིས་ཀྱི་སེམས་ཉིད་ནི་དཀོན་མཆོག་གཅིག་པུ་ཡིན་པ་དེ་རེད། །

(Kukura Shrigalo Gadarbharu Atma ram, janiya xabaku koriba pranam)

གཙོ་བོ་དཀོན་མཆོག་ནི་ཁྱི་དང་བོང་བུ་དང་བོང་བུ་རྣམས་ཀྱི་སེམས་ཉིད་ནང་དུ་བཞུགས་ཤིང་།

དེ་ནི་སྲོག་ལྡན་ཐམས་ཅད་ལ་བརྩེ་བཀུར་བྱེད་པ་ཡིན་ཞེས་པའོ། །

Srimanta Sankardev (1449-1568)

ནང་དོན།

སྔོན་སྒྲིག

Srimanta Sankaradeva ནི་༡༤༤༩ ལོར་ཨ་སོམ་གྱི་ན་གྲོན་རྫོང་དུ་སྐྱེས་ཤིང་།

རྒྱ་གར་གྱི་བྱང་ཤར་ཕྱོགས་ཀྱི་ས་གནས་ཞིག་ཏུ་སྐྱེས་ཤིང་།
ཁོ་ནི་རྒྱ་གར་གྱི་རྒྱ་གར་གྱི་རྒྱ་གར་གྱི་རྒྱ་གར་གྱི་རྒྱ་གར་གྱི་རྒྱ་གར་གྱི་རྒྱ་གར་གྱི་རྒྱ་གར་གྱི་རྒྱ་གར་གྱི་རྒྱ་གར་གྱི་རྒྱ་གར་གྱི་རྒྱ་གར་གྱི་རྒྱ་གར་
གྱི་རྒྱ་གར་གྱི་རྒྱ་གར་གྱི་རྒྱ་གར་གྱི་རྒྱ་གར་གྱི་རྒྱ་གར་གྱི་རྒྱ་གར་གྱི་རྒྱ་གར་གྱི་རྒྱ་གར་གྱི་རྒྱ་གར་གྱི་རྒྱ་གར་གྱི་རྒྱ་གར་གྱི་རྒྱ་གར་གྱི་རྒྱ་གར་གྱི་
རྒྱ་གར་གྱི་རྒྱ་གར་གྱི་རྒྱ་གར་གྱི་རྒྱ་གར་གྱི་རྒྱ་གར་གྱི་རྒྱ་གར་གྱི་རྒྱ Sankaradeva

ཆུང་དུས་ནས་རང་གི་ཕ་མ་རྣམས་ཤྲག་སྟོར་བ་དང་།   ཕྱུ་གུ་དེ་འཚར་ལོངས་བྱེད་པའི་འགན་ཁུར་དེ་ཁོའི་ཨ་མ་ལ་ཕོག་པ་དང་།
ཁོ་མོས་ལས་འགན་དེ་ཧ་ཅང་ལེགས་པར་བྱས་སོ ||

ཆུང་དུས་ཀྱང་སན་ཀཱ་ར་གྱིས་སེམས་དང་ལུས་ཀྱི་ནུས་ཤུགས་ཆེན་པོ་བསྟན་པ་རེད །

དུས་སྐབས་འདི་ཙམ་ལ་ཡང་རང་བྱུང་གི་སྐོར་གྱི་སྐོར་གྱི་སྐོར་གྱི་སྐོར་གྱི་སྐོར་གྱི་སྐོར་གྱི་སྐོར་གྱི་སྐོར་གྱི་སྐོར་གྱི་སྐོར་གྱི་སྐོར་གྱི་སྐོར་
གྱི་སྐོར་གྱི་སྐོར་གྱི་སྐོར་གྱི་སྐོར་གྱི་སྐོར་གྱི་སྐོར་གྱི་སྐོར་གྱི་སྐོར་གྱི་སྐོར་གྱི་སྐོར་གྱི་སྐོར་གྱི་སྐོར་གྱི་སྐོར་གྱི་གནས་ཚུལ་ཞིག་བྱུང་
སན་ཀར་རྡེ་ཕའི་ཐོག་མའི་བརྩམས་ཆོས | སློབ་གྲྭའི་ཉིན་མོ་དང་པོ་ལ་བྲིས་པའི་བརྩམས་ཆོས |

ཀ་ར་ཏ་ལ་ཀ་ **ཨ་ཡ་ཏ་ཡ་ན་ཞེས་པའི་**སྐད་དག

“কৰতল কমল কমল দল নয়ন।

ভব দব দহন গহন-বন শয়ন ॥

নপৰ নপৰ পৰ সতৰত গময়।

সভয় মভয় ভয় মমহৰ সততয়॥

খৰতৰ বৰ শৰ হত দশ বদন।

খগচৰ নগধৰ ফনধৰ শয়ন॥

জগদঘ মপহৰ ভৱ ভয় তৰণ।

পৰ পদ লয় কৰ কমলজ নয়ন॥

(Karatala Kamala Kamaladala Nayana ལས་སྒྱུར་འོག)

Bhavadava dahana gahana vana sayana

Napara Napara Para Satarata Gama གླིག་འཇུག་བྱས་ཚད | ཐེངས10 ལས་ལྷུང་བ | ཐོན་རིམ5.7.1 ནང་དུ་ཚོད་ལྟ་བྱས་ཟ

Sabhaya Mabhaya Bhaya Mamahara Satataya གླིག་འཇུག་བྱས་ཚད | ཐེངས10 ལས་ལྷུང་བ | ཐོན་རིམ5.7.1 ནང་དུ་ཚོད་ལྟ་བྱས་ཟིན | ས 1 སྔོན་ལ་གསར་བཅོས

Kharatara varasara hatadasa vadana

Khagachara Nagadhara fanadhara Sayana ཀོད་ཡིག

Jagadagha mapahara bhavabhaya tarana

Parapada layakara kamalaja nayana [རྩོམ་པ་པོ: Parapada layakara kamalajanayana]

སྙན་ངག་གི་ཁྱད་དུ་འཕགས་པའི་གནད་དོན་ནི། སྙན་ངག་གི་སྒྲ་དབྱངས་ནི་སྒྲ་དབྱངས་ལས་གྲུབ་པ་ཞིག་ཡིན་ཞིང་། སྙན་ངག་གི་སྒྲ་དབྱངས་ནི་ཐོག་མར་མ་གཏོགས་གཞན་གང་ཡང་མེད། རྒྱུད་ནི་Sankaradeva སློབ་གྲྭ་ནང་ལོ་ན་རྒས་པའི་སློབ་ཕྲུག་མང་པོ་མཉམ་དུ་བཞག་ཡོད་པ་ཡིན་ཏེ།

ཁོ་ཚོར་སྙན་ངག་ཞིག་འབྲི་དགོས་པའི་བཀའ་བཏང་ཡོད། ཁོ་ནི་ཨ་སྡེ་གེའི་སྐད་ཡིག་ཐོག་མར་སྦྱངས་ཟིན་པ་ཡིན་ནའང་། ཁོ་ནི་དེའི་རྗེས་སུ་འབྲངས་སོ།

དེའི་འབྲས་བུས་གཙོ་བོ་ཀྲྀ་མཆོག་གི་ཁྱད་ཆོས་ལ་བསྔོ་འབུལ་དང་འགྲེལ་བཤད་བྱས་པའི་སྙན་ངག ཧ་ཅང་མང་མོ་ཞིག་རེད། Srimanta Sankaradeva ནི་Assamese མི་སྡེ་སྲོལ་རྒྱུན་གྱི་ཕ་རེད།

ཁོ་ནི་ཨ་སེམ་སྐད་ཡིག་གི་དེང་རབས་བཟོ་མཁན་གྱི་ཕ་མེས་ཞིག་ཀྱང་ཡིན། ཁོ་ནི་སན་སག་རིའི་སྐད་ཡིག་ནས་བྱུང་བ་ཡིན་པས།

Srimanta Sankardeva ནི་རྒྱ་གར་གྱི་སྤྱི་ཚོགས་དང་ཆོས་ལུགས་ཀྱི་རྩ་བ་ནས་བསྒྱུར་བ་ཆེན་པོ་ཞིག་རེད། དུས་རབས་༡༥ ལོར་རྒྱ་གར་དུ་ཡོད་པའི་ཆོས་ཀྱི་རིག་གཞུང་ཐམས་ཅད་ཞིབ་འཇུག་བྱས་ཤིང་།

རྒྱ་གར་གྱི་ཆོས་ལུགས་ཀྱི་ཆོས་ལུགས་གསར་པ་ཞིག་ལ་ཁྱབ་བསྒྲགས་བྱས་ཤིང་།

རྒྱ་གར་གྱི་ཆོས་ལུགས་ཀྱི་སྲོལ་རྒྱུན་ལས་གྲོལ་བའི་Eka Saranan Naam Dharma

ཞེས་པའི་ཆོས་ལུགས་ཤིག་ཀྱང་ཁྱབ་བསྒྲགས་བྱས་པ་ཡིན།

ཁོང་གིས་དཀོན་མཆོག་གི་མཚན་ནས་སེམས་ཅན་དམར་མཆོད་ལ་ངོ་རྒོལ་བྱས་ཤིང་། དེ་ནི་ཧིན་དུ་ཆོས་ཀྱི་ནང་དུ་ཁྱབ་ཡོད་དོ།

ཁོང་གིས་ཡང་ཧིན་དུའི་སྲོལ་རྒྱུན་གྱི་མི་རིགས་ཀྱི་ལམ་ལུགས་ལ་ངོ་རྒོལ་བྱས་ཤིང་།
མི་རིགས་དང་དད་ལྡན་གྱི་ཐོག་ནས་འགྲོ་བ་རྣམས་གཅིག་ཏུ་འདུས་ཐབས་བྱས་པ་ཡིན།

ཁོང་གི་སྙན་གྲགས་ཅན་གྱི་ཚིག་མཛོད་Kukura Shrigala Gordoboru atma Ram, janiya sabaku koriba pronam: meaning dog***, fox, donkey, everyone 's soul is Rama, so respect everyone.*** དེས་མི་རྒྱུད་ཀྱི་རང་བཞིན་དང་མི་རྒྱུད་ཀྱི་རང་བཞིན་ལ་ཁྱབ་པ་ལྟར། སྐྱབས་མགོན་ཡེ་ཤུས་འདི་སྐད་དུ། སྡིག་པ་ལ་***སྡང་བར་མི་བྱའོ།། སྡིག་པ་ལ་སྡང་བར་མི་བྱའོ།།***

Srimanta Sankaradeva

གིས་བསྟན་པའི་ལམ་གྱི་རྗེས་སུ་ངས་ཨ་སེམ་སྐད་དུ་སྙན་ངག་གི་དེབ་གསུམ་བྲིས་པ་ཡིན། འདི་ཚོ་ནི་"Karatala Kamala", "Kamala Dala Nayana" དང་"Borofor Ghor" ཡིན་པ་མ་ཟད།

སྐད་ཡིག་གི་མཚོན་རྟགས་ཡིན་པའི་ཀླུ་ར་གང་ཡང་མ་བཀོད། འདི་ནི་"Lotus on my palm"

ཞེས་པའི་དོན་ཞིག་ཡིན། འདི་ནི་ངའི་དེབ་Karatala Kamala

ཞེས་པའི་སྐད་ཡིག་གི་སྐད་ཡིག་གི་སྐད་ཡིག་གི་སྐད་ཡིག་གི་སྐད་ཡིག་ཡིན།

དེབ་འདི་སྐད་ཡིག་ནང་སྐད་ཡིག་ནང་བསྒྱུར་བ་ནི་སྐད་ཡིག་ནང་སྐད་ཡིག་གི་དོན་དང་
གོང་ས་མཆོག་གིས་བཀའ་སློབ་སྩལ་བ། གོང་ས་མཆོག་གིས་བཀའ་སློབ་སྩལ་བ།

______Devajit Bhuyan

ངའི་ལག་པའི་སྙིང་སོད་ནི །

མི་རྟོག་གི་ཤིང་སྡོང་གི་འོག་ཏུ་སན་ཀར་ཊེ་ཝ་གཉིད་ཁུག་འདུག
ཉི་མའི་འོད་ཀྱིས་ཁོའི་གདོང་ལ་འོད་འཚེར་བར་བྱེད །
རྒྱལ་པོས་དེ་མཐོང་ནས་ཉི་མའི་འོད་ཀྱིས་སྣན་ཀར་ལ་གནོད་སྐྱོན་བཏང་བ་རེད་བསམས་སོ །
ཤིང་སྡོང་གི་དོང་ནས་མར་བབས་ཏེ་གྲིབ་ནག་བཟོས་སོ །
གྲོགས་པོ་དང་ཉེ་འཁོར་གྱི་མི་ཚོས་དེ་མཐོང་ནས་ཚང་མས་ངོ་མཚར་བར་གྱུར་ཏོ །།
Sankardeva ནམ་མཁའི་བྱིན་རླབས་ཐོབ་པའི་དཀོན་མཆོག་
ཁོང་གིས་ཨ་སྦེགའི་ཆ་ཤས་ཆ་ཚང་མ་སྐྱུངས་པའི་སྔོན་དུ་ཁོང་གི་སྐད་ངག་གི་ཐོག་མ་བྲིས་སོ །
མི་ཚོས་སེམས་ཀྱི་གཏིང་ནས་ཁོང་གི་ཡི་གེ་ལ་དགའ་བ་དང་། ཁོང་ལ་བསྟོད་བསྔགས་འབུལ་འགོ་ཚུགས་སོ །
འོན་ཀྱང་སེམས་ཅན་དམར་མཆོད་འབུལ་མཁན་བླ་མ་ཚོས་དྲི་བ་མང་པོ་འདྲི་བ་དང་།
རྒྱལ་པོས་སྣན་ཀར་ཊེ་ཝ་ལ་བསད་པའི་བཀའ་རྒྱ་གནང་ནས །
ཁོ་ཡི་ལུས་པོ་བཅག་ཐབས་ཀྱི་ཆེད་དུ་སྒོ་བུར་དུ་སྒོ་བུར་དུ་སྒོ་བུར་དུ་སྒོ་བུར་དུ་བསད་དོ །
'མ་དཀོན་མཆོག་ག མ་ལ་བས་''འ ༀ །།
ལོ་༡༠ ལྷག་རིང་། སན་ཀཱ་ར་གྱིས་ཤེས་ཡོན་སྦྱང་བའི་ཆེད་གནས་དམ་པར་སོང་ངོ་།
ཁོང་གིས་འོད་གསལ་དུ་ཕྱིར་ལོག་བྱས་ཤིང་། ཨ་སོམ་སྐད་དུ་ནམ་ཡང་འཆི་བ་མེད་པའི་ཚིག་མང་པོ་བྲིས་སོ །
ངའི་ལག་པའི་སྙིང་གི་སོད་ཏུ ། ཨ་སོམ་གྱི་མི་ཚོས་ད་དུང་ཡང་གཅེས་པོ་ཡོད ། དེ་ནི་ནམ་ཡང་འཆི་བ་མེད་པའི་ལས་ཤིག་ཡིན །
ཁོང་གིས་འཛིག་རྟེན་གྱི་བྱམས་བརྩེ་དང་སྨུན་ཟླའི་སྐོར་གྱི་ཆོས་རྣམས་ཨ་སམ་ལ་ཕྱུག་པོར་བཟོས་སོ །

Sankardeva ཆོས་ལུགས །

བྲམས་བརྩེ་ནི་འཇིག་རྟེན་གྱི་དངོས་པོ་ཡིན །
བྲམས་བརྩེ་ནི་ལས་བཟང་པོ་ཞིག་རེད ། དཀའ་སྡུག་ནི་མ་ཡིན །
སེམས་ནི་གཙང་མ་ཡིན་ན ། བྲམས་པའི་ལམ་ནི་འཇམ་པོ་རེད །
སྤྱོད་ལམ་དྲང་པོ་དང་བྲམས་བརྩེ་ལྡན་པ་ཐམས་ཅད་ནི་ཆོས་བཟང་པོ་ཡིན །
ཅོག་པ་ཟ་བའི་སྐབས་ཆོས་དང་བྲམས་པའི་ལམ་ནི་མཚམས་འཇོག་བྱེད །
གཞན་གྱི་ཆོས་ལུགས་ནི་ཚ་བ་དང་ངན་པ་ཡིན་ཞེས་ང་ཚོས་རྟག་ཏུ་བརྗོད་ཀྱི་ཡོད །
གཞན་གྱི་བསམ་ཚུལ་ལ་བརྩི་བཀུར་དང་བཟོད་བསྲན་བྱ་རྒྱུ་མཚམས་འཇོག་བྱ་དགོས །
དེའི་རྐྱེན་གྱི་ཆོས་ལུགས་ནི་མ་ཤེས་པ་དང་མནར་གཅོད་ཀྱི་ཡོ་བྱད་དུ་འགྱུར་བ་དང་།
བྲམས་བརྩེ་ནི་བརྗོད་རྒྱུར་ཧ་ཅང་དྲུངས་པོ་རེད ། འོན་ཀྱང་རྗེས་སུ་འབྲངས་རྒྱུར་ཧ་ཅང་ཁག་པོ་རེད །
དེས་ན་ཆོས་ཀྱི་ཆོས་དེ་རྩ་ངན་ལྟར་ནམ་ཡང་ཁྲབ་མི་ཐུབ །
འདོད་པ་དང་འདོད་མོས་ཀྱི་སྒོ་ནས་ཆོས་ཀྱི་མཆོད་པར་འགྲོ་མཁན་
འོན་ཀྱང་སན་ཀར་ཊེ་ཝའི་ཆོས་ལུགས་ནི་རྗེས་སུ་འབྲངས་རྒྱུར་ཧ་ཅང་འཇམ་པོ་རེད ། ཁྱོད་ཀྱིས་གང་ཡང་མི་དགོས་སོ །
ཆང་འཐུང་རྒྱུ་ནི་ཐར་ལམ་མིན་པ་དང་། སེམས་ཅན་སྐྱོན་མེད་རྣམས་གསོད་རྒྱུ་མིན་ནོ །
འཇིགས་སྣང་དང་འདོད་ཇམ་ནི་ལས་ཀ་དང་འཚོ་བའི་དམིགས་ཡུལ་མ་ཡིན །
བྲམས་བརྩེ་དང་བྲམས་བརྩེ་གཅིག་པུ་ནི་བདེན་པའི་ཆོས་ཀྱི་མདའ་ཡིན །
མ་དངུལ་དང་། འདོད་ཇམ་དང་། འདོད་ཇམ་དང་། འདོད་ཇམ་དང་། འདོད་ཇམ་བཅས་ནི་ཆོམས་པའི་ལམ་ཞིག་མིན །
སན་ཀར་ཊེ་ཝའི་གསུང་བཤད ། འདོད་མོས་མེད་པར་སྨོན་ལམ་གྱིས་ཐར་པ་ཐོབ་པོ །

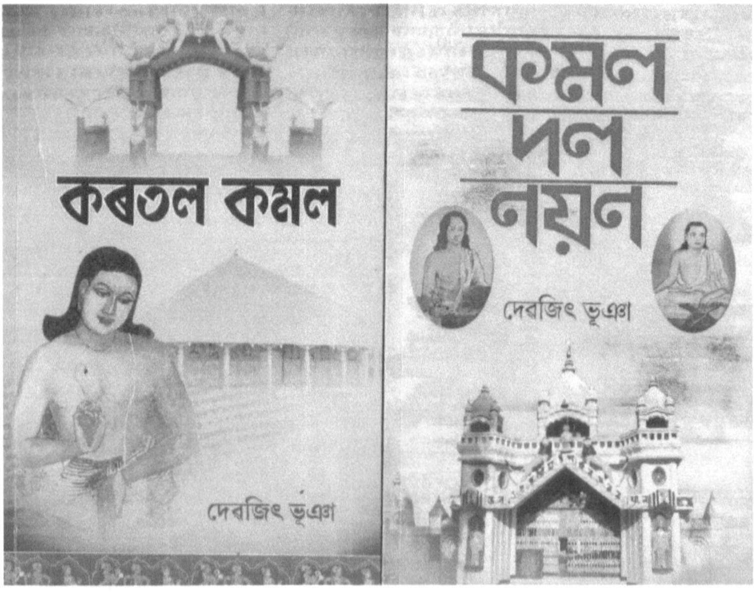

ཆོས་ལུགས་ཀྱི་འགྲེལ་བཤད །

དཀོན་མཆོག་ཁོང་གིས་མི་ཡི་ལུས་པོ་བཀོད་གནང་ནས །
ང་ཚོས་དེ་ལྟ་བུའི་ནུས་ཤུགས་ལྡན་པའི་མི་ཚེ་བསྐྱེལ་དགོས་པ་ཡིན །
ཁོ་ཡི་རྐང་པའི་སྟེང་དུ་ཡོད་ཀྱི་མེ་ཏོག་བཞུར་ནས་གསོལ་བ་འདེབས་པར་བྱ །
དུས་ཀྱི་མདའ་དེ་ཁོའི་འདོད་མོས་ལྟར་མཚམས་འཛོག་བྱེད་པ་དང་སྲོག་ཐམས་ཅད་རྫོགས་པར་བྱེད་དོ །

རྒྱལ་པོ་ཧྣ་ས་ར་ཐའི་ཁྱིམ་དུ་སྐྱེས་པའི་གཙོ་བོ་ར་སྨ་ཞེས་པའི་སྤྱན་ "ཧྣ་ར་ཧྣ"
རམ་ཡིས་བྱམས་བརྩེ་དང་གུས་ཞབས་དང་རང་མོས་ཀྱི་ལམ་སྟོན་བྱས་པ་ཡིན །

བོད་ཀྱི་དུས་བབ། > གསར་འགྱུར། > གསར་སྙིང་། >
རྡི་ཀྵ་ལི་དུས་ཆེན་ནི་བཟང་པོའི་རྒྱལ་ཁ་དང་ངན་པའི་རྒྱལ་ཁ་ལྟར་སྲུང་བརྩི་བྱེད །
རམ་སྨ་ཁྱིམ་དུ་ལོག་ནས་ར་ཝན་ན་མེད་པར་བཟོས་པ་དང་། དེ་ནི་ངན་པ་དང་ལོག་གཡེམ་གྱི་མཚོན་རྟགས་ཡིན་ནོ །
གཞི་བརྩུགས་བྱས་པའི་བདེན་པ་ཉིད་དང་། ཁྱིམས་ཀྱི་མངའ་ཐང་དང་། དངོས་པོ་ཐམས་ཅད་ཀྱི་ཆ་སྙོམས་དང་།
སྙོ་གཏད་དང་བྱམས་བརྩེ་བཅས་ཀྱི་སྒོ་ནས་
རམ་ལ་བསྙེན་བཀུར་བྱེད་མཁན་སན་ཀར་ཊེ་ཕའི་ཆོས་ཉིད་ནི་གཅིག་མཚུངས་ཡིན །
ཨ་སོམ་གྱི་མི་ཚོས། ད་ལྟའང་སན་ཀར་ཊེ་ཝ་གྱིས་བསྟན་པའི་ལམ་དེ་བསྲུང་གི་ཡོད །
མི་རིགས་ཀྱི་བདུད་རྩི་དང་། དད་སེམས་ཀྱི་བདུད་རྩི་དང་།
ཆོས་ལུགས་ཀྱི་སྣང་སེམས་ཀྱི་བདུད་རྩི་ནི་སན་ཀར་ལྷ་ཡི་ཡུལ་དུ་མི་སྐྱེ་ལེན་ནོ །
ཁོང་གི་ཆོས་དང་སློན་ལམ་གྱི་ལམ་ལུགས་བརྒྱུད་ནས། ཁོང་གི་ཆོས་ནི་གསལ་པོར་མངོན་ནོ །

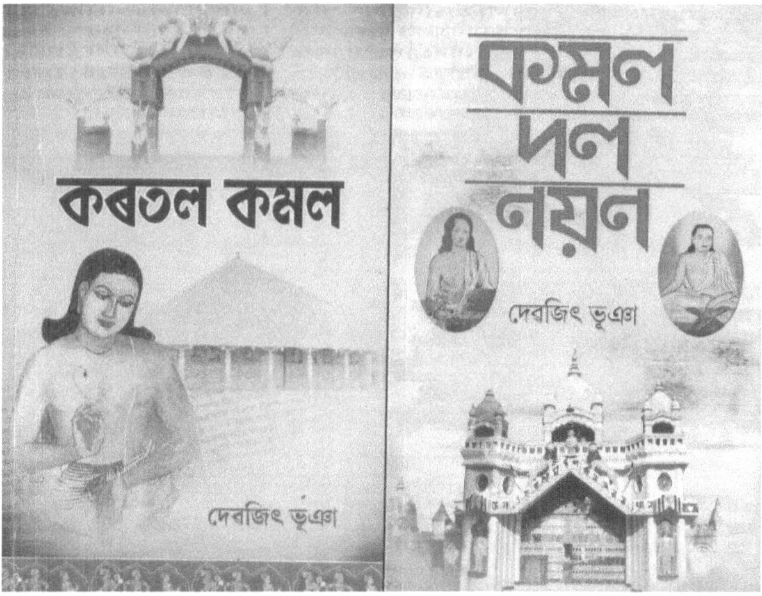

Sankardeva ཤྐར་ཡང་ཡོང་དགོས་

སན་ཀར་ཏེ་ཕྱིས་ཨ་སོམ་ལ་ཆོས་ཀྱི་གཞི་རྩ་སློབ་སྦྱོང་བྱེད་ཕྱིར་ཕྱིར་ཕྱིར་ལོག་བྱེད་དགོས་སོ།
དཀའ་སྡུག་དང་རང་བྱུང་གི་ཆ་ཤས་ཤིག་གིས་རང་བྱུང་གི་འཕེལ་རྒྱས་ལ་སྐྱེ་འཁྲིད་བྱས་པས། དེས་ཕོ་ནར་མེད་པར་བཟོ་ཐུབ་པོ།
རང་གི་ཡུལ་ནང་ཆོས་ཀྱི་དབྱེ་ཁག་དང་། མི་སྡེ་དང་ཁྱད་ཆོས་ཀྱི་དབྱེ་ཁག་དང་།
ཁོང་གི་ཆོས་ཉིད་ལས་གཞན། མི་སྡེའི་ནང་ཡོད་པའི་སྡང་སེམས་དང་དབྱེ་བ་རྣམས་མེད་པར་བཟོ་ཐུབ་པོ།
ཁོང་གི་བཞུགས་གནས་ཀྱིས་ཨ་སོམ་དང་རྒྱ་གར་གྱི་མི་མང་ཚོའི་སྡུག་བསྔལ་མང་ཉོས་མེད་པར་བཟོ་རྒྱུ་ཡིན།
སན་ཀར་ཏེ་ཝ་ཕྱིར་ལོག་བྱེད་དགོས་པ་དང་། ཨ་སོམ་ཤྐར་ཡང་འཛམ་གླིང་ནང་འོད་ཟེར་འཕྲོ་བར་འགྱུར་རོ།
ཁོང་གི་ཁྲུས་གསོལ་དང་རྗེས་འབྲང་པ་འགྱུར་བའི་ལམ་ལུགས་ནི་འཛིག་རྟེན་ཡོངས་ཀྱི་
མི་རྣམས་ཀྱི་བསམ་ཚུལ་བསྒྱུར་བ་གཏོང་རྒྱུ་དང་། སྲུན་ཟླའི་མཐུན་ལམ་ཡར་རྒྱས་གཏོང་རྒྱུ་ཡིན།
ཁོང་གི་མཆོད་ཁང་ན་མག་ཧར་ཞེས་པའི་མཆོད་ཁང་དེ་མཐོ་ཚད་གསར་པ་ཞིག་ཏུ་འགྱུར་རོ།།
ཆོས་ལུགས་ཆུང་ཆུང་གི་འགྲེལ་བཤད་ཀྱི་མིང་དུ་ཡོད་པའི་ཁྱད་པར་དང་རྩོད་རྙོག་རྣམས་མེད་པར་འགྱུར།
Assamese མི་སེར་གྱི་སེམས་ཉིད་སྒོ་ཕྱེས་པ། རྒྱ་ཆེར་འགྱུར་བ་དང་།
མི་སེར་གྱི་མི་སེར་རྣམས་མཉམ་འབྲེལ་བྱེད་པར་འགྱུར།
འཛམ་གླིང་གི་སྤྱི་ཚོགས་དང་སྲོལ་རྒྱུན་གྱི་གནས་སྟངས་ཀྱིས་ནམ་ཡང་དབྱེ་བའི་སྤྲིན་ནག་པོ་མཐོང་མི་ཐུབ།

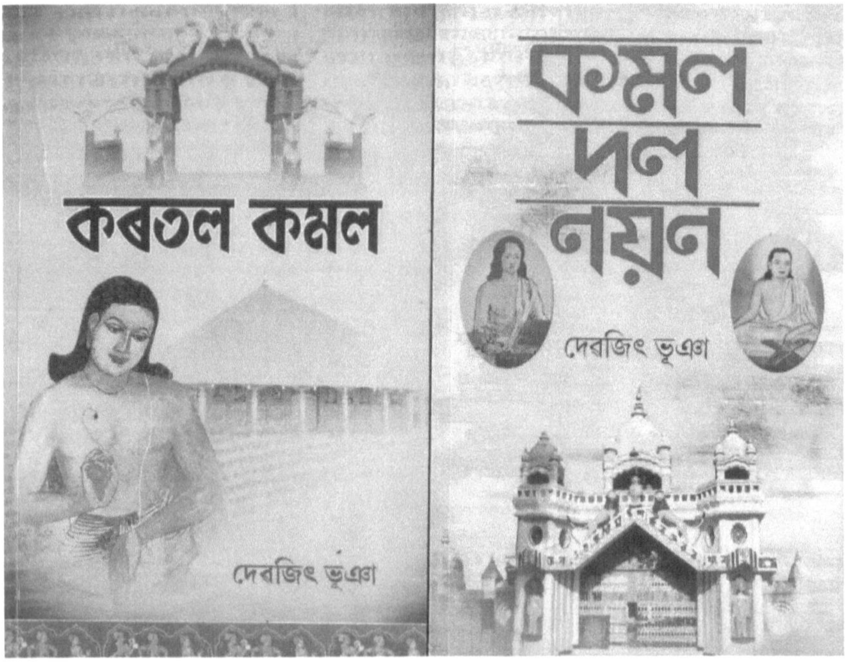

Sankardeva ཆོས་ལུགས །

ད་ལྟ་ང་ཚོ་ལོད་ཀྱི་ཀྲང་པ་Sankardeva
འཛམ་གླིང་ཡོངས་ཀྱི་སློབ་ཕྲུག་ཞིག་ཏུ་འགྱུར་རོགས །
Sankardeva ཆོས་ལུགས་ནི་ཧ་ཅང་དྭངས་པོ་རེད །
དཀོན་མཆོག་ནི་ཁྱད་དུ་འཕགས་པ་ཞིག་ཡིན་པ་དང་ཁོང་ནི་མངོན་གསལ་ལས་འདས་པ་ཞིག་ཡིན་ཞེས་ཁོང་གིས་གསུངས །
དེ་ནི་དཀོན་མཆོག་གི་ཐུགས་རྗེ་ལ་བརྟེན་ནས་བྱུང་བ་ཡིན །
འོན་ཀྱང་སེམས་གཙང་མའི་ངང་ནས་དཀོན་མཆོག་ལ་གསོལ་བ་འདེབས་པ་ནི །
དཀོན་མཆོག་ནི་གནས་གང་རུང་དུ་བཞུགས་ཤིང་། དུས་གང་རུང་དུ་སྨོན་ལམ་འདེབས་པའོ །
བྱམས་བརྩེ་ཙམ་མ་ཟད ། སེམས་ཅན་རྒྱལ་ཁབ་ཐམས་ཅད་ཀྱང་ཆོས་ཀྱི་བདེན་པ་ཡིན །
ཁྱོད་ཚོར་ཕན་ཐོག་ཡོད་པའི་ཕྱིར །

Sankardeva ནང་གི་ཇོ་སྐོལ་

སེམས་ནི་རྟག་ཏུ་ཉམས་ཆུང་དང་ཉམས་ཆུང་ཡིན།
Sankar ལམ་དུ་འགྲོ་རྒྱུ་ནི་ཧ་ཅང་དཀངས་པོ་རེད།
ཀུན་དུས་སུ་དམྱལ་དང་རྒྱ་ནོར་གཉིས་ཀ་ཞི་བདེའི་འབྱུང་ཁུངས་སུ་མི་འགྱུར་རོ། །
ཁྱེད་རང་གཅིག་པུ་འགྲོ་དགོས་ཀྱང་ཁྱེད་རང་ཉེ་འགྲམ་དུ་ཡོད་ན་ཡང་།
གཞོན་ནོན་སུ་ཞིག་གིས་ཀྱང་རང་གི་ཁྱིམ་དུ་གཏམ་གླེང་བྱེད་འདོད་མི་འདུག
སྡུག་བསྔལ་འདི་ལ་ཟད་མཐའ་མེད་པ་སྣམ། །
མཐའ་མའི་ཉིན་མོ་དག་གི་རིང་ལ་ཅིའི་ཕྱིར་མི་གཞན་ལ་སེམས་ཁྲལ་བྱེད་དམ།
སེམས་གཏིང་ནས་སྨོན་ལམ་འདེབས་པ། སེམས་གཏིང་ནས་སྨོན་ལམ་འདེབས་པ།
དོན་དམ་དུ་སན་ཀར་གྱི་ཡི་གེ་རྣམས་ཐར་པའི་ལམ་སྟོན་བྱེད་པར་འགྱུར།

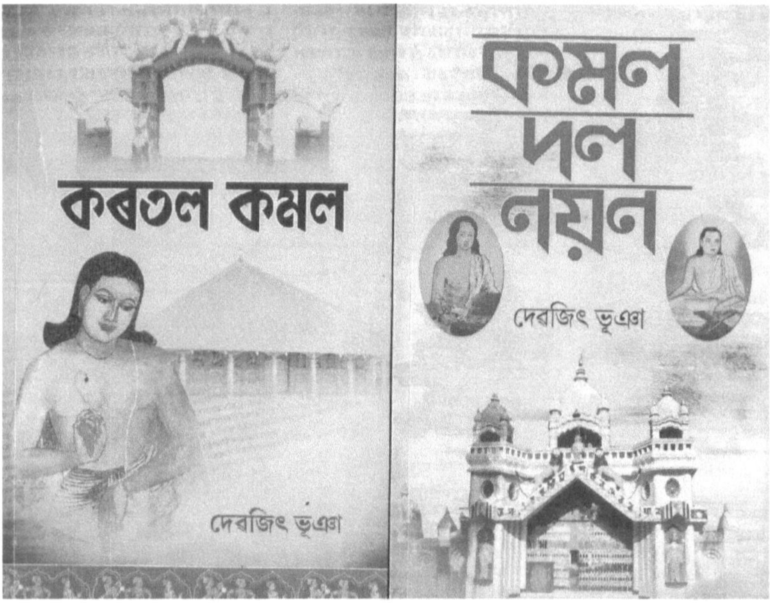

Sankardeva འཚོལ་བཞིར་མཐའ་འབྲས་ཐོག་ཏོས།

ཡོད་ཀྱི་ལག་ཏུ་
ང་ཀྲང་རྩེད་ལ་འགྲན་བསྡུར་བྱེད་
"khot khot" ཞེས་པའི་སྒྲ་
Sankardeva སླེབས་པའི་རྟགས་མཚན་ཡིན།
དེ་ནས་ཐུགས་སྲས་རྣམས་ཤིན་ཏུ་དགའ་བར་གྱུར་ཏོ།།
Sankardeva སྒྲིག་འཛུགས་བྱས་ཚད། ཐེངས་10 ལས་ཞུང་བ། ཐོན་རིམ་5.7.1 ནང་དུ་ཚོད་ལྟ་བྱས་ཟིན། ཟླ 6
ཚོན་ལ་
སྐར་ཁྱུང་རྩོམ་སྒྲིག་པ།_08/03/2020
ཐུགས་སྲས་རྣམས་ཁོང་གི་འོད་སྣང་མཐོང་ནས་ཧ་ལས་པ་རེད།
ཁོང་གི་ཞལ་ནས་སྨོན་ལམ་འདེབས་འགོ་ཚུགས་སོ།
ཁོང་ཚོས་ནམ་མཁའི་དགའ་སྟོན་ངང་ནས་སན་ཀར་ཊེ་ཝའི་ཞབས་ལ་རེག་པ་
སློབ་ཕྲུག་ཚོའི་མི་ཚེ་ལ་ལམ་སྟོན་བྱུང་ཡོད།
སན་ཀར་ཊེ་ཝ་ཡིས་ཁོ་ཚོར་དེང་རབས་དང་དྭངས་གསལ་ཆོས་ཀྱི་ཆེད་དུ་ཁྲུས་གསོལ་བྱས་པ་ཡིན།
སན་ཀར་ཊེ་ཝའི་ཆོས་ཀྱི་རིམ་པ་བཞིན་དུ་ཁྱབ་སྒྲགས་བྱས་པ།
ཨ་སོམ་གྱི་ནམ་མཁའ་དང་རླུང་དང་ཁྱིམ་རྣམས་ཁོང་གི་མགུར་མ་ལེན་འགོ་ཚུགས་སོ།
ཨ་སོམ་གྱི་སྤྱི་ཚོགས་སྲོལ་རྒྱུན་གྱིས་ལམ་སྲོལ་གསར་པ་ཞིག་བསྐྲུན་ཡོད།

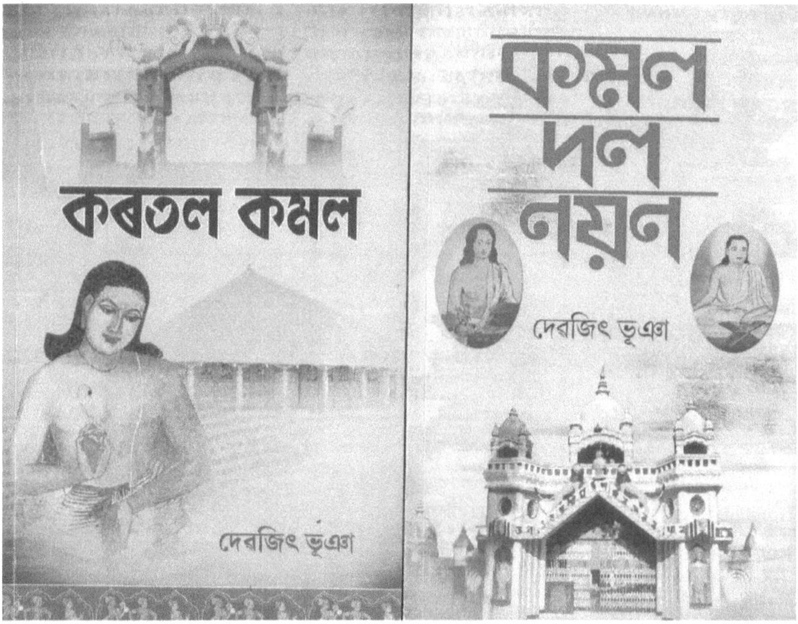

ཀུན་སྐྱིའི་སློབ་དཔོན་སན་ཀར་ཌེ་ཝ

Sankardeva ནི་མི་ཚེའི་ཆེད་དུ་ཀུན་གྱི་སློབ་དཔོན་ཞིག་རེད།
ཁོ་ནི་བཟང་པོ་དང་། འདྲ་མཉམ་དང་། སེམས་ཉིད་ཀྱི་མཚོན་རྟགས་ཡིན།
Unaided adm རོགས་མེད། གྲོགས་མེད། = གཞན་སུ་དང་གང་གིས་ཀྱང་རོགས་འདེགས་ལ་མ་བརྟེན་པའི།
སན་ཀར་ཊེ་ཕའི་དུས་རབས་ཀྱི་མི་ཞུང་ཙམ་མ་གཏོགས་མཐོང་མི་ཐུབ།
དཀོན་མཆོག་གཅིག་པའི་ཡི་གེ་དང་། སྨོན་ལམ་དང་སྨུན་ཟླའི་ཡི་གེ་བཅས་ཀྱི་ཁྱབ་སྒྲགས་
མི་རྣམས་ཀྱི་སེམས་ཀྱི་མུན་པ་སྨུར་དུ་ཡལ་བར་འགྱུར།
འདོད་ཇམ་ཅན་དང་དྲག་རྩུབ་ཅན་གྱི་མི་ཚོས་རང་གི་དྲན་ཤེས་སླར་གསོ་ཐུབ་
སན་ཀར་ཊེ་ཝ་ནི་དུས་རབས་ཀུན་གྱི་རྩོམ་པ་པོ། མདོ་ཆེན་ཆེན་ཆེན་པོ།
ཁོང་གི་རྩོམ་པ་ཚོ་ཧ་ཅང་མྱུར་དུ་འཕེལ་བ་དང་། ཨ་སེམ་གྱི་སྲོལ་རྒྱུན་གྱི་རྒྱབ་སྐྱོར་དུ་འགྱུར་རོ།།
Sankardeva གྱི་མཐོང་སྣང་ནི་མི་ཡི་མཐོང་སྣང་ཙམ་ལ་மட்டுப்படுத்தམི་ཐུབ།
འཛམ་གླིང་འདིའི་ནང་ཡོད་པའི་སྲོག་ཆགས་ཐམས་ཅད་ཀྱི་སྲོག་ཆགས་ཡིན།
Sankardeva, Assamese རྒྱལ་ཡོངས་ཀྱི་དཀོན་མཆོག་

ཨ་སོམ་གྱི་གསེར་

ཧ་ཛ་རད་ཀྱི་ཁྱིམ་དུ་ཨ་རིབ་རྒྱལ་ཁབ་ཞིག་ཡོད །
དྲི་ཞིམ་ནི་ཁོང་གི་སེམས་དང་ཆོས་ཀྱི་སྙིང་པོ་ཡིན །
སའོ་དི་ཨ་རིབ་ཡ་ནས་སྐྱེས་པའི་ཆོས་ལུགས་གསར་པ་ཧ་ཛར་ཏ་ནི་ལུང་སྟོན་པ་ཞིག་རེད །
དཀོན་མཆོག་གཅིག་པུར་མ་གཏོགས་གཞན་ལ་བསྙེན་བཀུར་མི་བྱེད་པར ། དཀོན་མཆོག་གཅིག་པུར་བསྙེན་བཀུར་མི་བྱེད་པར །
ཆོས་ལུགས་མ་མཐུན་པའི་ཆོས་ལུགས་གསར་པ་སྒྱུར་དུ་དཀོན་མཆོག
ཧྣ་ཡི་ཆོས་ལུགས་ནི་ལོ་རེའི་ཆོས་ལུགས་ཞིག་ཏུ་འགྱུར་རོ ॥
ཆོས་ལུགས་གཞན་གྱི་རྩོད་རྟོག་དེ་མགྱོགས་པོར་འགོ་ཚུགས་སོ །
ཆོས་ལུགས་ཀྱི་བཟོད་བསྲན་མེད་པའི་རྐྱེན་གྱིས་དམག་འཁྲུགས་བྱུང་བ །
ཆོས་ལུགས་ཀྱི་རྩོད་རྟོག་གི་རྐྱེན་གྱིས་འཇིག་རྟེན་གྱི་མི་རྣམས་སྡུག་བསྔལ་ཆེན་པོ་མྱངས་ཞིང་།
ཨ་རབ་མིན་པའི་འཇིག་རྟེན་གྱི་མི་ཚོས་སྡུག་བསྔལ་གྱི་ཆེད་དུ་སོ་ནམ་དའི་སྐྱོན་བརྗོད་བྱས་
Sankardeva ཆོས་ལུགས་ཐམས་ཅད་ཀྱི་ཁྲིད་དུ་སྤུན་ཟླའི་ཆེད་དུ་ཆོས་སྒྲོག་པ །
ཡང་ཆོས་ལུགས་ཀྱི་རྗེས་འབྲང་པ་རྣམས་ཀུང་ཁོང་གི་རྗེས་འབྲང་པ་ཏུ་གྱུར་
ཨ་སོམ་དུ་དམག་འཁྲུགས་དང་འཁྲུག་རྩོད་གང་ཡང་བྱུང་མེད །
སྤྱི་ཚོགས་མཉམ་རུབ་ཀྱི་ཆེད་དུ་
སན་ཀར་ཊེ་ལྷ་ནི་ཨ་སད་ཀྱི་གསེར་ཡིན་པར་ངོས་འཛིན་བྱས་ཡོད །

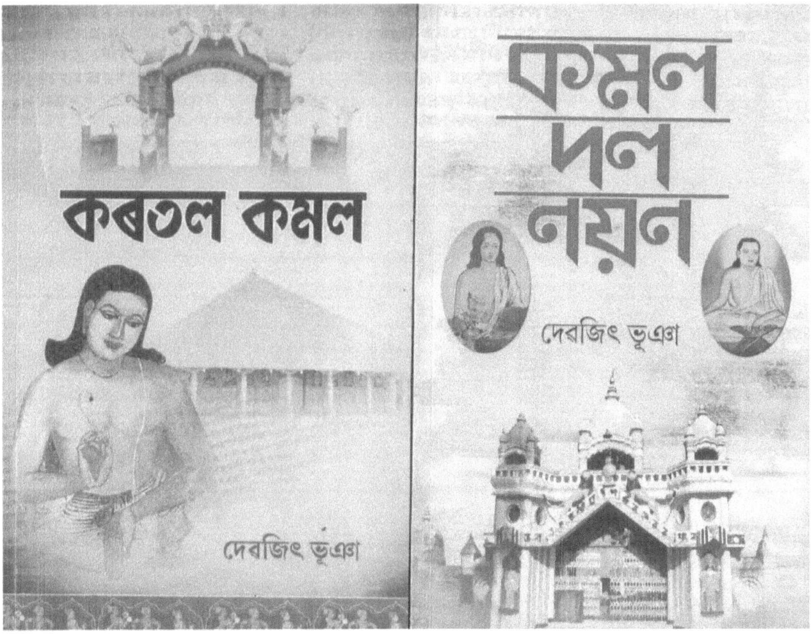

Brindavani Bastra (སྐུད་པ་) by Sankardeva

ཁོང་གི་ཐུགས་སྲས་རྣམས་དང་མཉམ་དུ་ཤན་ཀར་ཏེ་ཝ་གྱིས་གོས་ཆེན་ཞིག་གྲོན་འགོ་ཚུགས་སོ།
ཚང་མས་དགའ་སྟོན་ཆེན་པོའི་དགའ་སྟོན་ལ་དགའ་བ་རེད།
གཙོ་བོ་ཀྲྀ་མཆོག་གི་གཏམ་རྒྱུད་འདི་གོས་དུམ་བུ་གཅིག་ནང་བཀོད་ཡོད།
འཛམ་གླིང་ཡོངས་ཀྱིས་Brindavani Bastra གྱི་མཛེས་སྡུག་ལ་བལྟས་ནས་ངོ་མཚར་ཆེན་པོ་བྱུང་ངོ་།
གོས་ཀྱི་དུམ་བུ་འདི་ཨ་སེམ་གྱི་གོས་དང་གོས་ཀྱི་ཚོང་འབྲེལ་གྱི་ཚོད་པན་དུ་གྱུར་པ།
སྐབས་རེ་སྐབས་རྒྱལ་པོས་ཨ་སོམ་ལ་ཕེབས་ནས་སྲིད་སྐྱོང་པ་ཞིག་ཏུ་གྱུར་པ་དང་།
Brindavani Bastra ལོན་ཊོན་དུ་འཁྲིད་
དེ་ནི་ད་དུང་ཡང་རྒྱལ་ཁམས་ཀྱི་ཁང་མིག་ནང་འོད་འཚེར་བཞིན་ཡོད།
དེ་ནི་སན་ཀར་ཊེ་ཝ་དང་ཨ་སམ་གྱི་སྐུ་སྲུང་བ་རྣམས་ཀྱི་གཟི་བརྗིད་ཡིན།

ཧ་ནི་སེམས་ཡིན།

ཨ་སོམ་གྱི་མི་ཚོའི་ཆེད་དུ་སན་ཀར་ཊེ་ཝ་ནི་སེམས་ཀྱི་རྒྱལ་པོ་གསར་པ་ཞིག་ཏུ་གྱུར་པ་རེད།
ཨ་སོམ་གྱི་མཐའ་འཁོར་དུ་ཉི་མ་ཤར་བ་ལྟར་མར་མེ་འབར་རོ།
ཁོང་གི་གསུང་དང་ཆོས་རྣམས་རླུང་འཚུབ་ལྟར་འཕུར་རོ།
ཨ་སོམ་གྱིས་ཁོ་ཡི་ཆེད་དུ་འོད་ཟེར་འཁྲོ་བར་ཡོང་ངོ་།
ཁོང་གི་ཡི་གེ་རྣམས་ཧིན་དུ་ཆོས་ལུགས་བསྒྱུར་བའི་ཆེད་དུ་ཆོས་ཀྱི་ཡི་གེ་ཞིག་ཏུ་གྱུར་པ་རེད།
མི་ཚོགས་ཚོགས་རྣམས་ཁོང་གི་རྗེས་འབྲང་པ་དང་རྗེས་འབྲང་པ་བྱེད་དུ་ཡོང་ངོ་།
ཧིན་དུའི་ཆོས་ལུགས་ནི་མི་སེར་གྱི་ཆེད་དུ་དྭངས་གསལ་དུ་འགྱུར་རོ།།
དབུལ་ཕོངས་དང་། ཕྱུག་པོ་དང་། ཕྱུག་པོ་དང་།
མི་ཚོགས་ཡི་གེ་དང་སེམས་ཉིད་ཀྱིས་ཁོང་གི་རྗེས་སུ་འབྲངས་སོ།
ཁོ་ནི་ཨ་སད་ཀྱི་སེམས་ཀྱི་རྒྱལ་པོ་ཞིག་ཏུ་གྱུར་པ་རེད།

སན་ཀར་རྡེ་ཝྭ་ནས་ཐོན་པ །

Sankardeva སྐྱེས་ནས་ལོ་༡༢༠ ལང་སོང་།
San Sankardeva འཛམ་གླིང་ནས་ཕྱིར་ཐོན་པའི་དུས་ཚོད་སླེབས་བྱུང་།
སན་ཀར་ཊེ་ཝྭ་ཡིས་རྒྱལ་པོ་ཞིག་ཀྱང་ཁོང་གི་རྗེས་འབྲང་པ་མ་བསྒོ་རྒྱུ་ཐག་བཅད་པ་རེད །
འོན་ཀྱང་ཨ་སོམ་གྱི་རྒྱལ་པོ་ན་རན་ར་ཡ་ན་གྱིས་ཁོ་ལ་ཁྲུས་གསོལ་ཞུ་དགོས་པའི་ནན་བསྐུལ་བྱས་སོ ༎
Sankardeva རྒྱལ་པོས་བཙན་ཤུགས་ཐེབས་པའི་ཞོན་དུ་འཇིག་རྟེན་གྱི་ཚེ་སྲོག་སྤོང་རྒྱུ་ཐག་བཅད་
ཁོང་ཉིད་ནམ་མཁའི་ཞིང་ཁམས་སུ་བཞུགས་ཤེང་། ཁོང་གི་ཐུགས་སྲས་རྣམས་ལ་ཁོང་གི་རྒྱུ་ནོར་ཐམས་ཅད་གནང་ཞིང་།
ཨ་སོམ་དང་རྫེན་སྤལ་གྱི་མི་ཚང་མ་ཁོང་ནས་ཐོན་སྐབས་སེམས་འཁྲལ་ཆེན་པོ་བྱུང་ངོ་།
མི་རྣམས་ཉིན་མང་པོར་ངུས་པ་དང་། ཆར་པ་ལྷར་ངུས་སོ །
སན་ཀར་ཊེ་ཝྭ་ནི་ཁོང་གི་ཆོས་ཀྱི་ཡི་གེ་དང་ཡི་གེ་གཞན་དག་གི་སྒྲོ་ནས་ནམ་ཡང་འཆི་བ་མེད་དུ་གྱུར་པ་རེད །
ད་ལྟའི་བར་དུ། ཁོང་གི་ཡི་གེ་དང་ཡི་གེ་རྣམས་ཨ་སམ་སྐད་ཡིག་གི་རྒྱབ་སྐྱོར་དང་གནའ་བོའི་ཡི་གེ་ཡིན །

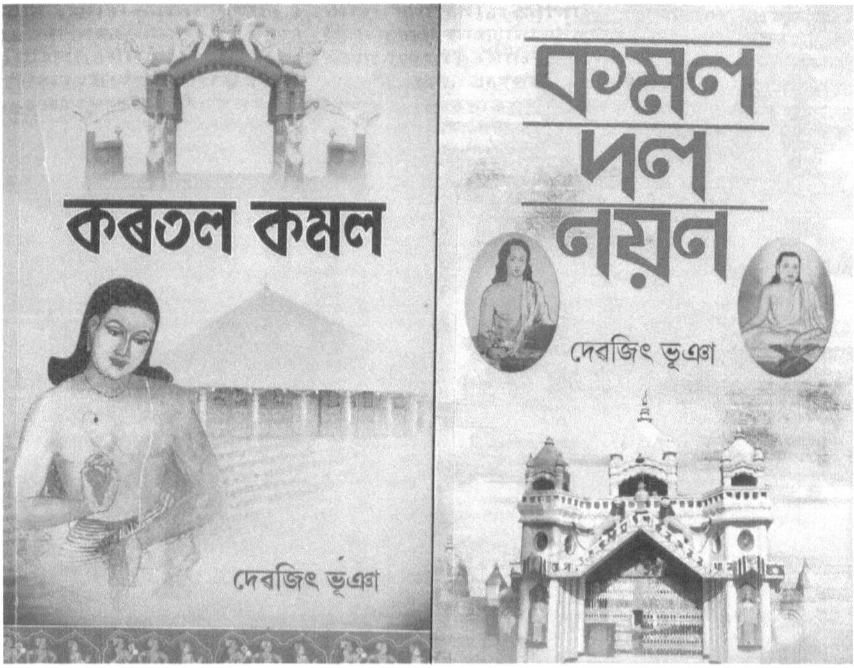

ལྷ་མོ་ཤེ་ཕའི་སྐུ་འདྲ།

འཛམ་གླིང་འདིའི་མཐའ་མ་ནི་གཙོ་བོ་ཤེ་ཕྷ་བརྒྱུད་ནས་བྱུང་བ་རེད །
འཆི་ནི་ཁོང་གི་སྣང་བརྙན་ནང་གི་ཚེ་སྲོག་གི་མཐའ་མ་ཡིན །
གཙོ་བོ་ཤེ་ཕྷ་ནི་འཇིག་རྟེན་འདིའི་ནང་མི་ཡོངས་སུ་རྫོགས་པའི་ཁྲབ་ཁྲབ་མཁན་ཡིན །
ཁོང་གི་མཐའ་མེད་པའི་ཁྲུང་ཁྲུང་གི་འཁྲུགས་རྩོད་སྐབས་སྐར་མ་དང་སྐར་མ་རྣམས་ཡལ་བར་འགྱུར་རོ །
ཁོང་གི་འཁོད་བསྐྱལ་དུ། སྐར་མ་རྣམས་ཀྱང་འཆི་བ་དང་། དཀར་པོ་ཆགས་སོ །
གཙོ་བོ་ཤེ་ཕྷ་ནི་སེམས་གཙང་མའི་སྒོ་ནས་གསོལ་བ་འདེབས་པའི་སྒོ་ནས་སླ་པོར་སྒྲུབ་ཐུབ་པོ །
འཆི་བ་དང་སྲོག་ནི་བཀོད་པ་དང་འཇིག་པའི་ཆ་ཤས་ཤིག་ཡིན །
སུ་ཡང་འཆི་བ་ལས་ཐར་མི་ཐུབ་པ་མ་ཟད །གཙོ་བོ་ར་སྨ་དང་ཀྲྀ་ཀྱང་འཆི་བ་ལས་ཐར་མི་ཐུབ་པ་མ་ཟད །
རྒྱལ་པོ་ཡ་སྨ་ནི་འཆི་བའི་ལྷ་ཡིན །ཁོང་ནི་གཙོ་བོ་ཤེ་ཕའི་སྐུ་ཚབ་པ་གཅིག་པུ་ཡིན །

མ་དངུལ་འཛིན་བཟུང་གི་ཆོས་ལུགས་

འཛམ་གླིང་འདི་ད་ལྟ་སྡིག་པ་དང་ངན་པའི་ལས་ཀྱིས་གང་།
རི་བོ་དང་རྒྱ་མཚོ་གཏིང་རིང་པོ་རྣམས་ཀྱང་རང་དབང་མེད།
སྤྱིར་བཏང་རང་ལུས་ཀྱི་རྣམ་པ་ལས་ཀྱང་ལྷག་པ་མེད།
ང་ཚོ་ཚང་མ་རྒྱ་མཚོའི་ནང་དུ་འཁྱམས་ནས་ཡོད།
ཆོས་རྣམས་དངུལ་ལ་དབང་བསྒྱུར་བྱེད།
ཉེས་ཅན་ཚོས་དངུལ་གྱི་དབང་ཤུགས་ཀྱི་སྒོ་ནས་ཆོས་ཀྱི་ཉིན་མོ་ཞིག་སྲུང་བརྩི་བྱེད།
དངུལ་གྱི་ཆེད་དུ་བླ་མས་ཉེས་ཅན་རྣམས་དམ་པའི་ཁྲུས་ནས་བསྟོད་བསྔགས་བརྗོད་པར་བྱེད་དོ།
ཉིན་ཞིག་དཀོན་མཆོག་སླར་ཡང་སྐྱེ་བར་འགྱུར་རོ།
འཛམ་གླིང་འདི་ནི་སྡུང་སེམས་དང་སྡིག་པ་དང་ཉེས་སྡིག་ལས་ཐར་བར་འགྱུར་རོ།

སྨོན་ལམ་

སེམས་གཙང་མ་བྱེད་ན། སྨོན་ལམ་འདི་ཧ་ཅང་གལ་ཆེན་པོ་རེད།
མི་རྣམས་ཀྱི་དྲ་རྒྱ་མེད་པར་བཟོ་བའི་ཆེད་འདི་ཧ་ཅང་གལ་ཆེན་པོ་རེད།
འོན་ཀྱང་སེམས་གཙང་མའི་ངང་ནས་གསོལ་བ་འདེབས་དགོས།
སྨོན་ལམ་གྱི་འབྲས་བུ་ཡིན། དེ་ནས་ང་ཚོ་གཅིག་ཕྱུས་རྙེད་ཐུབ་པོ།
སེམས་ཅན་ཐམས་ཅད་ཀྱི་ཆེད་དུ་ང་ཚོ་བྱམས་བརྩེ་ལྡན་དགོས་པ་ཡིན།
འདོད་ཆགས་ཀྱི་ནང་། ང་ཚོའི་སེམས་ཉིད་ནི་ཐག་པ་ཆགས་པ་དང་ལོང་བར་འགྱུར་རོ།
ང་ཚོས་སྨོན་ལམ་འདེབས་པའི་སྐབས་སུ། ང་ཚོས་སྨོན་ལམ་འདེབས་པའི་སྐབས་སུ།
སྨོན་ལམ་ནི་རང་ལུས་གཅིག་ཕྱུར་གནས་ཐུབ་པའི་ཐབས་ལམ་ཞིག་ཡིན།
རྒྱུན་ཆད་མེད་པར་སྨོན་ལམ་འདེབས།
སྨོན་ལམ་གྱི་སྒོ་ནས་སེམས་ནི་གཙང་མ་དང་། གསོ་བ་དང་། སྟོབས་ཤུགས་ཅན་དུ་འགྱུར་བ་དང་།
ཚིག་རྩུབ་པོ་ནམ་ཡང་སྐད་ཡིག་ནས་ཡོང་མི་རུང་།

དངུལ་

ད་ཆ་འཛམ་གླིང་འདིའི་ནང་དངུལ་ནི་མི་ཡི་དམིགས་ཡུལ་ཡིན །
མ་དངུལ་ཡོང་སྐབས་སེམས་ཉིད་ལ་ནམ་མཁའི་རྩེར་བ་ཡོང་བ་རེད །
འོན་ཀྱང་དངུལ་གྱི་ཆེད་དུ་འདོད་ཆགས་ཧ་ཅང་མང་བས་སེམས་ལ་ཆགས་པ་དང་གནས་སྟངས་བརྟན་པོ་ཡོང་བ་རེད །
མ་དངུལ་ནི་དགོས་མཁོ་ཆ་ཚང་སྒྲུབ་པའི་ཐབས་ལམ་ཞིག་ཏུ་འགྱུར་དགོས་པ་ཡིན །
འོན་ཀྱང་དངུལ་གྱི་འདོད་ཆགས་ནི་དགོས་མཁོ་མ་ཡིན་པར། འདོད་ཆགས་ཀྱི་འདོད་ཆགས་ཡིན །
མ་དངུལ་ནམ་ཡང་ཤིང་སྡོང་དུ་སྐྱེས་མི་ཐུབ །
འཛམ་གླིང་འདིའི་ནང་། ཁྱོད་ཀྱིས་དངུལ་ཐོབ་མི་ཐུབ །
མ་དངུལ་བཟོ་ཐབས་ཀྱི་ཆེད་དུ་ལས་ཀ་ཧུར་པོ་བྱ་རྒྱུ་དེ་གལ་ཆེ་བ་རེད །
ཁྱོད་ཀྱི་འཛིག་རྟེན་ནམ་ཡང་དངུལ་མང་པོ་ཡོད་པའི་ནམ་མཁའི་ཞིང་ཁམས་སུ་མི་འགྱུར་
སྐྱང་རྩི་ཧ་ཅང་མངར་མོ་ཡིན་པས་སྐྱང་རྩི་ཧ་ཅང་མངར་མོ་རེད །
མ་དངུལ་ནི་ཁྱོད་ཀྱི་མཐའ་མའི་འགྲུལ་ལམ་གྱི་གྲོགས་པོ་ནམ་ཡང་མ་ཡིན །

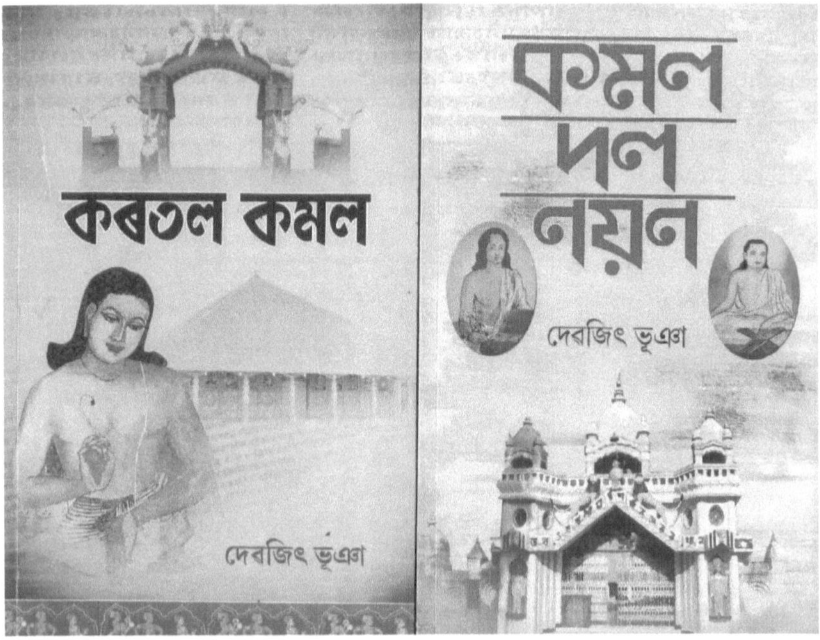

Assam Rhino

ཁྱོད་ནི་ངོ་ཚ་ཆུང་བ་ཞིག་རེད། ཁྱོད་ནི་ངོ་ཚ་ཆུང་བ་ཞིག་རེད།
རིན་པོ་ཆེའི་རྭ་ཅོ་ཀྲུ་མ་བྱེད།
ཨ་སོམ་ནི་སེམས་ཅན་གཅིག་པུ་དེའི་ཆེད་དུ་གྲགས་གྲགས་ཡོད།
ལས་འཛིན་མཉམ་དུ་ལས་ཀ་བྱེད་རྒྱུ་དེ་པོ་ཚོའི་འཚོ་བ་སྐྱོབས་ཀྱི་ཆེད་དུ་ཡིན།
དེ་ཚོ་རང་གི་གནས་སྟངས་ནང་གསོད་མི་རུང་།
བྱམས་པའི་ལམ་དུ་འགྲོ་བ་དང་། བྱམས་པའི་ལམ་དུ་འགྲོ་བ་དང་།
ཁོང་ཚོ་ཨ་སམ་གྱི་གཟི་བརྗིད་དང་རང་ལུས་ཀྱི་ཕྲུ་གུ་ཡིན།
ཁྱོད་ཀྱིས་སེམས་འཁྲུལ་བྱེད་སྐབས། ཁྱོད་ཀྱིས་སེམས་འཁྲུལ་བྱེད་སྐབས།
བུམ་ཐང་གི་ཉེ་འགྲམ་དུ་ཡོད་པའི་མཛེས་སྡུག་ལ་ལྟོས་ཤིག
ཀ་ཛིར་ན་གཱ་གིས་ལོ་ན་གཞོན་དང་རྒན་པ་མང་པོ་ལ་འཚོ་བའི་རྒྱུ་དངོས་ཞིག་གནང་ཡོད།
ཁྱོད་ཀྱིས་སེམས་ཅན་འདི་གསེར་གྱི་ཚུལ་དུ་སྲུང་སྐྱོབ་བྱ་རྒྱུའི་ལས་འགན་ལ་རང་མོས་ཀྱི་ལས་འགན་ཞིག་བྱེད་དགོས།

མི་སྐུ།

མི་ཞིག་རེད། ཁྱོད་ཀྱིས་འཛམ་གླིང་གི་དམག་འཁྲུག་གཞན་ཞིག་འགོ་འཛུགས་ཀྱི་མེད།
མི་ཚེ། ཁྱོད་ཀྱིས་མཚམས་འཛོག་བྱས་པ་དང་མཚམས་འཛོག་བྱས་པ་ཡིན།
དམག་འཁྲུགས་སུ་མཐུད་བྱས་ན། འཛམ་གླིང་མེད་པར་བཟོ་རྒྱུ་དེ་ད་ཅང་ཐག་རིང་པོ་མེད།
མི་རབས་དང་མི་རབས་ཀྱི་རྒྱང་གཞི་རྣམས་མེད་པར་འགྱུར།
ཁྱོད་ཀྱིས་བཟོས་པའི་ལམ་དང་། སྒྲིང་ཁྱིམ་དང་། ལྕགས་རི་དང་། དངོས་པོ་ཚང་མ་བཅག་པར་འགྱུར།
དུས་ཡུན་རྒྱ་ཆོད་མང་པོ་འགོར་བའི་རྗེས་སུ་གྲོང་ཁྱེར་ཆེན་པོ་རྣམས་མེད་པར་འགྱུར།
ནགས་ཚལ་དང་སེམས་ཅན་རྣམས་རྩ་མེད་གཏོང་རྒྱུ་ཡིན།
ཙུན་མོ་བྱ་སྤྲུ་མཉམ་དུ་ཡོང་མི་ཐུབ།
ད་དུང་སེམས་ཅན་གཞན་དག་མི་ཡོང་ངོ་།
མི་ཞིག་རེད། ཁྱོད་ཀྱིས་རང་གི་བུ་ཕྲུག་རྣམས་ལ་དགྲ་ཤ་ལེན་རྒྱུ་མཚམས་འཛོག་བྱ་རྒྱུའི་ཁས་ལེན་བྱས་ཡོད།
དམག་འཁྲུག་མཚམས་འཛོག་བྱེད་ཕྱིར། བྱམས་བརྩེ་དང་སྤུན་ཟླའི་མཐུན་ལམ་གྱི་དགོས་མཁོ་ཡོད་ཅིང་།
དེ་ནི་མཐུན་ལམ་གྱི་དགོས་མཁོ་མ་ཡིན་པར་མཐུན་ལམ་གྱི་དགོས་མཁོ་ཞིག་ཡིན།

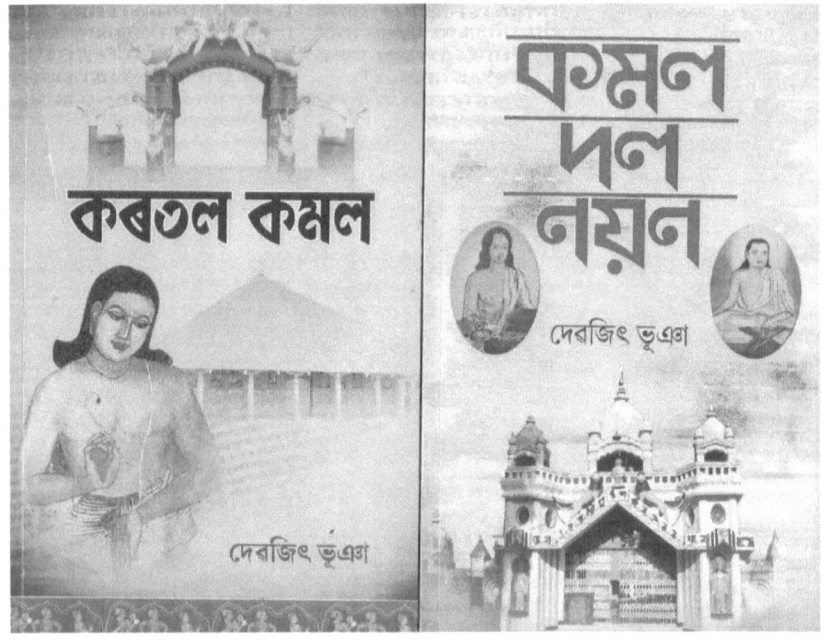

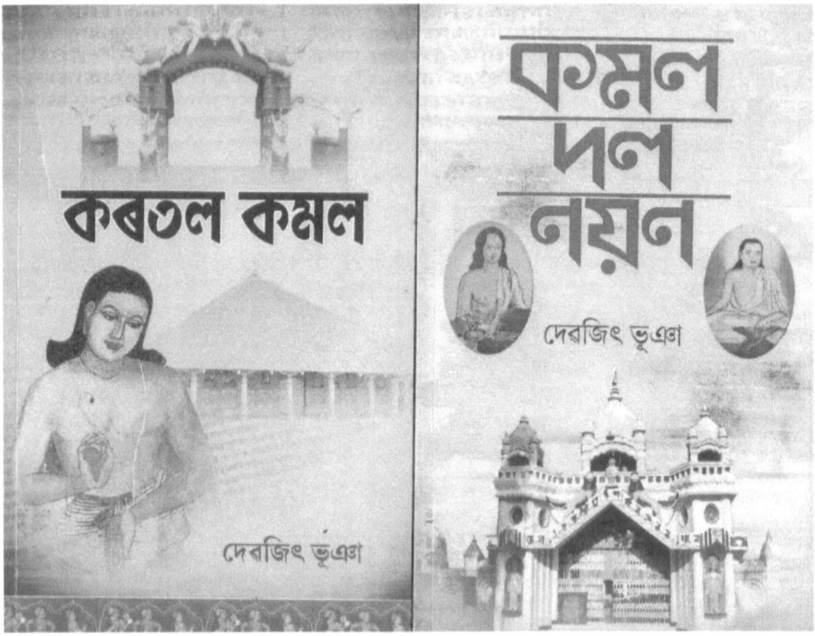

ལུང་གཤོང་གི་ཐ་སྙབས

རི་བོ་ཆེན་པོ་དང་། ཁང་པ་འཁྱུགས་པ །
ལག་པ་འཁྱུགས་ནས་འགྲོ་མི་ཐུབ་པོ །
ཞ་སྤུ་སྐམ་པོ་དེས་ཁྱོད་ལ་རོགས་བྱེད་མི་ཐུབ་པོ །
འོན་ཀྱང་ང་ཚོའི་དམག་མིས་ཁྱོད་ཀྱི་ལུས་པོ་ཚ་པོ་འཛོག་མི་ཐུབ །
ཆང་ནི་ཚ་པོ་མིན་ནའང་ལུས་ཁམས་བདེ་བར་གནས་ཐུབ་པོ །
ལུས་པོ་ཚ་པོ་གནས་ཐུབ་པའི་ཕྱིར་འདིར་དང་དེར་རྒྱུག་པ་
ཉིན་གྲངས་མང་པོ་འགོར་བའི་རྗེས་སུ་ཁྱོད་ཀྱིས་ཁུག་པ་འཁྱེར་དགོས །
དེ་ནས་ཟླ་བ་གཅིག་འགོར་བ་རེད །
ཆུ་དེ་ལུང་གཤོང་དུ་འབབ་པར་འགྱུར །
ལུང་གཤོང་དེ་སྐབས་ཡང་ཤིང་སྡོང་གསར་པ་མཉམ་དུ་དགའ་བར་འགྱུར་རོ །
བྱ་དང་སེམས་ཅན་རྣམས་དགུན་ཁའི་དུས་སུ་དགའ་བར་འགྱུར་རོ །
སྟོན་ཐོག་ལྷང་ཁུ་དང་། སྟོན་ཐོག་ལྷང་ཁུ་དང་། སྟོན་ཐོག་ལྷང་ཁུ་བཅས་ཀྱི་རིགས་ཤིག་ཡིན །

ཨ་སོམ་མེ་ཏོག་

ཨ་སོམ་དུ་དགུན་ཁའི་དུས་ནི་འཛམ་གླིང་གི་ཆ་ཤས་གཞན་ལྟར་ཏ་ཅང་དམ་པོ་རེད །
སྤྱི་ཚོགས་ཀྱི་དུས་སྟོན་གྱི་ཉིན་མོ་རྣམས་རིམ་བཞིན་འཕེལ་བཞིན་འདུག
སྐར་ཁྱུང་རྩོམ་སྒྲིག་པ །_08/03/2020
སྒྲ་དབྱངས་ཀྱི་སྒྲ་ནི་ཚད་གཞི་གསར་པ་ཞིག་ཡིན །
ཡོད་ཏུའུ་ནི་རྒྱ་ཐིང་དུ་མེ་ཏོག་ཆགས་ནས་རླུང་འཚུབ་དྲག་པོས་ཁྲུང་ཁྲུང་བྱེད །
རི་དྭགས་སེམས་ཅན་རྣམས་ནགས་ཚལ་གཏིང་རིང་ནས་ཡོང་ནས་རྩྭ་ཁ་སྐམ་པོ་ཟ་བར་ཡོང་ངོ་།
ཕྱོགས་སྟོན་····གཙོ་ངོས། "རྩོམ་རིག" ནང་དོན་དངོས །
དུས་སྐབས་གཞན་ཞིག་ལ། ཧ་མཁྲིན་རྣམས་རྒྱུག་ནས་དེད་པར་བྱེད །
ཕྱི་རྒྱལ་བ་འགའ་ཤས་ཀྱིས་ཆུ་སྣོད་གསུམ་གྱི་འོག་ཏུ་ཆུ་སྣོད་ཞིག་ཕྱེ་བར་བྱེད །
གནམ་གཤིས་དང་གནམ་གཤིས་ནི་འཇམ་པོ་དང་། ཞི་བདེ་དང་རང་དབང་ལྡན་པ་ཞིག་ཡིན །
ཨ་སོམ་གྱིས་མེ་ཏོག་དང་། ཞབས་ཁྲ་དང་། སྤྲང་རྩི་འཕུར་བ་བཅས་ཀྱི་མེ་ཏོག་རྣམས་སྐྱེས་སོ །

ཚང་འཐུང་རྒྱུ་མཚམས་འཇོག་བྱ་

ཚང་འཐུང་རྒྱུ་ནི་ཨ་སོམ་ལྷ་བུའི་རི་གནས་ཀྱི་རྒྱལ་ཁབ་ཀྱི་ཆེད་དུ་ལེགས་པོ་མ་ཡིན །
གྲུང་ཚ་བའི་གནམ་གཤིས་ལ་འཐུང་རྒྱུ་མི་འོས་སོ །
ཀྱུན་ཚང་འཐུང་བའི་ཆེད་དུ་བེད་སྤྱོད་བྱེད་པའི་སྐྱེ་ཚན །
ཚང་འཐུང་རྒྱུ་ལས་འགོག་བྱེད་ཕྱིར ། ཨ་སོམ་གྱི་མི་ཚོས་བསམ་བློ་གཏོང་དགོས །
སྟོན་ཐོག་གི་ལོ་རྒྱུས་དང་། སྟོན་ཐོག་གི་ལོ་རྒྱུས་དང་།
ཚང་འཐུང་བའི་ཆེད་དུ། བཟའ་ཚང་གི་བཅག་དཀྲུམ་ནི་ཁྱད་དུ་འཕགས་པ་ཞིག་ཡིན །
ཨ་སོམ་དུ་ལོད་ཀྱི་སྲིད་འཛིན །
ཀྱུན་ཚང་འཐུང་རྒྱུ་དེ་ཡང་ཧ་ཅང་ལེགས་པོ་འདུག
སྐྱེ་བོ་ངན་པ་ཞིག་གིས་ན་གཞོན་རྣམས་ལ་ཚང་བཙོང་གི་རེད །
ཕ་མ་ཚོར་སྡུག་བསྔལ་དང་སེམས་ཁྲལ་ཡོང་བའི་ཉེན་ཁ་ཞིག་ཡོད །
ཨ་སོམ་ལྷ་བུའི་དབུལ་པོ་རྣམས་ཀྱི་ཆེད་དུ་ཚང་འཐུང་རྒྱུ་དེ་ལེགས་པ་མ་ཡིན །
ཚང་འཐུང་རྒྱུ་ནི་ཧ་ཅང་ཁག་པོ་རེད །

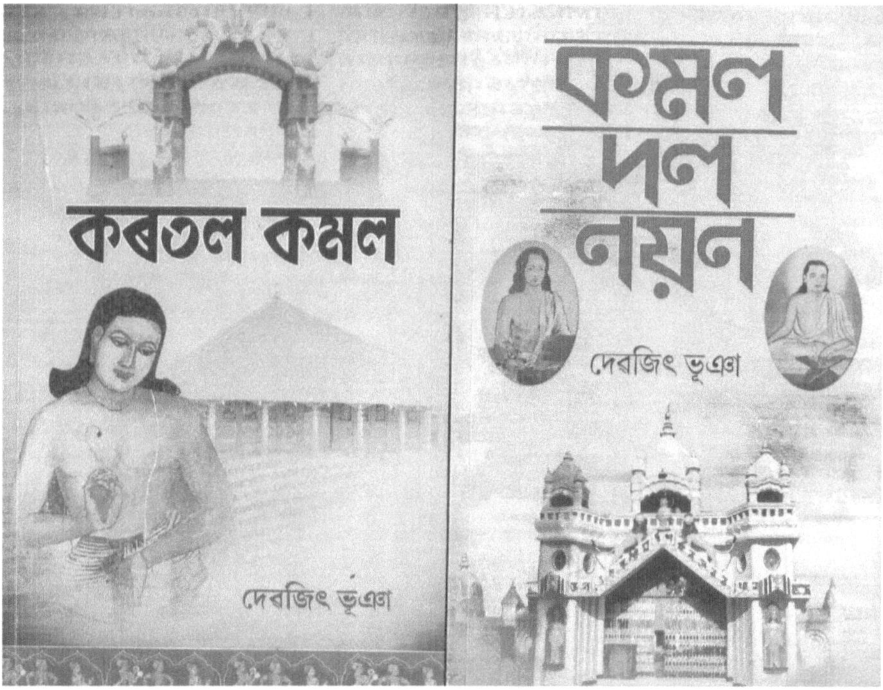

དམག་འཁྲུག

དམག་འཁྲུག་ནི་གད་མོ་དང་བྲོ་བ་ཀྱི་གནད་དོན་ཞིག་མིན །
ནམ་ཡང་འཆི་བ་མེད་པའི་མི་ཞིག་ཀྱང་དམག་སར་འཆི་བར་འགྱུར་རོ །
དམག་འཁྲུག་གིས་ཁྱིམ་དང་། སོ་ནམ་དང་འཚོ་བའི་རྒྱུ་དངོས་མེད་པར་བཟོ །
ཟས་རིགས་ཐམས་ཅད་ཀྱི་གོང་ཚད་ནི་གོང་ཚད་ལས་བརྒལ་མེད །
སེམས་ཅན་དང་ཤིང་སྡོང་གི་ཆེད་དུ་དམག་འཁྲུགས་ལེགས་པོ་མེད །
ཕྲུ་གུ་ཚོ་འཛིགས་ནས་ངུ་བ་དང་། ཨ་མའི་འཆི་བ་མཐོང་།
'མ་དཀོན་མཆོག་ག མ་ལ་བས''འ ོ ། །
རང་འདོད་ཅན་གྱི་རྒྱལ་ཁབ་ཀྱི་རྒྱལ་ཁབ་ཀྱི་སྲིད་སྐྱོང་པ་ཞེས་ཀྱང་མ་ཡིན །
མི་རྟག་པ་ནམ་ཡང་ཁས་ལེན་མི་བྱེད །དམག་འཁྲུག་ནི་མི་རབས་ཀྱི་ནོར་འཁྲུལ་ཡིན །
སྡུག་བསྔལ་དང་སྡུག་བསྔལ་ནི་འཁྲུག་རྩོད་གི་མཇུག་འབྲས་ཡིན །
ངའི་འགོ་ཁྲིད་གཅེས་ཤོས་ཕམ །དམག་འཁྲུགས་འགོ་འཛུགས་བྱེད་ན །ཁྱོད་ཀྱིས་ནམ་ཡང་དེ་ལྟར་བྱེད་མི་རུང་།
ཁྱོད་ཀྱི་སྡུག་རྩུབ་དང་། ཉིན་ཞིག་ཁྱོད་ཀྱི་གཏམ་རྒྱུད་ཀྱིས་ཁྱོད་ལ་སྟོན་པར་བྱེད་དོ །
འཛམ་གླིང་འདི་ཞི་བདེའི་ངང་དུ་གནས་ཐུབ་པའི་ཕྱིར །ཁྱོད་ཀྱི་སེམས་དང་རང་འདོད་ཀྱི་ནུས་པ་བེད་སྤྱོད་ཕྱོས །

ལས་ཀ་བཟང་པོ་

ལས་ཀ་བཟང་པོ་ནི་འབྲས་བུ་བཟང་པོ་ཞིག་ཡིན །
ལས་ཀ་ངན་པའི་འབྲས་བུ་ནི་སྡུག་བསྔལ་ནི་ཁྲིམས་ལུགས་ཡིན །
དཀོན་མཆོག་ཁོང་གིས་མཛད་འཕྲིན་བཟང་པོ་གནང་།
ལས་ཀ་དྲང་པོ་མ་བྱས་པའི་རྐྱེན་གྱིས ། ཁྱོད་རང་ཉིད་ལ་སྡུག་བསྔལ་མྱོང་དགོས་པ་ཡིན །
ཞིང་སྟོང་ནས་འབྲས་བུ་སྐྱེས ། ཞིང་སྟོང་ནས་འབྲས་བུ་སྐྱེས །
དཀོན་མཆོག་ཁོང་གིས་ཁྱོད་ལ་བྱིན་རླབས་གནང་བར་ཤོག
མྱུར་དུ་ཁྱོད་མཐོང་བར་འགྱུར་རོ ། ཁྱོད་ཀྱི་ལས་ཀ་འོད་འཚེར་བར་འགྱུར་རོ །

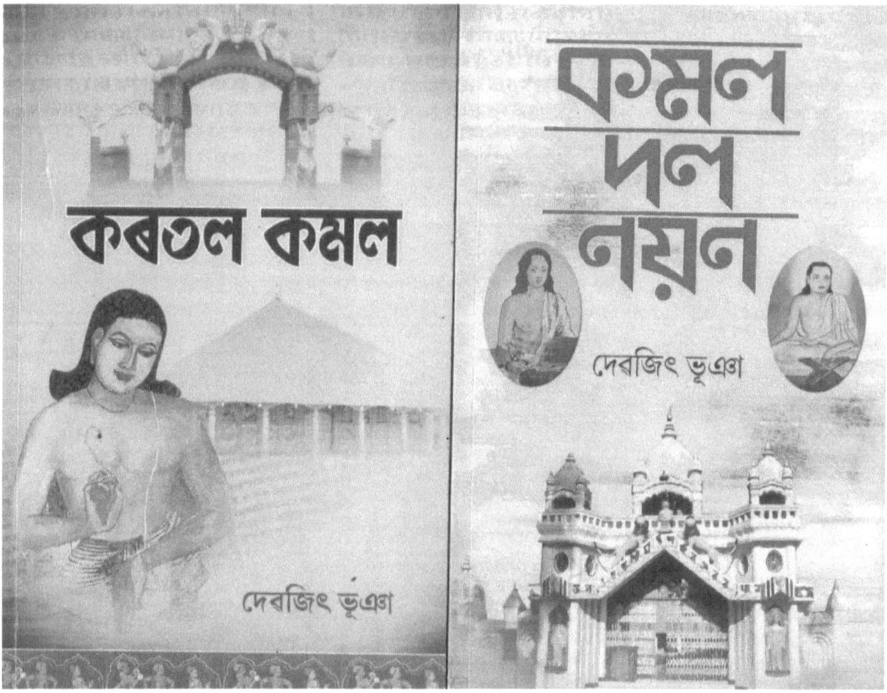

ཐོན་ཀྱང་ཤུ་ཡང་ནམ་ཡང་འཆི་བ་མེད།

འཛམ་གླིང་འདིའི་ནང་མི་ཤུ་ཡང་ནམ་ཡང་འཆི་བ་མེད།
ང་ཚོ་འཆི་བའི་ལམ་དུ་འགྲོ་སྐབས།
དྲང་བདེན་གྱི་ལམ་དུ་འགྲེལ་བའི་འཇིགས་སྣང་མེད།
དཀོན་མཆོག་ལ་བྱམས་བརྩེ་ཡོད་ན། ང་ཚོ་འགྲུལ་ལམ་དེ་འཇམ་ཧོང་ཧོ་དུ་གཏོང་ཐུབ་པོ།
མ་དངུལ་དང་རྒྱུ་ནོར་ལ་སེམས་ཁྲལ་མ་བྱེད་ཅིག
མ་དངུལ་གྱིས་ནམ་ཡང་འཆི་བ་ཉོ་མི་ཐུབ།
འཆི་བར་འཇིགས་མི་དགོས། འཆི་བར་འཇིགས་མི་དགོས།
སྐྱེ་བོ་བཟང་པོ་དང་། སྐྱེ་བོ་བཟང་པོ་དང་།
འགྲོ་སྐབས་, ཁྱོད་འགྲོད་བཞགས་མི་བྱེད།

འོད་མདངས་ཀྱི་དུས་སྟོན་(Holi)

ཧོ་ལི་དུས་སྟོན་། ཧོ་ལི་དུས་སྟོན་།
བྱམས་བརྩེ་དང་བྱམས་བརྩེ་ལ་དགའ་བའི་དགའ་སྐྱིད་
འོད་མདངས་ཀྱི་ཚ་རླབས་དམར་པོ། དམར་པོ། དམར་པོ། དམར་པོ། དམར་པོ། དམར་པོ།
མི་ཡི་སེམས་ཉིད་ཡོངས་སུ་འོད་ཟེར་འཕྲོས་པ།
གྲོང་སྡེ། གྲོང་སྡེ། གྲོང་སྡེ། སེམས་ཉིད་གཅིག་པུ་
ཆོས་གཞི་གི་རླབས་ཆེན་ལ་དགའ་བ་ནི་རང་འདོད་ཀྱི་རང་བཞིན་ཡིན།
སྟོན་པའི་དུས་ཆེན་གྱི་སྐབས་སུ། མི་ཚང་མས་ལྷུག་བསྐྱལ་བརྗེད་པའི་ཉིན་མོ་དེ་དགའ་བར་བྱེད་དོ།
ཆོས་གཞི་བདུན་ནི་སྒྲོག་གི་སེམས་ཉིད་ཡིན།

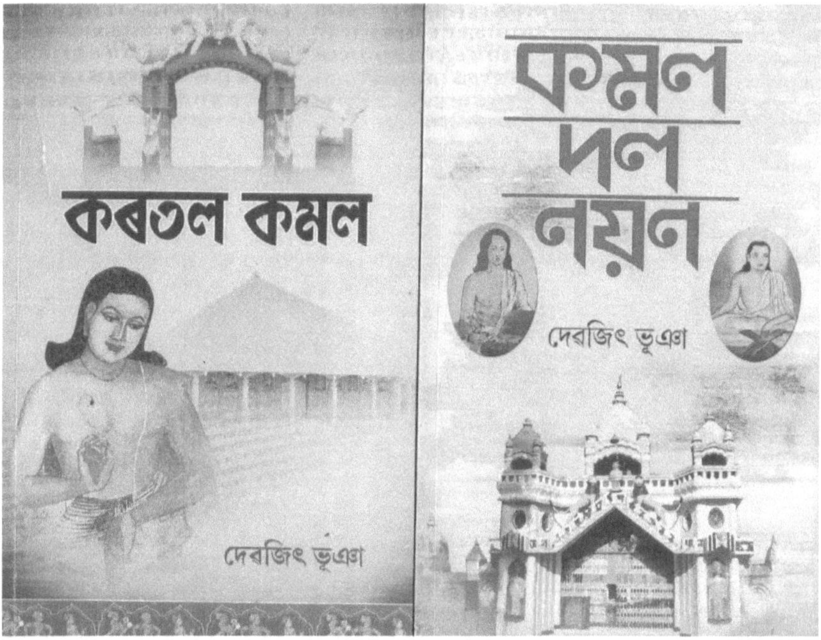

ཅིཏ་ལི །

ཁྱོད་ནི་དགའ་ཞིང་སྙིད་པོ་འདུག ། ཁྱོད་ནི་ནགས་ཚལ་དུ་དགའ་ཞིང་སྙིད་པོ་འདུག །
མི་ཡི་མིག་ངོར་བལྟས་པ །
ཁྱོད་ཀྱི་ཤ་ལ་གནོད་འཚེ་བྱེད་པ །
ཁྱོད་ཀྱིས་རྡོག་བརྫིས་གཏོང་མི་ཐུབ་པའི་མདའ་གི་སྒྱུར་བ་
ངས་ཁྱོད་ལ་དགའ་བ་ཡོད ། ཁྱོད་ཀྱིས་ང་ལ་དགའ་བ་ཡོད །
ཁྱོད་ཀྱིས་གློ་བུར་དུ་གློ་བུར་དུ་འཁྱུགས་པར་བྱེད་དོ །
ཁྱོད་ནི་རྒྱ་གར་གྱི་མཛེས་སྡུག་ཅན་གྱི་སྐྱེ་རིགས་ཡིན །
ཁྱོད་ཀྱི་ཤ་དང་པགས་པ་ཁྱོད་ཀྱི་དགྲ་བོར་འགྱུར་བ་རེད །
ནགས་ཚལ་ཞུང་དུ་འགྲོ་བ་ལས་ཐར་ལམ་དེ་དཀའ་སྡུག་ཅན་ཞིག་ཏུ་འགྱུར་རོ །།

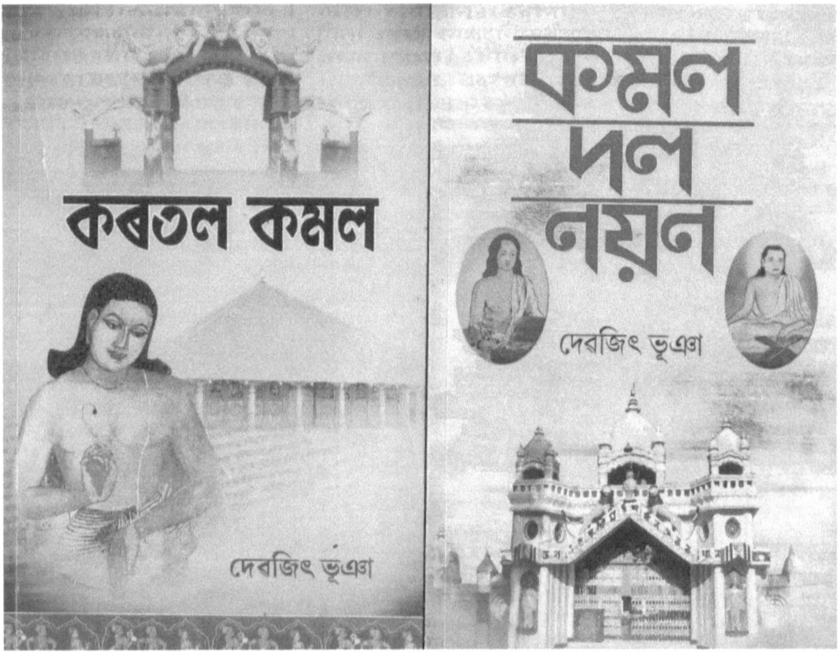

དུས་ཆེན་གྱི་དུས་སྟོན་

ང་ཡི་སྨུག་བསྔལ་དུས་སུ་ཁྱེད་ཀྱིས་ང་ལ་ནམ་ཡང་སྤྲངས་མི་ཡོང་།
ཁྱོད་ཀྱིས་ཤེས་ཀྱི་ཡོད་ན ། ཁྱོད་ཀྱིས་དངུལ་གྱི་ཁེ་ཕན་ཤེས་ཀྱི་ཡོད་ན །
གནམ་གྲུར་ཚ་པོ་ཡིན་ན་ཡང་། ད་དུང་མ་འགོག་ཤིག
དངུལ་ནི་སློག་ཤུགས་ཀྱི་དགའ་སྟོན་ཡིན །
དུས་ཆེན་གྱི་དུས་སྐབས་ཀྱང་ཁྱེད་རང་འདོད་པའི་དུས་ཚོད་མེད །
ཁྱོད་ཀྱིས་དགའ་བའི་ཆེད་དུ་རི་བོ་ཞིག་འཛུགས་པར་བྱེད་དོ །
ཁྱོད་ཀྱི་གྲོགས་པོ་ལ་དྲི་བ་འདྲི་བའི་དུས་ཚོད་མེད །
ད་ལྟ་ཁྱེད་ཀྱི་གནས་ཡུལ་ནི ། - ཧི་མ་ལ་ཡའི་བོན ། > > གསུང་རབ ། > > གསུང་རབ ། > > གསུང་རབ །
ཁྱོད་ཀྱི་གཏམ་རྣམས་དངུལ་གྱི་རྒྱུ་རྐྱེན་དང་འདོད་ཆགས་ཀྱི་ཆེད་དུ་ཡིན །

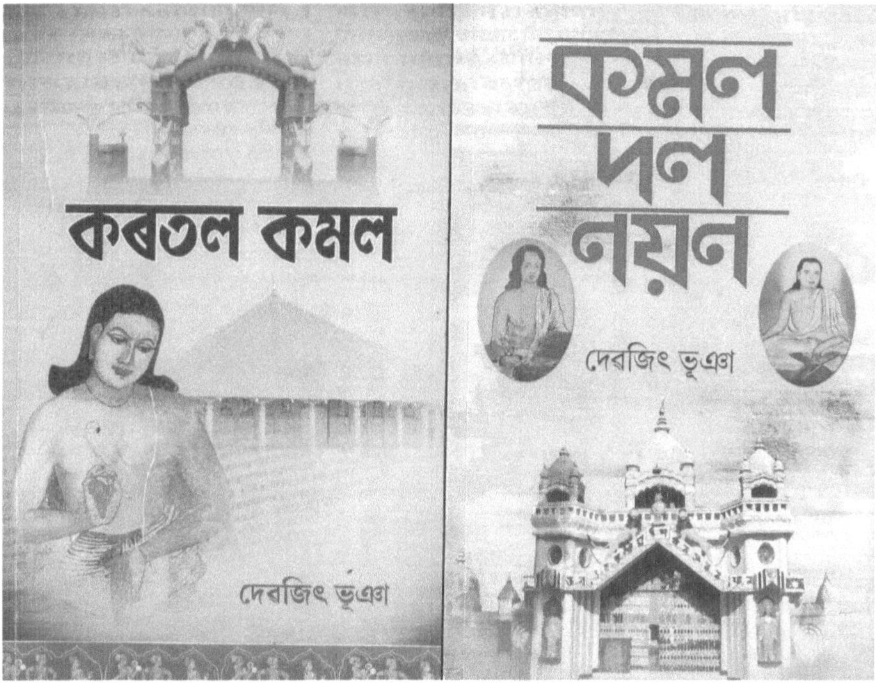

ༀ

ལོ་ན་རྣམ་པའི་རྗེས་སུ་མི་ཚེ་རིང་པོ་ཆགས་པར་འགྱུར།
འགྲོ་བ་བྱེད་པ། འགྲོ་བ་བྱེད་པ།
འཇིགས་པའི་ངང་དུ་འཚོ་བར་འདོད་ན།
མ་གྲུབ་པའི་འདོད་ཆགས་དང་། ལས་ཀ་དང་། འདོད་ཆགས་
འཇིགས་པའི་ངང་དུ་འཚོ་བར་འདོད་ན།
འཆི་བར་གྱུར་ན། ཁྱོད་དང་ང་གཉིས་ཀྱང་ཐར་མི་ཐུབ་པོ།
འཆི་བར་འཇིགས་པའི་རྒྱུ་མཚན་ནི། དུས་དེ་དགའ་བའི་ངང་དུ་སྡོད་པ་ལྟ་བུ་ཡིན།
སེམས་ཉིད་དང་ནུས་མཐུ་ཐམས་ཅད་ཀྱི་ཆེད་དུ་
ཁྱོད་ཀྱིས་འཆི་བའི་སྐོར་བསམ་སྐབས། ཁྱོད་ཀྱིས་དེ་འཛམ་ཧོང་ཧོ་དུ་ལེན་དགོས།

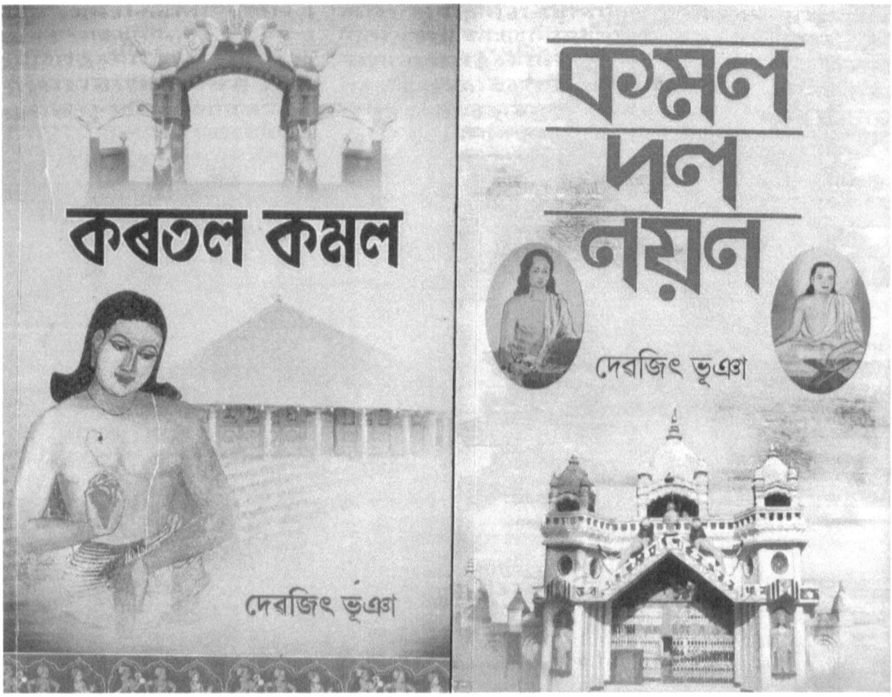

རང་གི་མ་ལ་བརྩེ་བའི་ཚོད་ལ། ཁོ་ཕྲུག་པོ

རང་གི་མ་ལ་བརྩེ་བའི་ཚོད་ལ། ཁོ་ཕྲུག་པོ་ཡིན་ཞེས་བརྗོད་ན།
བྱམས་བརྩེ་ནི་སྨན་ལས་ཀྱང་ལེགས་སོ།
སྨན་པ་གཅིག་པུས་ནད་གསོ་བའི་ཆེད་དུ་མི་ཕུས།
བྱམས་བརྩེ་ལ་ནད་གསོ་བའི་ནུས་པ་ཡོད།
ཁྱོད་ཀྱི་ཕྲུ་གུ་ཆུང་བའི་སྐོར་དྲན་པར་གྱིས།
ཁྱོད་ཀྱིས་མ་ཡི་ལག་པ་འཆང་བའི་སྐབས་ཁྱོད་བདེ་བར་གྱུར་ན།
ད་ལྟ་ཁྱེད་ཀྱི་གནས་ཡུལ་ནི། - ཧི་མ་ལ་ཡའི་བོན། > > གསུང་རབ། > > གསུང་རབ། > > གསུང་རབ། > >
ཁྱོད་ཀྱི་བརྩེ་བའི་རིག་པ་ལས་ཀྱང་ལེགས་པ་མེད།

ཟླ་བ་བཞི་པ །

ཨེ་པ་རིལ་ནི་ཨ་སོམ་དུ་ཨེ་པ་རིལ་གླིན་པའི་ཟླ་བ་གཅིག་ཕུ་མ་ཡིན །
ཕྱི་ཟླ་༤ ཚེས་༢༥ ཉིན་ཨ་སོམ་པ་རེ་རེའི་སེམས་ཉིད་ཆུའི་ནང་ཆུའི་ནང་ཆུའི་ནང་ཆུའི་ནང་ཆུའི་ནང་ཆུའི་ནང་ཆ
དབྱར་ཟླ་དགུན་འབུབ་ཀྱི་རྗེས་སུ་རླུང་འཚུབ་དྲག་པོ་ཡོང་བ་རེད །
ཚངས་དབྱངས་དྲ་ཚིགས - རྩོམ་ཡིག་ལྟེ་གནས - གངས་ལྗོངས་གསར་འགྱུར །
མགར་ས་ནས་གླུ་ལེན་པ ། མགར་ས་ནས་གླུ་ལེན་པ །
སྐུད་པ་གསར་པ་(gamosa) སྐུད་པ་གསར་པ་
Rongali Bihu དུས་ཆེན་, དགའ་སྟོན་སྒོ་རྡིག་
གཞོན་ནུས ། རྒན་པ ། མི་ཚང་མས་དགའ་བའི་དགའ་སྟོན་ལ་དགའ་བ་ཡོད །
བོད་ཀྱི་དུས་བབ ། > གསར་འགྱུར ། > གསར་སྙིང་། >
ཧི་ཧུའུ་ནི་ཧྲར་ཧམ་ཕུ་ཏར་གྱི་ཉེ་འགྲམ་གྱི་ཨ་སམ་པའི་མི་རྣམས་ཀྱི་སེམས་ཉིད་ཡིན །
ག་རྫོར་ན་གའི་རྒྱལ་སྲས་རྣམས་ཀྱང་ཟླ་གསར་པ་སྐྱེས་པ་མཐོང་ནས་དགའ་བར་བྱེད་དོ །
ཟླ་བ་བཞི་ནི་ཟླ་བ་གཅིག་ལས་ལྷག་པ་མ་ཡིན །
ཨ་སོམ་(Bohag) ནི་ཨ་སོམ་གྱི་མི་རིགས་ཀྱི་སེམས་ལྡང་ཁུ་དང་འོད་ཟེར་ཅན་ཞིག་རེད །

ཧྣ་སར་སྭ(Ramayana Story)

རྒྱལ་པོ་ཧྣ་ས་ར་ཐའི་མདའ་གཞུ་སྟེང་། མིག་ཞར་བའི་ཤེས་རབ་ཅན་གྱི་བུ་གྲོངས་སོ །
ཤེས་རབ་ཀྱི་དམོད་པའི་རྐྱེན་གྱིས་ཕྲུ་གུ་མེད་པའི་ཧྣ་ས་ར་ཐྭ་ལ་ཕྲུ་གུ་སྐྱེས་སོ །
ར་མ་ནི་ལྷཀྵམ་ན་དང་། བྷ་ར་ཏ་དང་། ཤིསི་ཏར་ཀྣན་བཅས་མཉམ་དུ་སྐྱེས་སོ །
ཡང་ར་སྭ་ཡི་ཆུང་མ་སི་ཐྭ་ནི་ནེ་པཱལ་གྱི་ཉེ་འཁོར་གྱི་རྒྱལ་ཁམས་ཞིག་ཏུ་སྐྱེས་སོ །
པ་ཡི་ཞལ་བཞེས་རྣམས་སྲུང་ཕྱིར་ར་སྭ་ལོ་བཅུ་བཞི་རིང་བཙན་བྱོལ་དུ་གནས་སོ །
ལ་ཀཥ་མན་དང་སི་ཐྭ་གཉིས་ཀྱང་ར་སྭ་དང་མཉམ་དུ་བཙན་བྱོལ་དུ་འགྲོ་དགོས་པ་ཡིན །
ར་མ་ཤིང་ནགས་སུ་གཏོང་བའི་སེམས་ཉིད་ཀྱི་འཇིགས་སྐྲག་
ཧྣ་ས་ར་ཐྭ་འདས་གྲོངས་སུ་གྱུར་ནས ། རྒྱལ་ཁྲི་དེ་རྒྱ་གར་ལ་དབང་བསྒྱུར་བྱེད་ཕྱིར་བཞག་གོ
སི་ཐྭ་ནི་ནགས་ཚལ་དུ་བདུད་ཀྱི་རྒྱལ་པོ་ར་ཝན་ན་གྱིས་བཙན་བཟུང་བྱས་
རམ་སྭ་ནི་ཧ་ནུམ་ན་དང་གཞན་དགེ་བཤེས་ཀྱི་རོགས་རམ་ཐོག་ལན་ཀཱ་དུ་སླེབས་སོ །
སི་ཐྭ་ཐར་བ་དང་། ར་ཝན་ན་བསད་པ་དང་། དེ་ཚོ་ཚང་མ་ཨ་ཡུ་རྡྷ་རུ་ཕྱིར་ལོག་བྱས་སོ ॥
རམ་ཡིས་དྲང་པོ་དང་། དྲང་བདེན ། ཁྲིམས་ཀྱི་མཐའ་ཐང་བཅས་ཀྱི་སྒོ་ནས་རྒྱལ་ཁམས་ལེགས་པོ་ཞིག་བསྐྱུན་པ་ཡིན །

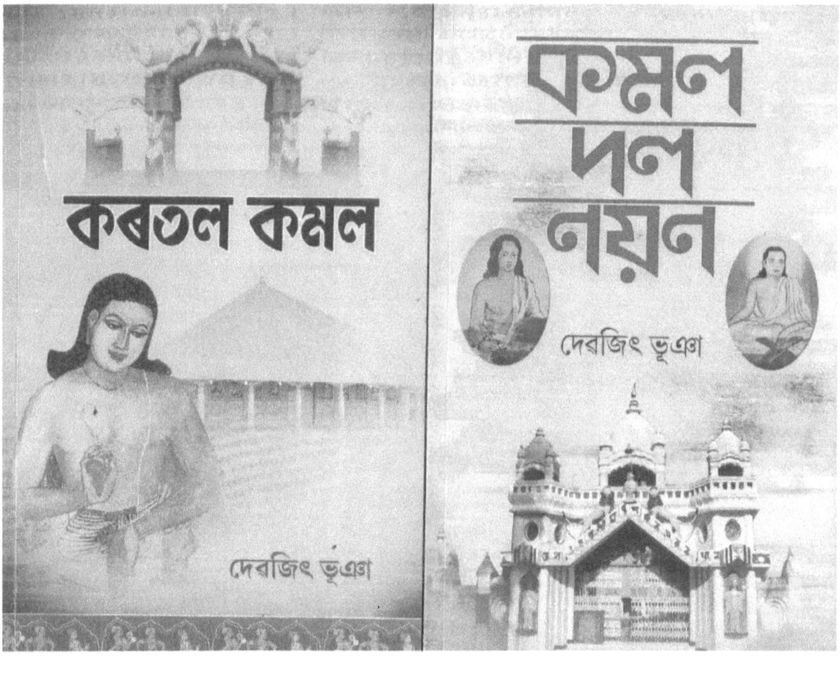

Bharata

ལ་ཀྵ་མན་ནི་ར་མཱ་དང་མཉམ་དུ་ནགས་ཚལ་དུ་སོང་ངོ་།
Bharata རྒྱལ་ཁམས་ནང་དུ་བསྡད་
ཁོང་གིས་རྒྱལ་ཁམས་ལ་དབང་བསྒྱུར་བྱས་ཏེ། རམ་གྱིས་སི་ན་ཧཱ་སན་(ཁྲི་) ལ་གནོད་འཚེ་བྱས་པ་ཡིན།
སྟོད་ཆ། སྟོད་ཆ།
སི་ཏཱ་ནི་ནགས་ཚལ་གྱི་ཁང་མིག་ནས་ཕྱིར་བཏོན་
རཱ་མཱ་དང་ར་ཝན་ན་གཉིས་ཀྱི་བར་ལ་དམག་འཁྲུགས་ཆེན་པོ་ཞིག་བྱུང་ངོ་།
ལ་ཀྵ་མན་གྱིས་བདུད་ཀྱི་རྒྱལ་པོ་ཕམ་པར་བྱ་རྒྱུར་འགན་འཁྲི་ཆེན་པོ་ཞིག་འཁུར་ཡོད།
སི་ཏཱ་ནི་ཐར་པ་ཐོབ་པ་དང་ཚང་མ་དགའ་སྤྲོའི་ངང་ཁྱིམ་དུ་ལོག་གོ།
བྷ་ར་ཏ་གི་སྡུག་བསྔལ་དེ་ར་མཱ་ལ་ཕྱིར་ལོག་ཡོང་བའི་སྒོ་ནས་མཇུག་རྫོགས་པ་རེད།

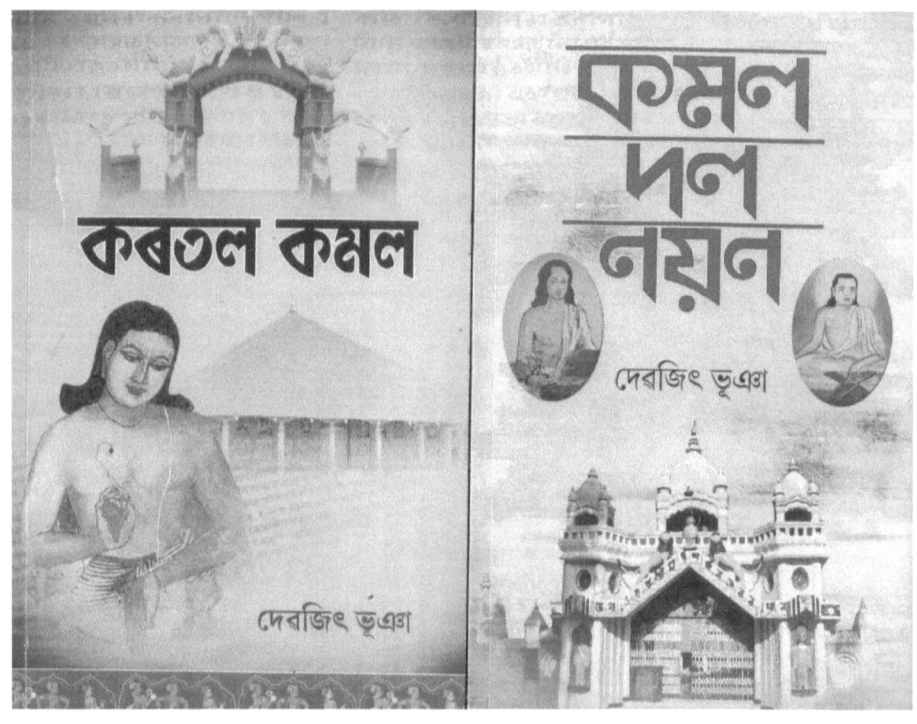

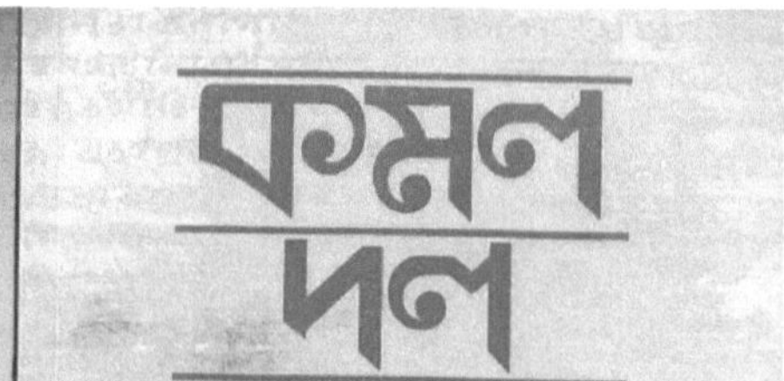

ལྷགསསྨན །

ཤེས་རབ་ཅན་རྣམས་ཀྱིས་ལན་དུ། ལ་ཀ་ཤམ་ན་ལ་ར་ཕྲན་ལ་འཛིགས་མི་དགོས །
རླུང་གི་བུ་ཏ་ནུམ་ཁྱོད་དང་མཉམ་དུ་གྲིབ་ནག་ལྟ་བུ་ཡིན །
ཏྲ་ཕན་ནི་གཙོ་བོ་ཤེ་ཀླ་ལ་བསྙེན་བཀུར་བྱེད་མཁན་ཞིག་ཡིན་ཡང་།
ཁོ་ཡི་རང་རྫོམ་དང་ང་རྒྱལ་གྱིས་ཁོ་ཡི་ཕམ་པར་བྱེད་པར་འགྱུར །
དུས་ནི་དམག་འཁྲུགས་དང་དགྲ་བོར་འཐབ་རྩོལ་བྱེད་སྐབས་ཏ་ཅང་གལ་ཆེན་པོ་རེད །
ཁྱོད་ཀྱིས་གོ་མཚོན་ལེགས་པོ་ཐོག་མར་བེད་སྤྱོད་བྱ་དགོས །
བདེན་པ་དང་དྲང་པོ་གི་ལམ་ནི་རྟག་ཏུ་ངན་པའི་ཐོག་ཏུ་རྒྱལ་ཁ་ཐོབ་པོ །

རྡ་སྣའི་བུ

ལ་བྷ་ནི་རྒྱལ་པོ་ཛྙ་ས་རྡ་ཐའི་ཚ་བོ་ཡིན།
ཤུགས་ཆེན་པོ་དང་། ཤུགས་ཆེན་པོ་དང་། གཟི་བརྗིད་ཅན་
ཨ་ཤྲ་སྣ་ནི་རི་ཤི་དང་ཤེས་རབ་ཅན་ཚོའི་སྲུང་སྐྱོབ་ཡིན།
Laba གི་སྔན་གྲགས་ནི་འཛམ་གླིང་ཡོངས་ལ་ཁྱབ་ཡོད།
དེ་ནས་ར་སྣ་ཡིས་ཁོ་ལ་ཚོགས་འདུ་དེར་གདན་འདྲེན་ཞུས་སོ།
ཁོའི་ཨ་ཁུ་ཡང་ཁོ་དང་མཉམ་དུ་ཕྱིན་ནོ།
རམ་ན་ཞེས་པའི་གཏམ་དེ་ཐོས་ནས་ཁོ་ཚོ་ཧ་ལས་པ་རེད།
ཁོང་གཉིས་ཀྱི་སྤྱན་མཆོ་མ་ནི་ཁོང་རང་གི་བུ་ཡིན་པ་དེ་ར་སྣ་ཡིས་ངོས་འཛིན་བྱས་སོ།།

དཀོན་མཆོག་འཚོལ་བ།

མཆོད་ཁང་ཆེན་པོ་དག་གི་ནང་དུ་ད་ལྟའང་སེམས་ཅན་རྣམས་མཆོད་པར་བྱེད་དོ།
སྣང་གི་ཁྲག་ནི་གཙང་པོ་ལྟར་རྒྱུག་བཞིན་འདུག
སྨུ་གུ་རྣམས་ཀྱི་ཆེད་དུ་དཀོན་མཆོག་ལ་གསོལ་བ་འདེབས་པ།
དཀོན་མཆོག་ཁོང་གིས་མི་ཉེས་ཅན་ཚོའི་ཁྲག་མཐོང་ནས་ནམ་ཡང་དགའ་བར་མི་འགྱུར།
དཀོན་མཆོག་ནི་སེམས་ཅན་ཐམས་ཅད་ཀྱི་བྱམས་པ་དང་སེམས་གསོ་ལ་དགའ་བར་འགྱུར་
ཀྱི་མི་རྟག་པའི་སྐྱེ་བོ་སེམས་གཙང་མའི་ངང་ནས་དཀོན་མཆོག་ལ་གསོལ་བ་འདེབས་ཤིག
གལ་ཏེ་ཁྱོད་ཀྱིས་སེམས་ཅན་སྐྱོན་མེད་རྣམས་དམར་མཆོད་དུ་ཕུལ་བ་ཡིན་ན།
དཀོན་མཆོག་གིས་ཁྱོད་ཀྱི་སྨོན་ལམ་ལ་ངོས་ལེན་མི་གནང་ངོ་།
ཁོང་གིས་ཁྲག་གིས་གསོལ་བ་འདེབས་པའི་དོན་ལ་ལན་འདེབས་མི་གནང་ངོ་།
དཀོན་མཆོག་ནི་རྟག་ཏུ་བྱམས་པ་དང་སྙིང་རྗེ་ཅན་ཡིན། ཁོང་གིས་མི་སུ་ལའང་གནོད་འཚེ་མི་གནང་ངོ་།
གལ་ཏེ། ཁྱོད་ཅག་གིས་རང་འདོད་ཀྱི་ཆེད་དུ་ཉེས་སྐྱོན་མེད་པའི་མཆོད་པ་འབུལ་བ་ཡིན་ན།
ཁྱོད་ཅག་གིས་སྡིག་པ་བསགས་ངེས་སོ།།

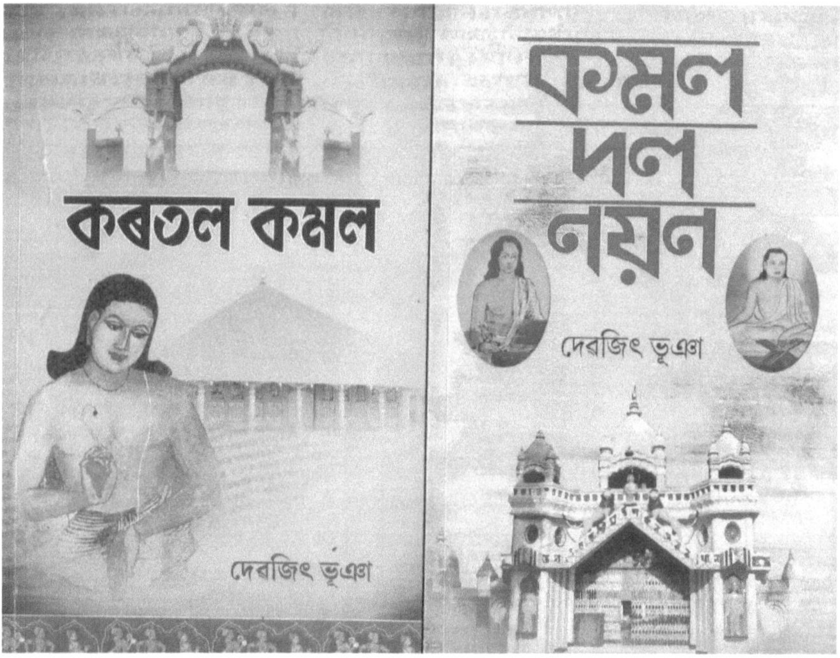

བདེན་པའི་ལམ་གྱི་སྒྲོན་མེ།

འདི་ནི་ང་ཚོའི་ཨ་སོམ་ཡིན། ང་ཚོའི་བརྩེ་བའི་ཨ་སོམ་ཡིན།
དེ་ནི་ངའི་སེམས་ཀྱི་ཉེ་བར་ཡོད་པའི་ས་གནས་ཞིག་རེད།
ཨ་སད་ནི་སྲོལ་རྒྱུན་དང་སྤྲིན་པ་བཟང་པོ་ཡོད་པའི་ཡུལ་ཞིག་རེད།
བུད་མེད་ལ་སྤྱོད་ངན་གྱི་ཚོང་འབྲེལ་གང་ཡང་མེད།
རྒྱལ་ཁབ་མང་ཤོས་ཅིག་ནང་ཡང་བུད་མེད་ཚོས་རང་རང་སོ་སོའི་ཁྱིམ་ཚང་ལ་དབང་བསྒྱུར་བྱེད་ཀྱི་ཡོད།
འདོད་རྔམ་ཅན་གྱི་དཔྱལ་ལ་སུས་ཀྱང་སྣད་འཚོང་མ་ལེན་མི་ཐུབ།
ཊོ་རི་དང་མག་པ་མེར་སྲེག་གཏོང་རྒྱུ་ནི་ཨ་སམ་སི་གི་མི་ཚེ་གྱི་ཆ་ཤས་ཤིག་མ་ཡིན།
བུད་མེད་དང་བུད་མེད་གཅེས་པོ་ཚང་མར་ཐོབ་ཐང་འདྲ་མཉམ་ཡོད།
དྲང་བདེན་མིན་པའི་ལམ་དུ་དཔྱལ་ཧ་ཅང་ཆེན་པོ་ཡོད་སྲིད་དོ།
འོན་ཀྱང་ཨ་སམ་གྱི་མི་ཚོས། རང་བཞིན་གྱི་མི་ཚེ་ལ་དགའ་བ་རེད།
བུད་མེད་ཚོས་རྟུང་རྟུང་དང་ཁ་བྲལ་བ་ནི་ཧ་ཅང་མི་འདྲ་བ་རེད།

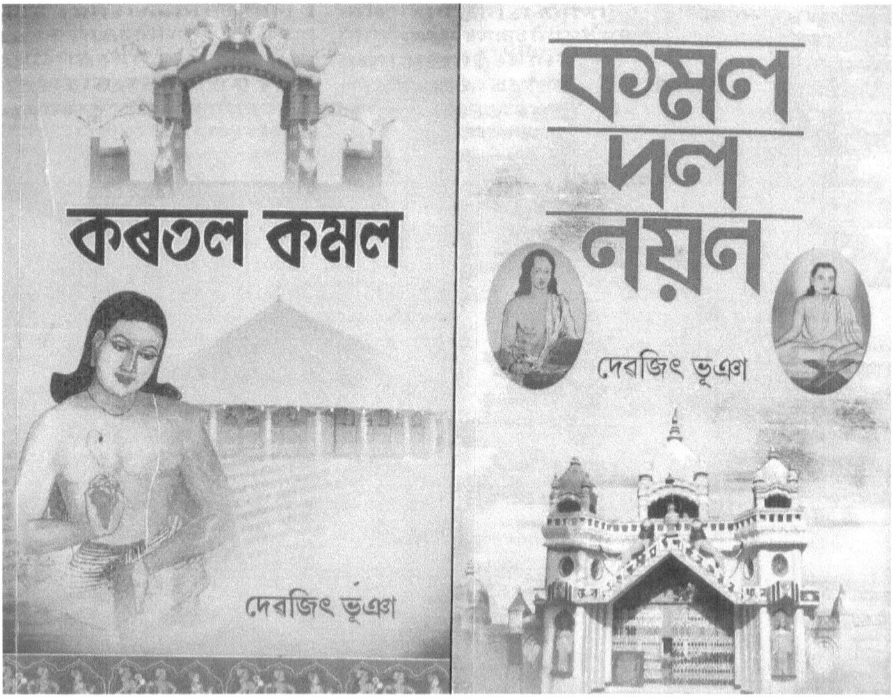

ཁྱོད་ཀྱིས་བསམ་བློ་གཏོང་བར་གྱིས།

ང་ཚོ་རྟག་ཏུ་རང་ལུས་ཀྱི་སྲུང་སྐྱོབ་བྱ་རྒྱུ་ཡིན།
འོན་ཀྱང་བསམ་བློ་གཏོང་རྒྱུ་དེ་ཧ་ཅང་ཁག་པོ་རེད།
སེམས་ཀྱི་སྲུང་སྐྱོབ་དེ་ཡང་ཧ་ཅང་གལ་ཆེན་པོ་རེད།
ཅིའི་ཕྱིར་དེ་ལ་སྣང་མེད་མ་བྱེད་དམ།
སྐྱེ་ཁམས་བདེ་བའི་ཆེད་དུ་དེ་ནི་དྲང་པོ་མ་ཡིན་
ལུས་ཁམས་བདེ་བའི་སེམས་ཉིད་ཀྱིས་མི་ཚེ་ལེགས་པར་སྐྱེས།
མི་ཞིག་ཚེ་རིང་གི་འགྲུབ་བསྒྱུར་བྱ་རྒྱུ་ཧ་ཅང་འཛམ་པོ་རེད།
སེམས་ཁམས་ནད་ལས་བཟང་པོ་གང་ཡང་མི་ཐོབ་པོ།
ཐབས་ལམ་དེ་རྙེད་རྒྱུ་ཧ་ཅང་བདེ་པོ་རེད།
ཚང་མས་སྐད་ཅོར་བརྒྱབ་ནས་འདི་ལྟར་བྱེད་དགོས།
དྲང་བདེན་དང་དྲང་པོའི་ལམ་དུ་འགྲོ་
བདེན་པ་ཉིད་དང་སྨྲུན་ཟླའི་མཐུན་ལམ་གྱིས་ཁྱོད་ལ་ཞི་བདེ་འཐོབ་པར་བྱེད།

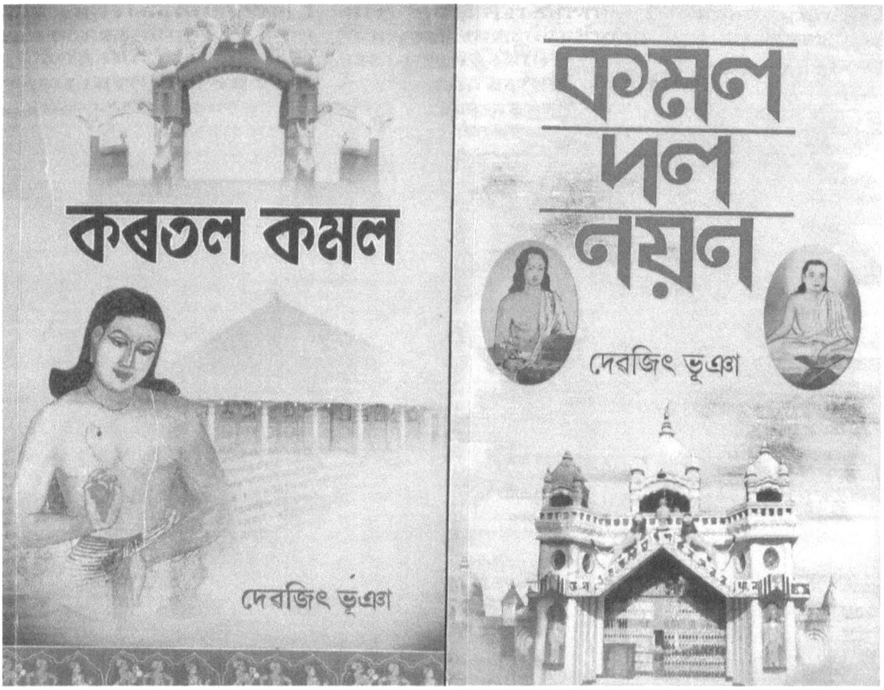

དུས་ཡུན་ནྷག་མི་ཡོང་།

དུས་ནི་གཏན་དུ་གནས་མི་ཐུབ །
དུས་ནི་ཧ་ཅང་ཤུགས་ཆེན་པོ་རེད །
ད་ལྟའི་ལོ་རྒྱུས་དང་། འདས་པའི་ལོ་རྒྱུས་དང་། མ་འོངས་པའི་ལོ་རྒྱུས་
དུས་ཀྱི་ཐད་ནས་ཚང་མ་འདྲ་མཚུངས་རེད །
དུས་ནི་རྒྱུན་ཆད་མེད་པར་རྒྱུག་བཞིན་ཡོད་པ་ལྟར །
རྒྱ་མཚོའི་ནང་གི་ཆུ་མིག་ལྟ་བུ་དང་།
དུས་ནི་མདའ་ལྟར་འཕུར་བཞིན་འདུག
ཁྱོད་ཀྱིས་ང་ལ་ནམ་ཡང་སྐྱངས་མ་ཐུབ་ན ། ཁྱོད་ཀྱིས་ང་ལ་ནམ་ཡང་སྐྱངས་མི་ཐུབ་པོ །
འོན་ཀྱང་སང་ཉིན་ལས་ལེགས་པ་ཞིག་ཡོང་བར་རེ་བ་ཡོད །
དུས་ནམ་ཡང་ སྲིན་གྱི་ཉིན་མོར་མཚམས་འཛོག་མི་བྱེད །
དེའི་དུས་སུ་སྔ་དྲོ་ལངས་ནས་བསྡད་པ་མ་ཡིན་པར ། ཉིན་མོ་དེ་ནི་སྔ་དྲོའི་དུས་སུ་ལངས་ནས་བསྡད་པ་ཡིན །
ལོ་རེ་བཞིན་རྒྱུན་ཆད་མེད་པར་འགྲོ་གི་རེད །
ཕྱོགས་རིས་མེད་པ ། ཕྱོགས་རིས་མེད་པ །
དབུལ་པོ་དང་། ཕྱུག་པོ་དང་། ཉམ་ཐག་དང་། སྟོབས་ཤུགས་ཅན་རྣམས་ལ་དུས་ནི་གཅིག་མཚུངས་ཡིན །
དེ་ལྟར་ཡིན་ན ། ཁྱོད་ཀྱི་མ་སླེབ་པའི་ཆེད་དུ་དུས་དེ་མ་ཡིན །
རིན་ཐང་ཆེ་བའི་རྒྱུ་ནོར་ཞིག་ཡིན་ཡང་། རང་དབང་ལྡན་པའི་རྒྱུ་ནོར་ཞིག་ནི་དུས་ཀྱི་རྒྱུ་ནོར་ཞིག་ཡིན །
རང་དབང་མེད་པར་མ་གཏོང་ཞིག ལག་ལེན་འཐབ། ཚེ་སྲོག་ལེགས་པར་འགྱུར །

སེམས་ཀྱི་ན་ཟུག་

སེམས་ཀྱི་སྡུག་བསྔལ་གྱི་དུས་སུ་གྲོགས་པོ་ཚོར་སེམས་གསོ་བྱེད་
བྱམས་བརྩེ་དང་སེམས་གསོ་དང་། སེམས་ཀྱི་ནུས་ཤུགས་དང་། དེ་ཚོ་ལ་རྒྱལ་ཁ་ཐོབ་པར་འགྱུར །
རང་ཉིད་གཅིག་པུ་ཡིན་པས་སེམས་ཉིད་ཉམ་ཆུང་དང་ཉམ་ཐག་བཟོའོ །
གྲོས་ཐག་འགའ་ཤས་ནི་ནོར་འཁྲུལ་དང་དགྲ་བོར་འགྱུར་སྲིད་དོ །
གྲོགས་པོ་རྣམས་དགའ་ཞིང་སྤྲོ་བར་འགྱུར །
མི་ཚོས་དུས་ཡུན་ཐུང་གི་དཀའ་སྡུག་མང་ཤོས་ལ་རྒྱལ་ཁ་ཐོབ་ཐུབ་པོ །
སེམས་ཀྱི་ན་ཟུག་གིས་མི་རྣམས་རང་སྲོག་གཅོད་པར་བསྐུལ་སྲིད་དོ །
ལས་ངན་བྱེད་པ ། སེམས་ཤུགས་ཉམས་པ ། རྟག་ཏུ་སེམས་ཤུགས་ཉམས་པ །
སེམས་ཁམས་ཉམས་ཆུང་ཡིན་པའི་སྐབས་གྲོགས་པོ་ཚོར་རོགས་རམ་བྱོས་ཤིག་
སེམས་ཤུགས་ལྡན་པའི་ཚིག་ཅིག་བརྗོད་ན ། གྲོགས་པོ་ཞིག་རང་བཞིན ། སླར་ཡང་ཡོང་བར་འགྱུར་རོ །

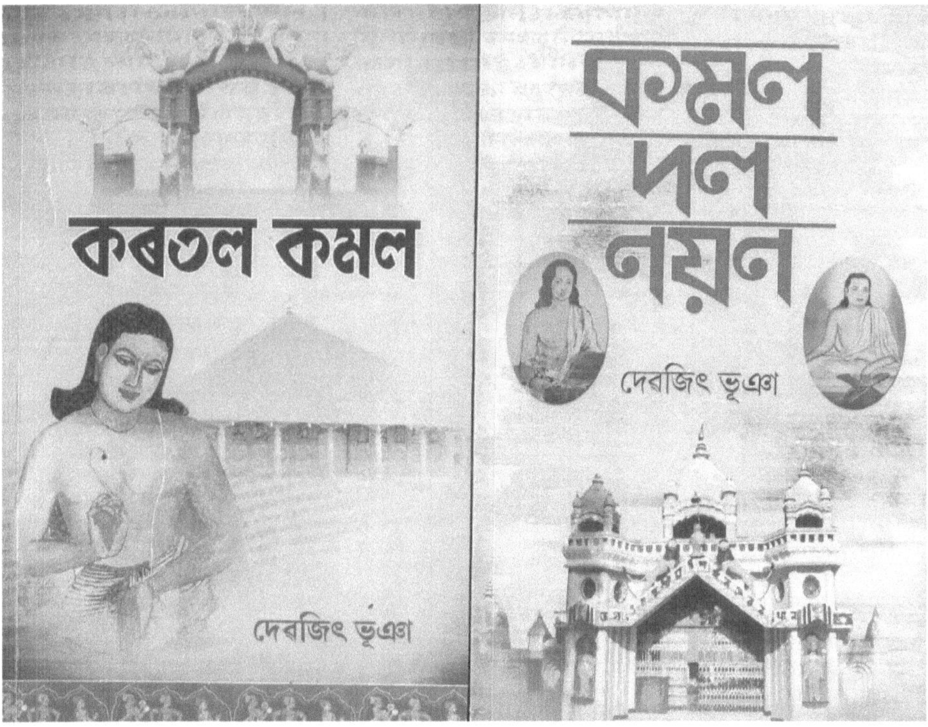

ལུས་ཀྱི་སྦྱང་སྦྱོང

འགྲོ་འགྲོ་བཞིན་པ། འགྲོ་འགྲོ་བཞིན་པ།
རྒྱུན་སྐྱོང་བྱེད་ཕྱིར་སྒྱུར་དུ་རྒྱུག་དགོས་དོན་མེད་
ལུས་རྩལ་བྱ་རྒྱུ་ནི་ལུས་རྩལ་བྱ་རྒྱུ་ལས་ལེགས་པ་ཞིག་ཡིན།
ཐ་དྲོའི་དུས་སྟོན་ལ་དགའ་བའི་དགའ་སྟོན་ཞིག་ཡིན།
ལུས་སྟོབས་དང་ལྡན་པར་གྱུར་ཏོ།།
ཁྲག་རྒྱུན་ལམ་དེ་ལེགས་པར་འགྲོ་བར་འགྱུར།
ང་ཚོ་ཉིན་གང་ཁྱེད་ལ་རོགས་བྱེད་ཀྱི་ཡིན།
དུས་དང་གནས་ཀྱི་བར་ཆད་གང་ཡང་མེད།
མི་ཞིག་ཀྱང་འཛམ་ཧོང་ཧོ་དང་དུ་འགྲན་བསྡུར་བྱེད་ཐུབ།
གྲོགས་པོ་གསར་པ་ཚོ་ལམ་དུ་ཡོང་བར་འགྱུར་རོ།
ཁྱོད་ཀྱི་གྲོགས་པོ་ནམ་ཡང་མི་འགྱུར་བར་ཤོག། ཁྱོད་ཀྱི་གྲོགས་པོ་ནམ་ཡང་མི་འགྱུར་བར་ཤོག།
རྐང་འགྲུལ་ནི་ལུས་དང་། སེམས་དང་། སེམས་ཀྱི་ཆེད་དུ་ལེགས་སོ།
ཁྱོད་ཚོར་ལུས་ཁམས་དང་སེམས་ཁམས་བདེ་པོ་ཡོད་པ་ཡིན་ན། ཁྱོད་ཚོར་ཚེའི་དམིགས་ཡུལ་དེ་སྒྲུབ་ཐུབ་པོ།

ཕྲུ་གུ་འགྲུལ་བཞུད །

འོག་ནས་མར་བབས་པ ། འོག་ནས་མར་བབས་པ །
ཁོ་ཡི་རྐང་པ་འཁྱུམས་པའི་བར་དུ་ཁོ་ཡི་རྐང་པ་འཁྱུམས་མི་ཐུབ །
ཉིན་ཞིག་ཁོ་ཚོ་དགའ་སྟོའི་ངང་དུ་འཁྱུམས་ནས་འགྲོ་བཞིན་ཡོད་དོ །
འགྲུལ་སྐྱོད་རིང་པོ་འགོ་ཚུགས་པ །
ཁྱོད་ཀྱིས་ཐེངས་གཅིག་གཉིས་ཙམ་འགྲེལ་བའི་རྗེས་སུ་ཡར་མ་ལངས་ན །
ཁྱོད་ཀྱིས་མི་ཚེ་ནང་ནམ་ཡང་འགྲན་བསྡུར་བྱེད་མི་ཐུབ་བོ །
འཕུར་བ་མེད་པར་སུས་ཀྱང་ཡར་ལངས་ནས་འགྲོ་བ་བསླབས་མི་ཐུབ་བོ །
ཆུང་དུས་ཀྱི་སློབ་སྦྱོང་དེ་ང་ཚོའི་མི་ཚེ་ལ་ཕན་ཐོག་ཆེན་པོ་ཞིག་ཏུ་འགྱུར་རོ ॥

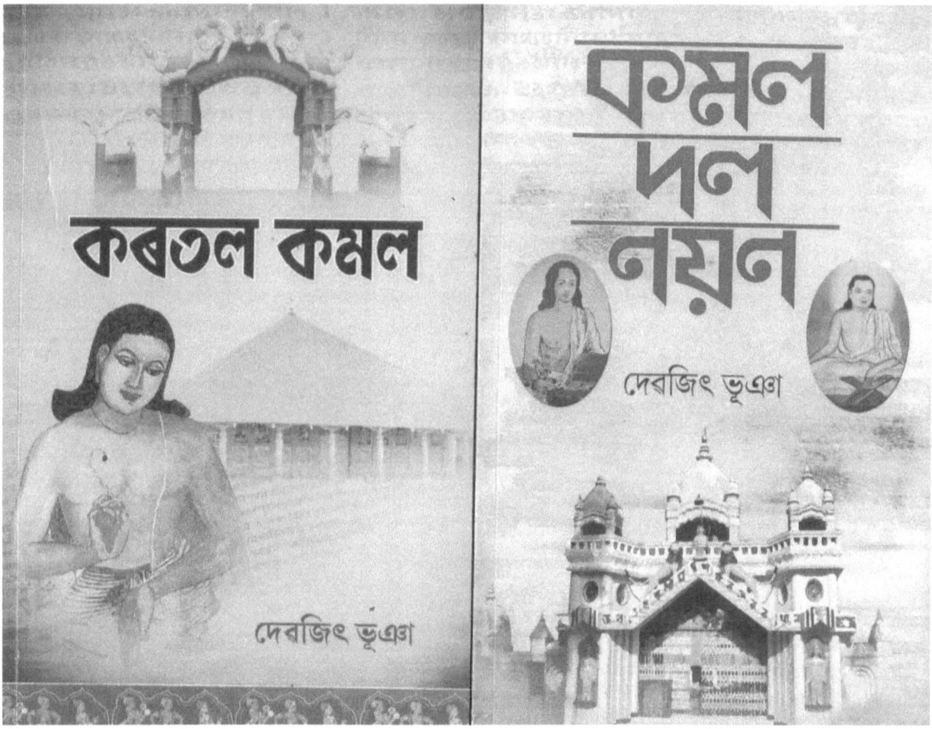

མ་དན་ཀྱི་གྲོ་བ་

ཁྱོད་ཀྱིས་ང་ལ་ཁྱོད་ཀྱི་གྲོ་བ་ཤོད་ཅིག
དེ་ནས་ཁོ་ཚོས་གད་འགོ་རྒྱུགས་སོ།
ནམ་ཡང་སྨིན་པའི་གཏམ་སྙིང་མ་བྱེད་ཅིག
ཁྱོད་ཀྱི་གྲོ་བ་ནང་། ཁྱོད་ཀྱི་ཁ་སྐྱུར་བ་མར་བབས་པར་འགྱུར།
ཆུང་ཆུང་ཆུང་ཆུང་ཆུང་ཆུང་ཆུང་ཆུང་ཆུང་།
འོན་ཀྱང་རྫོད་པ་འགོ་རྒྱུགས་པའི་ཆེད་དུ་ནམ་ཡང་གཏམ་སྙིང་མ་བྱེད་ཅིག
འདོད་ཆགས་ཀྱིས་གཉེན་མཚན་གྱི་འབྲེལ་ལམ་མེད་པར་བཟོ་མི་ཐུབ།
ཁྱོད་ཀྱིས་ང་ལ་ཁ་སྐྱུར་དང་སྨིན་པར་བྱེད།
ང་རྒྱུ་མིན་ནམ། ཡང་ན་གནས་ཚུལ་དེ་སྡུག་པོ་གཏོང་རྒྱུ་མིན་ནམ།

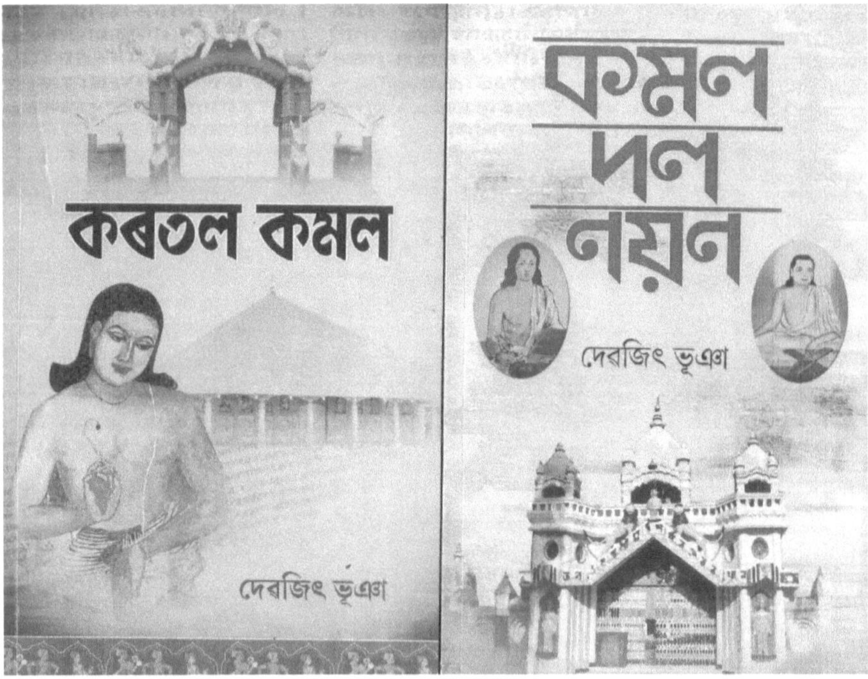

Coco the Wonder Pug སྒྲིག་འཛུག་ཐུས་ཚད། ཐེངས་10 ལས་ཉུང་བ། ཐོན་རིམ་5.7.1

ང་ཡི་བརྩེ་ལྡན་ཁྱོད་ནི་ང་ཡི་བརྩེ་ལྡན་ཡིན།
སྣང་ཆར། ཁྱོད་ཀྱི་བརྩེ་བའི་སྣང་ཆར།
ཁྱོད་ཀྱིས་ཟ་རྒྱུ་མཚམས་འཛོག་ཐུས་ན། ཁྱོད་ཀྱིས་ཟ་རྒྱུ་འགོ་ཚུགས་པར་འགྱུར།
ཁྱོད་ཀྱི་གྲོད་པ་གང་ཡོད་ན། ཁྱོད་ཀྱིས་རྒྱུག་པ་དགའ།
ངས་མི་ངན་རྣམས་ལ་ཧ་ཅང་གཅེས་པོ་བྱེད་ཀྱི་ཡོད།
ཁྱོད་ཀྱི་ཁྱིམ་ནི་དཀོན་མཆོག་གི་མཆོད་ཁང་ཡིན།
ཁྱོད་ཀྱི་བརྩེ་ལྡན་མཉམ་དུ་ཁྱོད་ནམ་ཡང་བསླུ་འཁྲིད་བྱ་མི་ཐུབ།
ཁྱེད་ཀྱི་གནས་ཡུལ། > གཙོ་ངོས། > སྨན་རྫས། > དགའ་ལྡན་པོ་བྲང་།
ཁྱིམ་ཚང་གི་ཁྲོ་བའི་གདོང་དང་གདོང་པ་སྐྱོ་པོ་རྣམས་ཡལ་བར་འགྱུར་རོ།
ཁྱི་ནི་མི་ཡི་གྲོགས་པོ་ཡིན།
ཁྱོད་ཀྱི་མི་མེད་ཀྱིས་བཟོས་པའི་སྟོང་པ་གང་ཞིག་ཀྱང་བཀང་མི་ཐུབ།

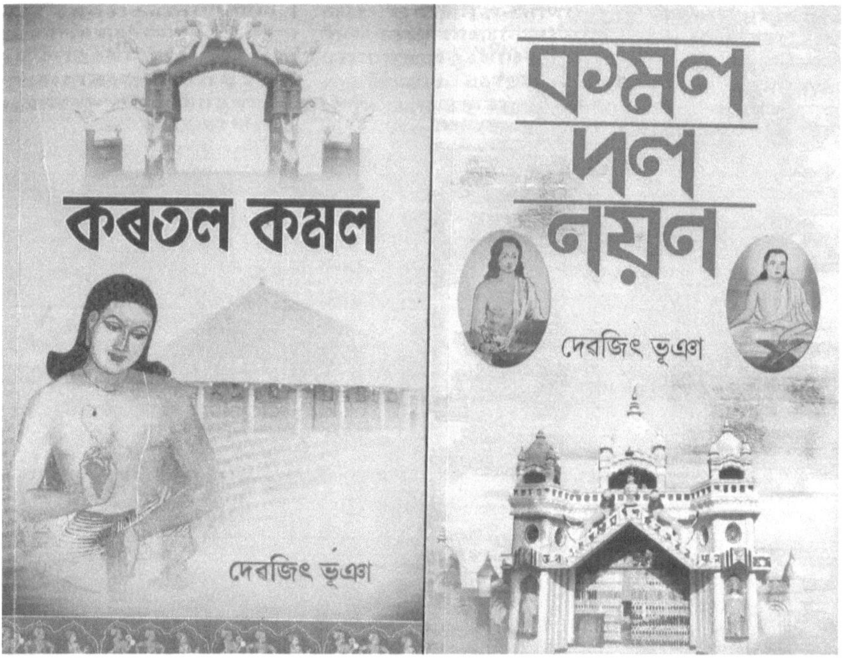

སྨྱུང་།

ཨ་སོམ་དུ་ཟླ་བ་གཉིས་པའི་ནང་སྨྱུང་འཁྱུབ་ཞུགས་ཆེན་པོ་ཡོང་བ་རེད།
ཁང་པ་དང་ལམ་ཚང་མ་ས་ལུད་དང་ས་ལུད་ཀྱིས་བཀང་བར་བྱེད།
གནམ་སྦྲར་ཡོལ་བ་དང་གནམ་གཤིས་སྐམ་པོ་རེད།
སྨྱུང་གིས་འཕྱུར་བར་བྱེད། སྨྱུང་གིས་འཕྱུར་བར་བྱེད།
སྨྱུང་ཞུགས་ཆེ་རུ་འགྲོ་སྐབས། ཞིང་སྐྱོང་ཆེན་པོ་རྣམས་ཀྱང་མར་བབས་སོ།
ཞོག་པ་སྐམ་པོ་ཡོད་ན། ཨ་སོམ་གྱི་ཞིང་ཁ་ནི་ཁ་དོག་པོ་ལྷ་བུ་འདུག

རང་བཞིན་གྱི་སྨན་རྫས།

སྤོ་ཚོད་ཀྱི་སྨན་རྫས་ཀྱིས་མིའི་ལུས་ཀྱི་གཟུགས་སྟོབས་ཡར་རྒྱས་གཏོང་ཐུབ་པོ།
ནད་གཞི་དང་འཕྲོད་བསྟེན་གྱི་འཐབ་འཛིང་ལ་ཕན་ཐོགས་ཡོད།
འོན་ཀྱང་ཁོང་ཚོས་ནད་རིགས་ཐམས་ཅད་གསོ་བར་ཐུབ་པར་ཡིད་ཆེས་མེད།
སྤོ་ཚོད་ནི་ནད་འབྱུང་དང་གཉན་འབྱུར་གྱི་ཆེད་དུ་སྨན་ཁབ་ཞིག་མིན།
སྨན་ཁབ་གཅིག་ཕུས་པན་མོ་ནད་གསོ་བར་བྱེད།
སྤོ་ཚོད་ཟ་རྒྱུ་ནི་ནད་འབྱུང་ལ་འཐབ་པར་ཕན་ཐོགས་ཡོད།
ཁྱོད་ཀྱིས་སྨན་རྫས་འདི་སྨན་རྫས་ལྟར་བེད་སྤྱོད་བྱས་ན་ཁྱོད་ལ་ཕན་ཐོགས་འབྱུང་ཡོང་།
ནད་གཞི་དང་འཐབ་འཛིང་བྱེད་རྒྱུ་དང་འཕྲོད་བསྟེན་ལེགས་པོ་ཡོང་རྒྱུ་ནི་རྒྱུ་ནོར་ཡིན།

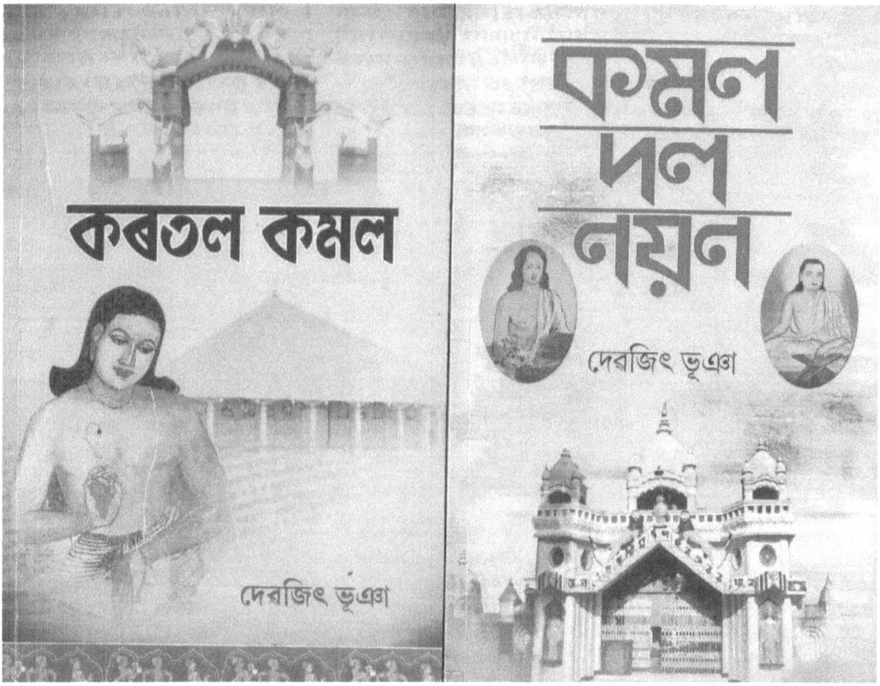

སེམས་ཀྱི་འཛིགས་སྣང་

འཛིགས་བྲལ ། མ་རེད ། : མ་རེད ། ངའི : རེད །
འཛིགས་སྣང་ནི་ཉེན་ཁ་ཆེན་པོ་རེད །
སེམས་ཀྱི་འཛིགས་སྣང་ནི་ལུས་ཀྱི་འཛིགས་སྣང་ཡིན །
རྒྱུག་འགྲན་འགོ་ཚུགས་པའི་སྔོན་དུ་ཁྱོད་ཕམ་པར་བྱེད །
འཛིགས་སྣང་གིས་སེམས་ཉིད་དང་མིག་གིས་མཐོང་མི་ཐུབ་པའི་སྲོག་ཆགས་རྣམས་མཐོང་།
ཁྱོད་ཀྱིས་འཐབ་འཛིང་མེད་པར་དམག་སྐར་ནས་བྲོས་ཐུབ་པོ །
དེ་ནི་འཛིགས་སུ་རུང་བ་དང་། སྐྱོད་ངན་དང་། སྐྱོད་ངན་བཅས་ཡིན །
འཛིགས་སྣང་གིས་མི་ཞིག་རྒྱལ་ཁ་མི་ཐོབ་པོ །
ཁྱོད་ཀྱིས་དེ་ལྟར་བྱས་ན་ཁྱོད་ལ་གོ་སྐབས་མང་པོ་ཐོབ་པར་འགྱུར །
འཛམ་གླིང་ཡོངས་རྫོགས་ཁྱེད་དང་མཉམ་དུ་ཡོད་ན ། ཁྱེད་ནི་དཔའ་རྩལ་ལྡན་པ་ཞིག་ཡིན་ན །
སྐྱེ་བོ་ཞིག་འཆི་བའི་རྗེས་སུ་ཀུང་དྲན་པར་བྱེད་དོ །

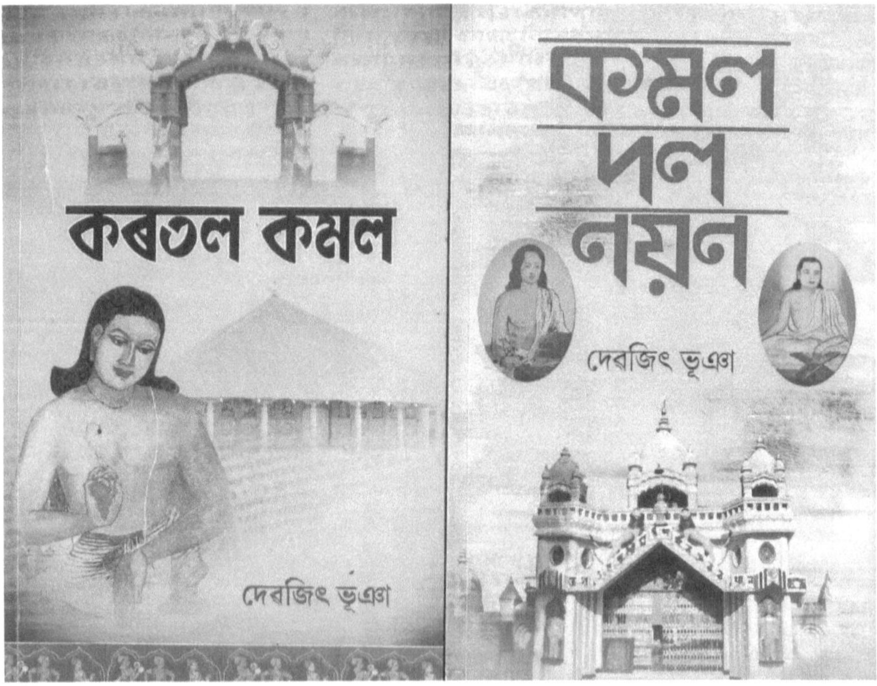

ཤིང་སྡོང་གི་འཇིགས་སྣང་

ཤིང་སྡོང་གི་ཤིང་སྡོང་གི་སྨྲ་ཐོས་ནས་འཇིགས་པ །
མི་རླུང་རྒྱ་གྲམ་གྱིས་ནགས་ཚལ་མེད་པར་བཟོས་པའི་རྗེས་སུ ། ནགས་ཚལ་དེ་མགྱོགས་པོར་མེད་པར་བཟོས་སོ །
དུས་སྐབས་ཤིག་ལ་མི་ཞིག་གིས་ཤིང་སྡོང་བཅད་རྒྱུར་དཀའ་ལས་རྒྱབ་དགོས་བྱུང་།
འོན་ཀྱང་ད་ལྟ་ལུས་ཁམས་ཀྱི་དཀའ་ངལ་སེལ་ཐབས་ཀྱི་ལས་འགུལ་ཞིག་རེད །
དེའི་རྐྱེན་གྱི་རྐྱེན་ངན་བྱུང་བ་དང་། ནགས་ཚལ་རྣམས་མེད་པར་བཟོས་སོ །
འཛམ་གླིང་གི་དྲོད་དྲོད་འགྱུར་གྱི་རྐྱེན་གྱིས །
ཆུ་ལོག་གིས་རླུང་འཚུབ་ཤུགས་ཆེན་པོ་གཏོང་བ་དང་། ཆུ་ལོག་གིས་རླུང་འཚུབ་ཤུགས་ཆེན་པོ་གཏོང་བ་དང་།
དུས་སྐབས་གཅིག་ལ ། ལག་པས་མི་དང་མི་རབས་ཀྱི་གྲོགས་པོ་མཐོང་།
སྲོག་ཆགས་དང་སྐྱེ་ལྡན་རིགས་ཀྱི་ཁྱད་པར་དང་། སློག་ཤུགས་ཅན་གྱི་ས་བོན་རྣམས་མེད་པར་བཟོ །

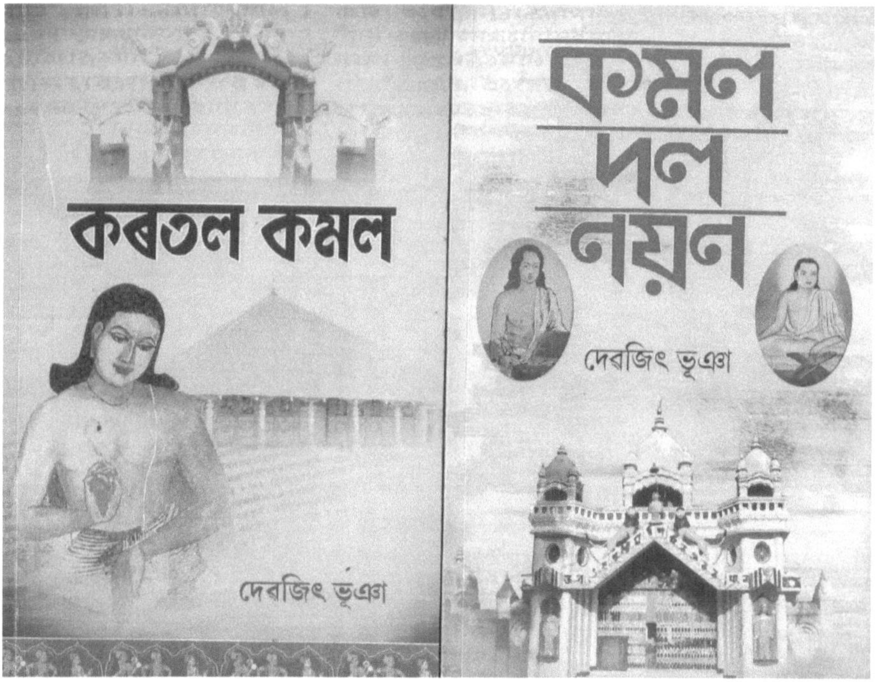

བོད་ཀྱི་དུས་བབ། > གསར་འགྱུར། > གསར་སྙིང་། >
རྒྱ་གར་གྱི་སྲིད་ཇུས་ཀྱི་སྲིད་ཇུས་ཀྱི་སྲིད་ཇུས་ཀྱི་སྲིད

བཙག་འཐུ་དུས་ནི་སྲིད་ཇུས་ཀྱི་གནས་སྟངས་བསྒྱུར་བཅོས་བྱེད་པའི་དུས་བཟང་ཡིན །
འོན་ཀྱང་སྲིད་ཇུས་བསྒྱུར་བ་ནི་མི་རྣམས་ཀྱི་དཀའ་ངལ་སེལ་ཐབས་ཀྱི་ཆེད་དུ་མིན་ནོ །
ལ གོང་ས་མཆོག་གིས་སྲིད་སྐྱོང་དང་སྲིད་སྐྱོང་པ་ཚོའི་སྲིད་སྐྱོང་ལ་བསྒྱུར་བཅོས་གཏོང་རྒྱུ་ཡིན །
དངུལ་དང་། ཆང་དང་། རྒྱུ་ནོར་དང་། བུད་མེད་བཅས་ནི་སེམས་ཤུགས་ཆེན་པོ་ཞིག་ཡིན །
ལ གོང་ས་མཆོག་གིས་སྲིད་སྐྱོང་པ་ཚོར་བསླུ་འཁྲིད་བྱེད་རྒྱུ་གང་ཡིན་ནམ །
སྲིད་དོན་པ་རྣམས་ཀྱི་ཆེད་དུ་ཞབས་ཕྱི་ཞུ་རྒྱུ་ནི་རྟག་ཏུ་དོན་གནད་གཞན་ཞིག་ཡིན །
རང་གི་དངུལ་ཁུག་གང་ཐུབ་བཀང་རྒྱུ་ནི་གལ་ཆེ་བ་ཡིན །
དབང་ཤུགས་དང་དབང་ཆ་དང་དངུལ་ནི་འགོ་ཁྲིད་ཚོའི་ཆེད་དུ་གལ་ཆེ་བ་རེད །
འདི་ཚོ་ཚང་མ་ཧ་ཅང་འཇམ་པོ་རེད། གང་ལགས་ཟེར་ན། མང་ཉོས་ཀྱི་འོས་མི་ཚོས་ཤེས་རྟོགས་མེད་པས་ཡིན །
བཙག་འཐུ་དུས་ནི་གནམ་གཤིས་དང་འགྱུར་བཅོས་ཀྱི་ཐད་ནས་ལེགས་པོ་རེད །

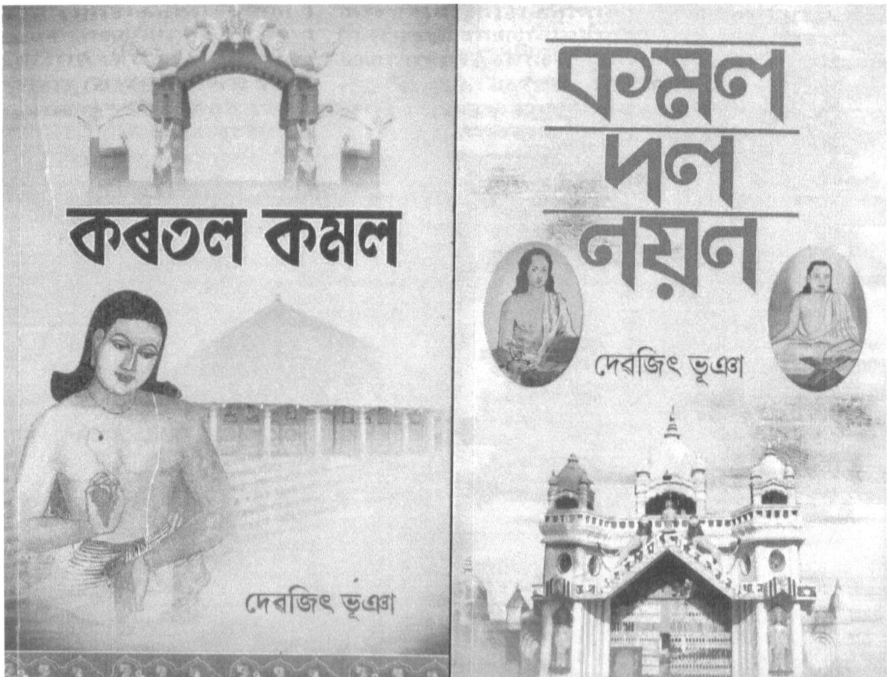

མདངས་གསར་པ།

མི་ཏོག་ཆོས་གཞི་མང་པོ་ཡོད།
ཚུན་མོ་ཨ་སོམ་དུ་སླེབས་

བོད་ཀྱི་དུས་བབ། > གསར་འགྱུར། > གསར་སྙིང་། > བོད་ཀྱི་དུས་བབ།

སྒྲ་དབྱངས་ཀྱི་སྒྲ་(dhool-pepa) མཚན་མོའི་ཁུ་སིམ་པ་བཅག་
ཞིང་སྡོང་གི་འོག་ཏུ་བྱམས་པའི་བྱིའུ་རྣམས་དགའ་སྤྲོའི་ངང་དུ་འཚོགས་བཞིན་ཡོད།
སྡང་སེམས་དང་། རྩོད་རྙོགས་དང་། དབྱེ་བ་དང་། རིགས་དབྱེ། དད་སེམས་དང་། ཆོས་ལུགས་སོགས་གང་ཡང་མེད།
མི་ཚང་མས་དུས་སྟོན་གྱི་དགའ་སྟོན་ལ་དགའ་བ་ཡོད། མི་སྡེ་ནང་མི་འདྲ་བ་གང་ཡང་མེད།
གྱོན་གོས་གསར་པ་གྱོན་པ། ཕྲུ་གུ་དང་ན་གཞོན་ཆོས་རྩེད་པ་དང་མཚོང་
ཨ་མ་ཚོ་ཡང་ཁྱུང་ཁྱུང་གི་ནང་ཞུགས་ཀྱི་ཡོད།
ཀ་ཛིར་ན་གཱ་རུ་ཡང་། རིན་པོ་ཆེའི་སྐད་འདི་ཚོ་འདིར་རྒྱུག་པ་དང་། དེར་དུང་འབུད་ཀྱི་སྒྲ་ཐོས་པ་ཡོད།

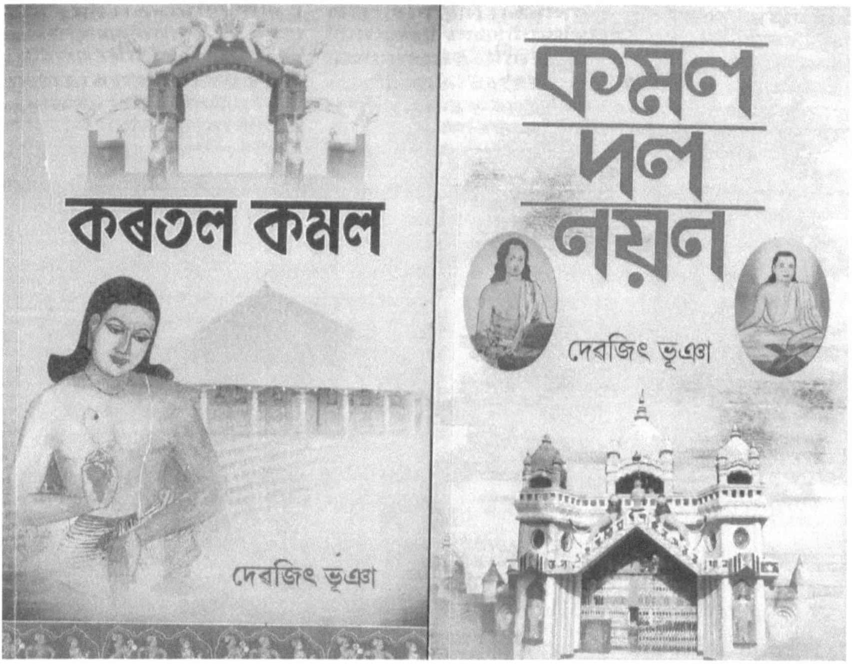

Next articleངཚོའི་མི་ཚེ་འདི་

འཆི་བའི་རྗེས་སུ་འཇིག་རྟེན་གཞན་ཞིག་ཏུ་སྐྱོག་ཡོད་པ་སུས་ཀྱང་མི་ཤེས་སོ།
འཆི་མེད་ཀྱི་རྣམ་ཤེས་ཀྱི་འབྱུང་གནས་ནི་བདེན་པའི་གཏམ་ཞིག་མ་ཡིན་པར་བདེན་པའི་གཏམ་ཞིག་ཏུ་འགྱུར་སྲིད་དོ།
Next Post: ཅིའི་ཕྱིར་ང་ཡིས་ཁྱོད་ལ་གཅེས་པར་བྱེད། ཁྱོད་ཀྱིས་མི་གཞན་ལ་གཅེས་པར་བྱེད།
བྱམས་བརྩེ་དང་དགའ་སྐྱིད་ཀྱི་མཛེས་སྡུག་དེ་རང་སྲོག་འདིའི་ནང་
མཐའ་མའི་ཚེ་སྲོག་གི་སྐོར་བསམ་བློ་གཏོང་རྒྱུ་གང་ཡང་མེད།
གལ་ཏེ་ཕྱོགས་གཞན་ནས་སྲོག་ཡོད་ན། ཁྱོད་ཚོར་དགའ་སྤྲོ་དང་བྱམས་བརྩེ་གཉིས་ལྷན་ཡོང་བར་འགྱུར་རོ།
དངོས་པོ་རེད། དངོས་པོ་འཛམ་གླིང་འདིའི་ནང་ཚེ་རིང་གི་འགྲེལ་བཤད་ཏ་ཙང་རྒྱ་ཆེར་གཏོང་རྒྱུ་རེད།

ད་ལྟ་ཁྱེད་ཀྱི་གནས་ཡུལ་ནི། - ཧེ་མ་ལ་ཡའི་བོན། > > དགོན་སྡེ། > > དགོན་སྡེ། > > དགོན་སྡེ། > > དགོན་
སང་ཉིན་དང་ཕྱི་ལོ་དང་མ་འོངས་པའི་མི་ཚེ་ཡོང་སྲིད་དམ། སུ་ཞིག་གིས་ཤེས་སམ།

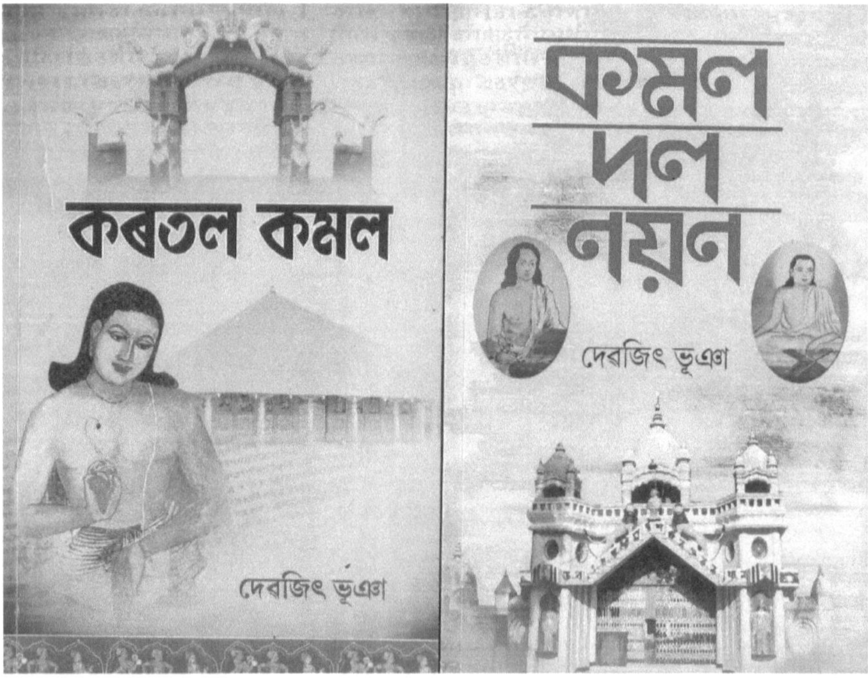

སྦྲང་གཞོང་།

ཁྱོད་ཀྱི་གྲོགས་པོ་དང་ཁྱོད་ཀྱི་གྲོགས་པོ་ལ་ནམ་ཡང་སྐྱངས་མི་ཡོང་།
ཁོ་ཡིས་རང་གི་དགྲ་བོར་འཐབ་རྩོལ་བྱས་པ་དང་། ཁོ་ཡིས་རང་གི་དགྲ་བོར་འཐབ་རྩོལ་བྱས་པ་ཡིན །
བྱམས་བརྩེ་དང་འབྲེལ་བའི་གནས་སྟངས་ནི་གཏན་དུ་མེད་པར་འགྱུར །
མི་རྣམས་ཁྱོད་ལ་སྐྱངས་ཡོང་། རང་བཞིན་གྱིས་ཁྱོད་ལ་སྐྱངས་ཡོང་།
གོང་འཕེལ་དང་སེམས་ཀྱི་ཞི་བདེ ། གནོད་འཚེ་གཏོང་བའི་སྒོ་ནས་ཡལ་བར་འགྱུར །
སྡུག་བསྔལ་ལས་བཟོད་བསྲན་དང་དྭ་བ་ལེགས་སོ །
དཀོན་མཆོག་ཁོང་གིས་ཁྱོད་ཀྱི་མིག་ཆུ་སྐམ་པར་གཏོང་གནང་ངོ་ །

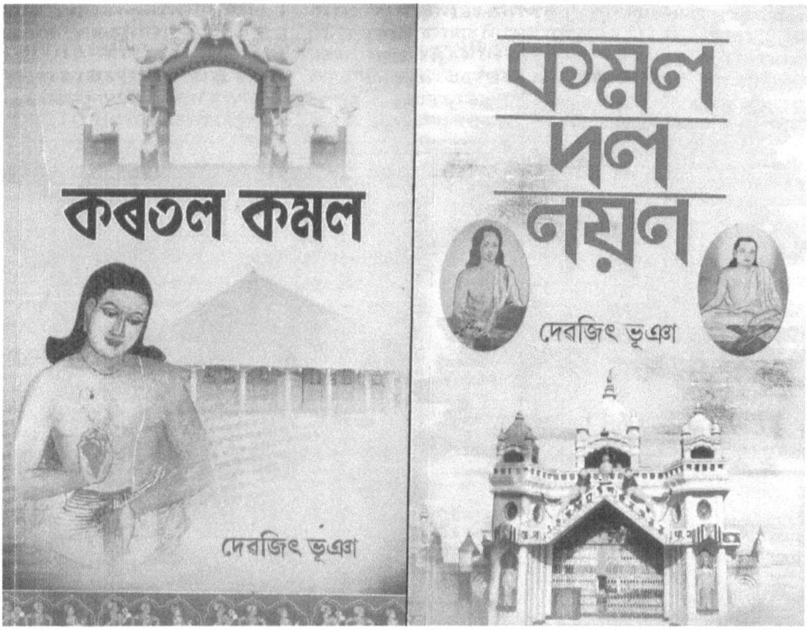

བླ་མ །

ད་ལྟ་བླ་མ་རྣམས་ཀྱང་དྲང་པོ་དང་སྤྱོད་ཚུལ་ལྡན་པ་ཞིག་མིན་ནོ །
བདེན་པ་དང་དྲང་པོའི་ལམ་དུ་འགྲོ་མི་ཐུབ་པོ །
བླ་མ་ཆོས་ཆོས་ཀྱི་མིང་ནས་མི་ལ་བསླུ་འཁྲིད་བྱེད་
ཆོས་ལུགས་ཀྱི་བསྒྱུར་བཅོས་དང་མི་བཟང་པོ་རྣམས་ཡོང་རྒྱུ་ནི་ཐབས་ལམ་ཞིག་རེད །
བླ་མ་རྣམས་སོ་སོར་གྱིས་ནས་ཕན་ཚུན་ལ་འཐབ་འཛིང་བྱེད་རྒྱུར་བསྐུལ་བར་བྱེད་དོ །
དཀོན་མཆོག་ཁོང་གིས་དེ་ཚོར་སྐྱབས་གྲོགས་མཛད་པ་དང་། ཁོང་གིས་དེ་ཚོར་སྐྱབས་གྲོགས་མཛད་དོ །
བར་མི་ཚོས་ཆོས་ཀྱི་བདེན་པའི་ཆོས་རྣམས་མེད་པར་བཟོའོ །
དེས་ཁོ་ཚོའི་བླ་ཆ་ཡར་རྒྱས་སུ་གཏོང་རྒྱུར་རོགས་བྱེད་དོ །
བླ་མ་རྣམས་ཆོས་ལུགས་ལ་ཞུགས་པ་དང་། ཆོས་ལུགས་ལ་མི་གཙང་བ་བཟོས་སོ །
ཀུན་ཆང་དང་། ཀུན་ཆང་དང་། ཀུན་ཆང་དང་། ཀུན་ཆང་དང་། ཀུན་ཆང་བཅས་ཀྱི་སྒོ་ནས་ཁོ་ཚོས་དགའ་སྟོན་བྱེད་པར་འགྱུར །
སྐྱབས་མགོན་ཡེ་ཤུའི་ཆོས་ནི་ད་དུང་ཡང་བདེན་པ་དང་དྭངས་གསལ་རེད །
ཆོས་ལུགས་ཀྱི་ནང་། བར་མི་ཚོས་དགའ་སྟུག་ཙམ་ཞིག་བཟོས་པ་རེད །

ཉི་འོད་ཤར་བ་རེད།

སྒོང་ཕྲུག་གཅིག་ལས་ལྷག་པའི་བརྩོན་ཤུགས་ཡོད་ན །
སྒྲ་དབྱངས་ཀྱི་སྒྲ་ནི་སྒྲ་སྙན་གྱི་སྒྲ་ལྟ་བུ་འདུག
སྲིད་དོན་ཚོགས་པས་རང་འདོད་ཀྱི་ཆེད་དུ་སྲིད་བྱུས་གསར་པ་ཞིག་བཟོ་རྒྱུ་ཡིན་
དབང་ཆ་དེ་ནི་ཞལ་བཞེས་རྫུན་མ་མཉམ་དུ་ཚོགས་རྒྱུན་བཙུགས་པའི་སྒོ་ནས་བཟུང་།
འོན་ཀྱང་རྒྱ་མཚོའི་དཀའ་ངལ་དེ་འདྲ་རང་ལུས་སོ །
ཤུགས་སྟོབས་དང་ཤུགས་སྟོབས་ནི་རྟག་ཏུ་སྲིད་བྱུས་ཀྱི་རྩེད་ཞིག་རེད །
ཞ གོང་ས་མཆོག་གིས་བཀའ་སློབ་སྩལ་བ ། ལ གོང་ས་མཆོག་གིས་བཀའ་སློབ་སྩལ་བ །
སྲིད་སྐྱོང་པ་ཚོ་ཡོང་བ་དང་། སྲིད་སྐྱོང་པ་ཚོ་ཡོང་བ་དང་། མི་ཚོས་ཁོ་ཚོར་རྒྱབ་སྐྱོར་བྱེད་དོ །
རྒྱལ་ཁབ་གཅིག་ནས་གཞན་བར་རྒྱུན་འགྲུལ་སྤེལ་བ །
འོན་ཀྱང་དབུལ་པོ་ཚོ་དབུལ་པོ་ཡིན་ན་ཡང་། རྟག་ཏུ་དཀའ་ངལ་ཡོད་དོ ॥

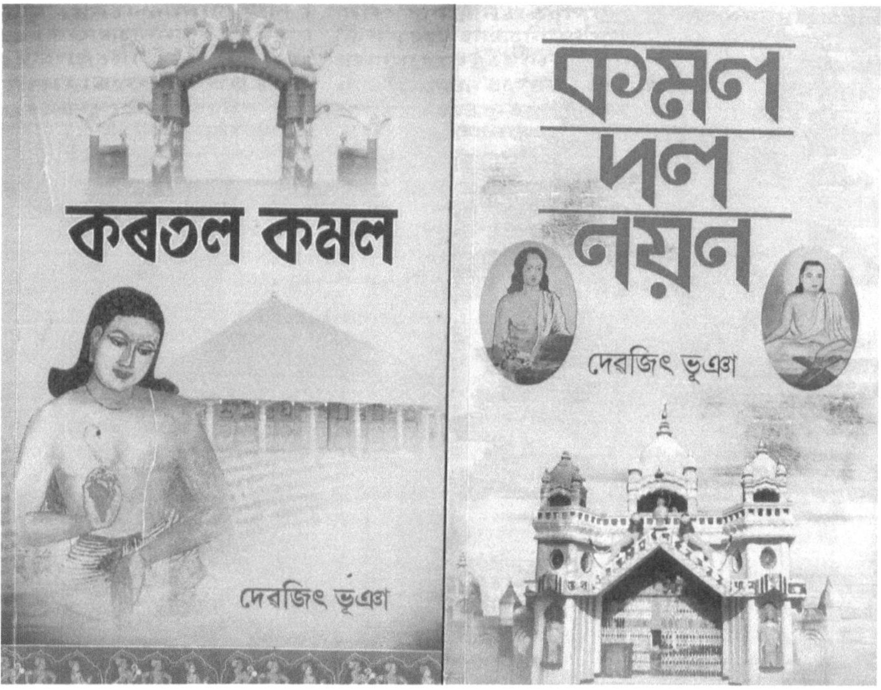

ཨ་ཡིག་སན་ཏར་ལགས། སྒྱུར་དུ་སོང

སྒྱུར་དུ་སོང་ཞིག། སྒྱུར་དུ་སོང་ཞིག།
འཁོར་ལམ་གྱི་སྙིང་མི་སུ་ཡང་དོ་སྣང་མི་བྱེད་དོ།
ཤིང་སྡོང་གི་འོག་ཏུ་འགྲེལ་མི་རུང་།
སྤྲང་འབྱུར་མང་པོ་འཕྱུར་བཞིན་འདུག
ཤིང་སྡོང་གི་རྩ་བ་ནི་ཤིང་སྡོང་གི་རྩ་བ་ཡིན།
གྲོང་ཁྱེར་གྱི་ནང་དུ་ཁྱེད་ཀྱིས་དེ་ཚོར་མི་རྙེད་དོ།
མི་ཚོས་ཁང་པ་བཟོ་རྒྱུར་ཤིང་སྡོང་ཚང་མ་བཅད་དོ།
གྲོང་ཁྱེར་རྣམས་ནི་རྡུལ་གྱི་ནགས་ཚལ་དང་། ས་ཁམས། སྒྲུམ་འཁོར་བཅས་ཀྱི་ནགས་ཚལ་ཡིན།
སྤྲང་ཆར། རྟག་ཏུ་ཐག་རིང་དུ་སྡོད་ཀྱི་རེད།
རིགས་གྲས །: སྤྱི་ཚོགས་ལས་གཞན།
དེ་ནས་ཚང་མ་མགྱོགས་པོ་ཡོང་བར་འགྱུར་རོ།

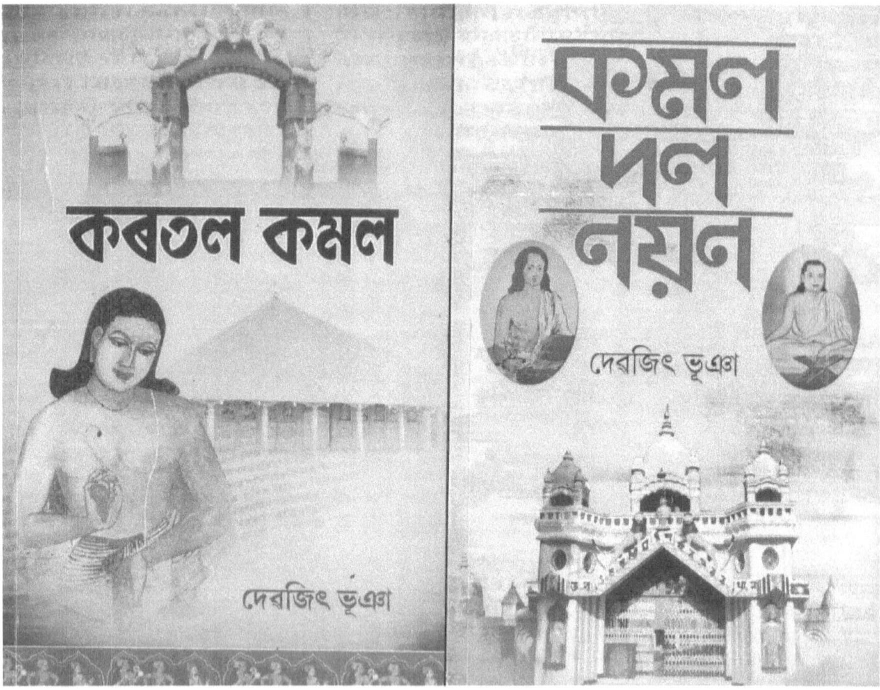

ངས་ཚོང་མ་དགའ །

I love you, I love you, I love you ངས་ཁྱོད་ལ་དགའ་བར་བྱ་རྒྱུ་ཡིན། ངས་ཁྱོད་ལ་དགའ་བར་བྱ་
མ་དངུལ་ལ་སྣང་མཁན་སུ་ཡང་མེད།
བྱམས་བརྩེ་ནི་དངོས་གནས་སྙིང་རྗེ་ཡིན།
ཁྱོད་ཀྱིས་བརྩེ་བ་བྱས་ན་ཚེ་རིང་པོ་ཡོང་བར་འགྱུར་རོ།
Comments Off on འདོད་ཆགས་ནི་ནམ་མཁའ་ལྟར་མཐའ་མེད་
མ་དངུལ་དང་རྒྱུ་ནོར་རྣམས་དུས་ཀྱི་རྗེས་སུ་ཉམས་པར་འགྱུར།
འོན་ཀྱང་འཆི་བའི་བར་དུ། རྒྱུན་ཆད་མེད་པར་བྱམས་བརྩེ་ཡོང་བར་འགྱུར།
ཚིག་འདི་ནི་ལག་པའི་ནང་ཆུ་ལྟ་བུ་ཡིན་ཏེ།
འགྲོ་སྐབས་དངུལ་གྱིས་ངུས་མི་ཐུབ།
སུ་ཞིག་གིས་ཁྱོད་ལ་མིག་ཆུ་འཛག་ནས་བྱམས་པ་ཡིན་ན། ཁོས་ཁྱོད་ལ་ཁ་གྲོས་པར་བྱེད་དོ།

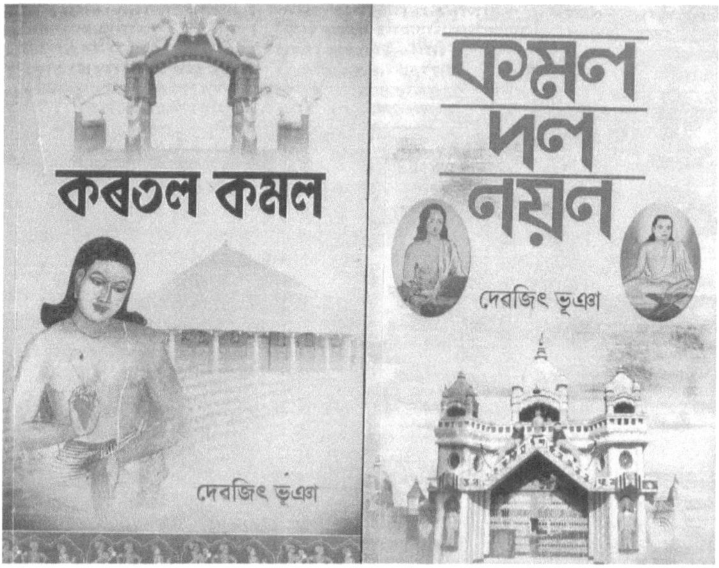

ཁྱོད་ཀྱིས་ལས་ཀ་འགོ་འཛུགས་དགོས།

ཁྱེད་རང་འདི་ལྟར་ཡོད། མདུན་ངོས། -- གསར་རྩོམ། -- གསར་རྩོམ།
མི་སུ་ཞིག་གིས་ཁྱོད་ལ་གཏན་གྱི་ཆེད་དུ་ཁ་ཟས་སྟོང་པ་སྤྲད་མི་ཐུབ།
ཁྱོད་ཀྱི་ལག་པའི་ནང་ཁྲུ་སིམ་པོ་དང་ཁྲུ་སིམ་པོ་ཡོད།
འཛམ་གླིང་འདིའི་ནང་གོ་སྐབས་གང་ཡང་མེད།
རྒྱལ་ཁབ་གཞན་གྱི་མི་ཚོས་ཨ་སམ་དུ་དངུལ་མང་པོ་ཐོབ་
འོན་ཀྱང་ཁྱེད་ཚོས་ང་ཚོའི་ཡུལ་ནང་གོ་སྐབས་མེད་ཅེས་བརྗོད་ཀྱི་ཡོད།
གློག་ཀླད་དང་ཁ་པར། ལག་པར་དེབ་བཅས་ཀྱི་སྐོར་སློང་བ། ཡང་ན་ཤིང་སྡོང་བཙུགས་པར་རྐྱེན།
ཉིན་ཞིག་ཤིང་སྡོང་དེ་དག་གིས་ཁྱོད་ལ་འབྲས་བུ་སྤྲད་པ་དང་། ཁྱོད་ཚོར་སྡུག་གི་དཀའ་ངལ་སེལ་བར་བྱེད་དོ།

ས་གནས་ཀྱི་འདས་གྲོངས་སུ་སྨྲུར་པ །

ཁྱོད་རང་གི་མཐའ་མའི་འགྲོ་གྲངས །
བུ་མོ་ནི་ཁྱོད་ཀྱི་ཕ་མ་ཡིན །
ཁྱོད་ཀྱི་གྲོགས་པོ་དེས་ཁྱོད་ལ་རོགས་བྱེད་ཀྱི་མིན །
ངས་ཁྱོད་ལ་བརྗོད་རྒྱུ་ནི ། ཇི་སྲིད་པ་དེ་ཚོ་ཡོང་བ་རེད །
འཆི་བའི་རྗེས་སུ་ཚེ་ལས་གཞན་གང་ཡང་མི་འབྱུང་།
ཤ་དང་རུས་པའི་རོ་རྣམས་དུར་ཁྲུང་གི་འོག་ཏུ་ཡོད་པར་འགྱུར །
གལ་ཏེ་ཁྱེད་རང་གསོན་པའི་དུས་སུ་སྡུག་བསྔལ་གྱི་དུས་སུ་སུ་སུ་ཡང་རོགས་རམ་བྱས་མེད་ན །
ཁྱོད་ཀྱི་དུར་སར་སུ་ཞིག་གིས་ཀྱང་ཁྱོད་ལ་མེ་ཏོག་འབུལ་མི་ཐུབ ། ཁྱོད་ཀྱི་དུར་སར་སུ་ཞིག་གིས་ཀྱང་མེ་ཏོག་འབུལ་མི་ཐུབ །
གསོན་པོར་གནས་པ ། སྙིང་རྗེ་ཅན་དང་། སྙིང་རྗེ་ཅན་དང་། གཞན་ལ་རོགས་རམ་བྱེད་པ །
སྡུག་བསྔལ་དང་སྡུག་བསྔལ་གྱི་དུས་སུ་བྱམས་བརྩེ
ཁོང་གྲོངས་པའི་རྗེས་སུ་ཀྱང་ཁོང་གི་དྲན་རྟེན་རྣམས་འཕེལ་བར་འགྱུར་རོ །

ཁང་པ་སྦྲང་ཆར།

ཁྱོད་ཀྱི་ཁྱིམ་གྱི་ཉེ་འགྲམ་དུ་ཡོད་པའི་བྱིའུ་ཆུང་ཆུང་དེ་ལ་བྱམས་བརྩེ་སྟོས་ཤིག
མི་ཡི་གྲོགས་པོ་ཆེ་རེད།

Homo sapiens གི་ཁྱད་ཆོས་

ལོ་ངོ་༧༠, ༠༠༠ གི་རིང་གི་འཕྲུལ་ལམ་གྱི་རིང་ལ་མི་ཞིག་ནམ་ཡང་མ་སྐྱངས་སོ།
འོན་ཀྱང་ད་ལྟ་ཕོ་ཆོ་གྲོང་ཁྱེར་དང་གྲོང་གསེབ་ཀྱི་ཉེན་ཁ་ནང་ཡོད་
རང་བཞིན་གནས་སྟངས་མེད་པར་བཟོ་རྒྱུའི་ཐབས་ལམ་ཞིག་རེད།
ཁྱོད་ཀྱིས་བྱ་ཆུང་འདི་ལ་བྱམས་ཤིང་གཅེས་ཤིང་། ཕོ་ཆོ་འཆི་བའི་ཉེན་ཁ་ལས་ཐར་བར་རོགས་བྱེད་དགོས།
གལ་ཏེ་དེ་ལྟར་མིན་ན། མི་ཚོའི་གྲོགས་པོ་ཞིག་ཤོག་པར་འགྱུར།

དངུལ་གྱི་སྒོར །

དེ་ནས་ཕོ་དང་ཕོའི་ཁྱིམ་མི་ཐམས་ཅད་བཀྲེས་ཤིང་ལྟོགས་ནས་སྡོད་ཅིང་།
འོན་ཀྱང་ཟས་ཀྱི་འཕྲོག་བཅོམ་རྒྱུ་མཐུད་དུ་འཕེལ་བཞིན་འདུག
མི་ཕྱུག་པོ་ཚོ་དངུལ་གྱི་དབང་ཆ་ལ་ལྷག་པར་བེད་སྤྱོད་བྱེད །
ཁོང་ཚོའི་དགའ་སྐྱིད་དང་དགའ་སྐྱིད་ཀྱི་ཆེད་དུ་ཁོང་ཚོས་སློག་མི་ལྷག་པར་གཏོང་གི་རེད །
ལྟོགས་པའི་དབུལ་པོ་ཚོས་སློག་མི་མེད་པའི་ཐབས་ལམ་ལ་ཅི་ལྟར་རོགས་རམ་བྱེད་ཀྱི་རེད་དམ །
གྲོང་ཁྱེར་ཆེན་པོ་ཞིག་ཏུ་གོང་འཕེལ་བྱུང་བའི་གྲོང་ཁྱེར་ཞིག་ཏུ་དབུལ་པོ་རྒྱལ་ཁབ་ལས་ཀྱང་སློག་མི་ཐོན་སྐྱེད་མང་བ་ཐོན་བཞིན་འདུག
ཀ་སྟོན་ཐོན་སྐྱེད་ཀྱི་ཆ་སྙོམས་ཐོབ་ཐང་ནི་ཐབས་ལམ་གཅིག་པུ་ཡིན །
གནམ་གཤིས་འགྱུར་བ་དང་གནམ་གཤིས་དྲོད་དྲོད་པས་མྱུར་དུ་འཆི་བར་འགྱུར་རོ །
ཕྱུག་པོ་རྣམས་ཀྱི་ཁྲོད་དུ་ཕྱུག་པོ་རྣམས་ཀྱང་གྲོང་གསུད་དང་གྲོང་གསུད་བྱུང་བར་འགྱུར །

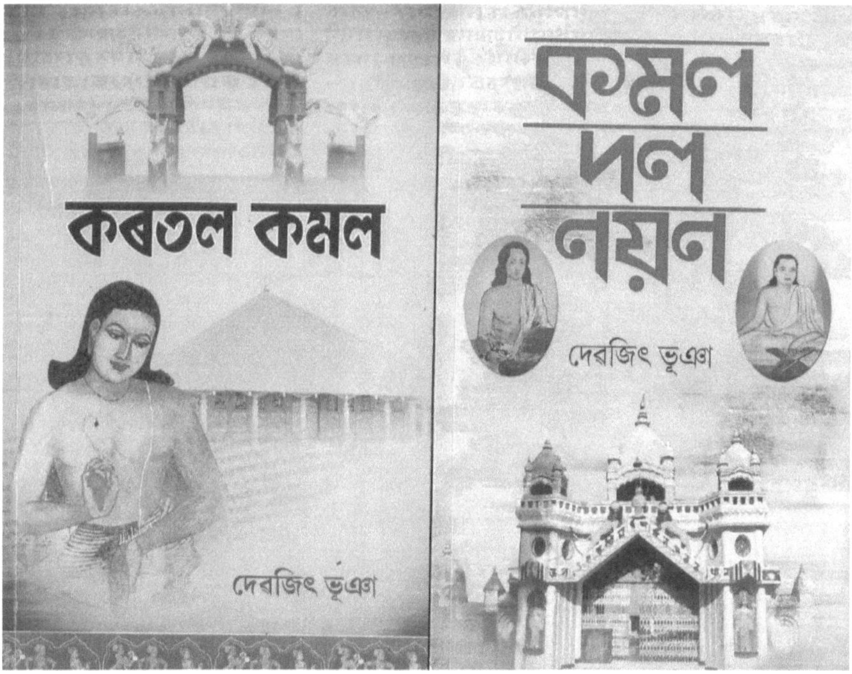

གྲིག་སྦྱོར་བྱེད་བཞིན་པའི་སྐད

ཁྱོད་ཀྱིས་དཀོན་མཆོག་ལ་གསོལ་བ་འདེབས་པ་ཡིན་ན །
དཀོན་མཆོག་དང་གཞན་སུས་ཀྱང་ཁྱོད་ཀྱི་ལས་ཀ་བྱེད་མི་ཐུབ །
ཁྱོད་ཀྱིས་དཀོན་མཆོག་ལ་གསོལ་བ་འདེབས་པ་ཙམ་གྱིས་ཁྱོད་ལ་ཕན་ཐོག་ཆེན་པོ་ཡོང་བ་ཤེས་པ་མ་ཡིན་ནམ །
ཁྱོད་རང་གི་ལས་ཀ་བྱེད་རྒྱུར་གྲ་སྒྲིག་གྱོས་ཤིག
དགོས་པ་ཡོད་ན ། རང་གི་ལམ་དང་ལམ་གྱི་ལམ་བཟོས་ཤིག མི་གཞན་ལ་སྒུག་མི་དགོས །
གཙང་པོ་དང་རྒྱ་མཚོའི་ཕ་རོལ་ཏུ་ཕྱིན་ནས ། དཀོན་མཆོག་གྲུ་གཟིངས་གཏོང་བར་སྒུག་མི་དགོས །
ཁྱོད་ཀྱིས་དེ་ལྟར་བྱེད་འགོ་ཚུགས་ན ། མི་རྣམས་མཉམ་ཞུགས་ནས་རོགས་རམ་བྱེད་པར་འགྱུར །
ཁྱོད་ནི་འགོ་ཁྲིད་ཞིག་ཏུ་འགྱུར་བ་དང་། ཁྱོད་ནི་འགོ་ཁྲིད་ཞིག་ཏུ་འགྱུར་བ་དང་།
འོན་ཀྱང་ལས་ཀ་མེད་ན་ཁྱོད་ལ་སུས་ཀྱང་ཕེབས་དང་པགས་པ་མི་སྤྲད་དོ །

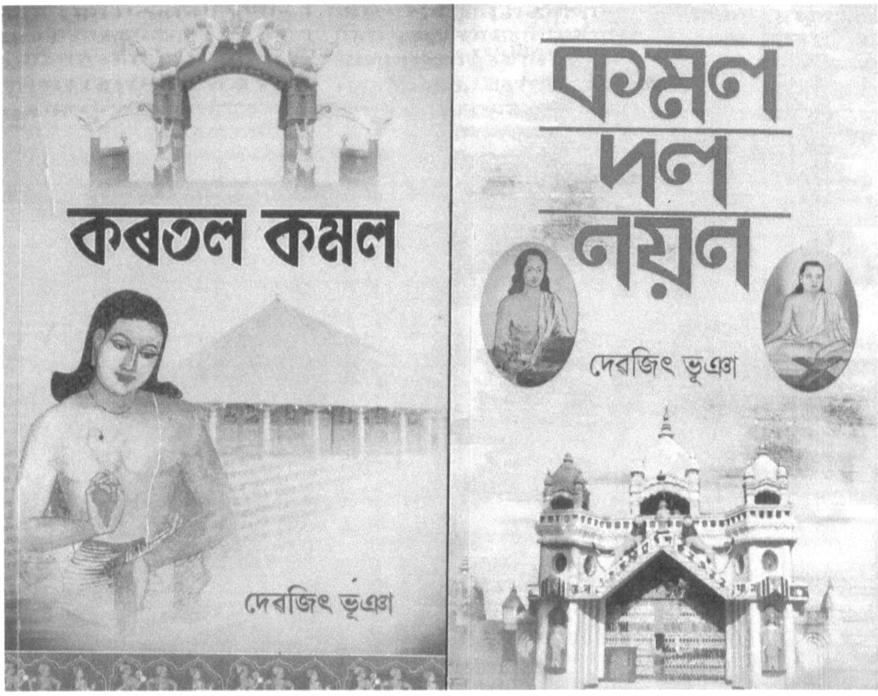

འཚོ་བ་ལམ་སྟོང་ཅན་

མ་དངུལ་གྱི་ནུས་པ་ཙམ་གྱིས་མི་ཚེ་དེ་ལམ་འགྲོ་ཡོང་བ་རེད །
སྨོན་ལམ་གྱི་སྒོ་ནས་ཚེ་རིང་པོ་ཡོང་མི་ཐུབ །
ལས་ཀ་གྱིས་རང་ཉིད་ལ་རྒྱལ་ཁ་མི་ཐོབ་པོ །
འབྲེལ་ལམ་གྱི་སྒོ་ནས་ཚེ་རིང་པོ་ཡོང་མི་ཐུབ །
ཁྱོད་ཀྱི་ཡི་གེ་ལ་བརྟེན་ནས་ཁྱོད་ཀྱི་མི་ཚེ་ལ་ལམ་འགྲོ་མི་ཡོང་ངོ་།
སྐྱེ་བོ་ཞིག་ཚེ་རིང་དུ་འཚོ་བཞིན་ཡོད་པ་ཡིན་ན ། ཁོ་ལ་ཕན་ཐོག་གང་ཡང་མི་ཡོང་ངོ་།
བྱམས་པའི་ལམ་དུ་བཟོད་བསྲན་བྱས་ན་ཚེ་རིང་པོ་ཡོང་བར་འགྱུར་རོ །
མི་དང་མི་གཉིས་ཀྱི་ཆེད་དུ་ལས་བཟང་པོ་ཞིག་ཡིན །

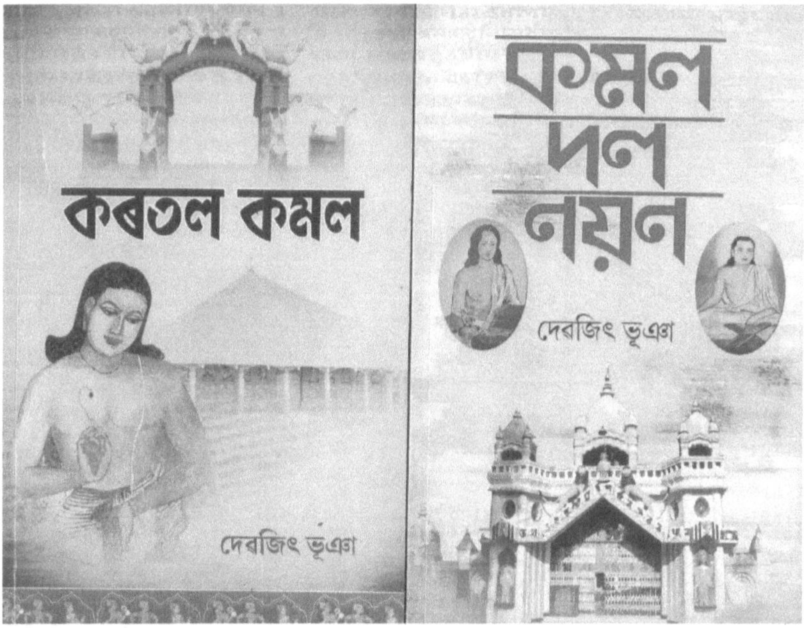

ཨ་སོམ་གསེར་སྦྲོངས །

ཨ་སོམ་ནི་གསེར་གྱི་འོད་ཟེར་འཕྲོ་བ་ལྟ་བུ་ཡིན །
ཉིན་རེར་རང་བྱུང་གི་མཛེས་སྡུག་
འོན་ཀྱང་ཨ་སོམ་ནི་རྒྱབ་སྐྱོར་དང་གོང་འཕེལ་མེད་པ་ཞིག་རེད །
གནམ་གྲུར་གྱི་དུས་སྐབས་སུ ། ཨ་སོམ་རྒྱ་མཚོའི་ནང་དུ་འཛུལ་བ་དང་།
ལོ་ངོ་མང་པོའི་རིང་། མི་ཚོས་དེའི་སྐོར་གླེང་མོལ་བྱས་ཡོད །
འོན་ཀྱང་རྒྱ་ལོག་གི་དཀའ་ངལ་དེ་ད་དུང་སེལ་མ་ཐུབ་པོ །
ངན་སྐྱིད་ཅན་གྱི་མི་ཚོས་གཞུང་གི་དངུལ་ལ་འཕྲོག་བཅོམ་བྱས་འདུག
Still Still Tiresome Common Men 's Journey ཐོད་ཡིག
གཞོན་པའི་མི་རབས་གཅིག་ཏུ་འདུས་ནས་འགྲོ་དགོས །
ངན་སྐྱིད་ཅན་གྱི་སྲིད་བློན་རྣམས་ལ་ཉེས་ཆད་གཏོང་བ་དང་། ཨ་སོམ་ལ་བྱ་དགའ་སྤྲོད་དགོས །

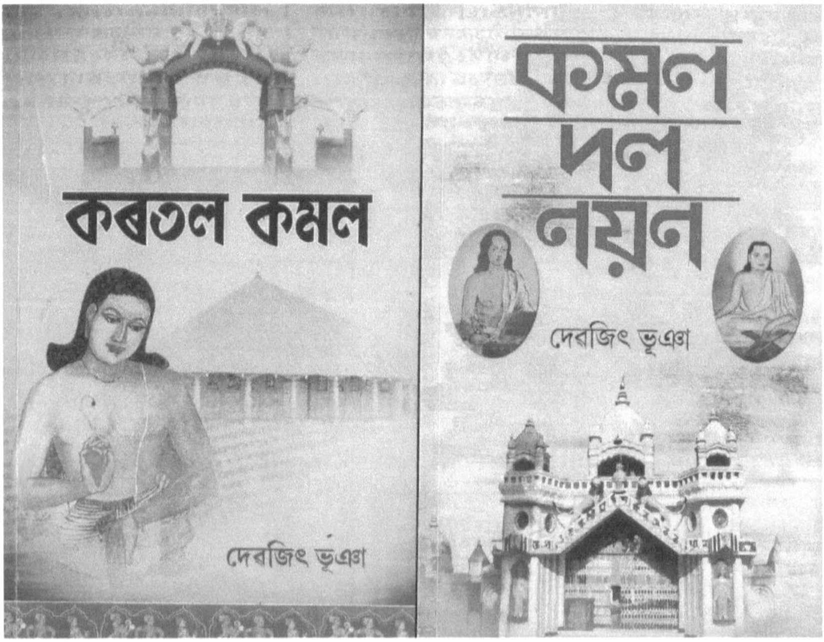

སྒྲོན་མེ།

འོད་ཟེར་གྱིས་དུར་ཁྲུང་ལ་འོད་སྣང་འཕྲོ་བར་བྱེད།
རང་ལུས་མེར་སྲེག་བཏང་སྟེ་རང་སྲོག་གཏད་རྒྱུ་དེ་ཞབས་ཨེམ་ཧྥོ་རི་སོ་ནི་ལགས་དང་སྐུ་ཞབས་སི་
མི་ཚོས་ལོ་རེ་ནང་ཐེངས་གཅིག་ལ་ནད་པ་རྣམས་དྲན་པར་བྱེད་དོ།
ཀུན་དབང་དཀོན་མཆོག་ལ་གསོལ་བ་འདེབས་པ།
དུར་ཁྲུང་ནི་རོ་རྣམས་དབྱུགས་སའི་ས་གནས་ཞིག་ལས་ལྷག་པ་ཞིག་ཡིན།
གྲོགས་པོ་ཚང་མའི་མཐའ་མའི་གནས་ཚུལ། དགྲ་བོ་ཚང་མའི་མཐའ་མའི་གནས་ཚུལ།
འོད་ཟེར་གྱིས་མི་ཐམས་ཅད་འོད་ཟེར་འཕྲོ་བར་བྱེད།
སྒྲོན་མེ་འབར་བའི་སྐབས་མཐའ་མའི་གནས་སྣངས་ནི་རྟག་ཏུ་དྲན་པར་བྱེད་དོ།

ཨ་ཕྱད་རྒྱལ་ཁབ།

རྒྱ་གར་གྱི་རྒྱལ་ཁམས་ཆེན་པོ་ཞིག་རེད།
རྒྱལ་པོ་ཐམས་ཅད་ཀྱི་གཙོ་བོ་ར་ལྷ་ཡིས་ཁྲིམས་ཀྱི་མངའ་ཐང་བསྐྲུན་པ་ཡིན།
འཇིགས་སྣང་དང་སེམས་ཁྲལ་དང་སེམས་ཁྲལ་དང་སེམས་ཁྲལ་དང་སེམས་ཁྲལ་སོགས་གང་ཡང་མེད།
སེ་ཟླ་དང་ལྷ་ཤམ་ན་གཉིས་ཀྱང་ཕྱིར་འབུད་བྱས་འདུག
ཨ་ཕྱད་ཀྱི་མི་ཚེ་ནི་དྭངས་གསལ་དང་དྭངས་གསལ་རེད།
འོན་ཀྱང་རྒྱལ་ཁམས་དེ་འགྱུར་བ་ལ་བཟོད་བསྲན་བྱས་མ་ཐུབ་པོ།
བཛ་བརྒྱུད་ནང་བསམ་ཚུལ་དང་བསམ་ཚུལ་ཁོ་ནར་ཡོད།
རྣ་སྣའི་མཆོད་ཁང་གསར་དུ་ཁོང་གི་གཟི་བརྗིད་ཆུག་སྟོར་བ་སྐར་གསོ་བྱས་ཡོད།

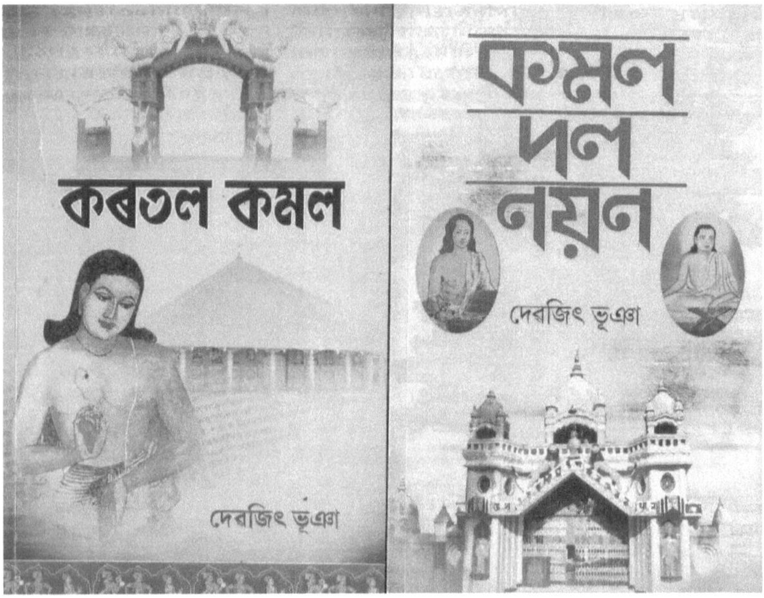

Velvet

ཤ་ནི་ཧ་ཅང་འཇམ་པོ་དང་ཧ་ཅང་འཇམ་པོ་རེད །
རང་བཞིན་ལས་བལ་གྱི་འཇམ་པོའི་གཅིག་སྒྲིལ་ལྟ་བུ་
ཤིན་ཏུ་མཛེས་པོ་དང་། ཧ་ཅང་མཛེས་པོ་དང་། ཧ་ཅང་ཁྱད་པར་ཅན་ཞིག་རེད །
དུས་སྐབས་གཅིག་ལ་གྲོན་གོས་ཀྱི་རྒྱལ་མོ་ཞིག་ཏུ་ངོས་འཛིན་བྱེད་ཀྱི་ཡོད །
འོད་ཟེར་གྱི་གཟི་བརྗིད་དེ་ད་དུང་ཡོད་ན་ཡང་།
ད་ལྟའང་། མི་ཚོས་བཟོད་སྲན་བྱེད་མི་ཐུབ་པོ །

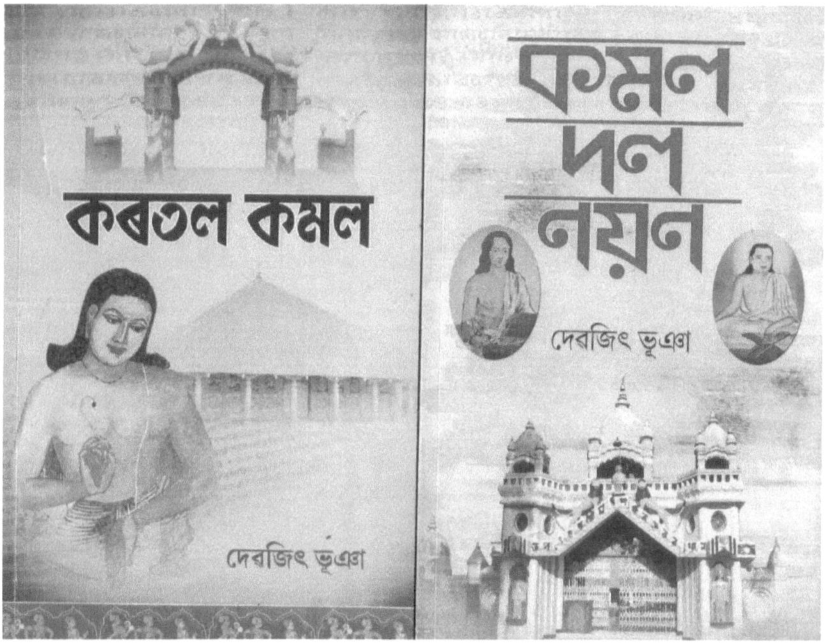

ཟླ་བ་

ཟླ་བ་ནི་རྒྱུན་ཆད་མེད་པར་མཐོང་ཞིང་། ཟླ་བ་དེའི་འཁོར་ལོའི་ལམ་དུ་རྟག་པར་འགྱུར།
ནམ་མཁར་ཟླ་བ་ཡལ་བའི་སྐབས། བྱ་རྣམས་གླུ་ལེན་འགོ་ཚུགས་སོ།
མི་ཚོས་ཟླ་བའི་ངོ་རྩོལ་ལ་ལྟ་བའི་ཆེད་ཆོས་ཀྱི་སྐོར།
མི་ཞིག་ལྷ་ཞིག་ཏུ་ངོས་འཛིན་བྱས་ཚར་བའི་རྗེས་སུ། ཁོ་ཡི་གདོང་ནི་ཡུན་རིང་སྔོན་དུ་ཆགས་ཡོད་དོ།
ད་ལྟ་མི་ཚོས། འཕྲུལ་རིག་གི་སྒོ་ནས་ཟླ་བ་ལ་དབང་བསྒྱུར་བྱེད་རྒྱུའི་འགྲན་བསྡུར་བྱེད་བཞིན་འདུག
གཟའ་ཟླ་བ་ནི་ས་གཞི་ལ་གནོད་འཚེ་བྱས་ཡོད་པ་ཡིན་ཏེ། གཟའ་ཟླ་བ་ནི་ས་གཞི་ལ་གནོད་འཚེ་བྱས་ཡོད་པ་ཡིན་ཏེ།
འོག་ངོས། འོག་ངོས། ཟླ་བའི་ཤུགས་ཀྱི་གྲུབ་འབྲས་ཡིན།
སྒྱུར་དུ་མིའི་སྤྱི་མཐུན་རྒྱལ་ཁབ་རྣམས་ཟླ་བ་དང་མི་རིགས་ཀྱི་རྩོད་རྙོག་གི་ནང་དུ་ཚུད་པར་འགྱུར།
ཟླ་བ་སྟེང་དུ་སྲོག་ཆགས་ཡོད་ཅེས་པའི་གཏམ་རྒྱུད་ནི་ཁྱད་པར་ཅན་ཞིག་རེད།
འོན་ཀྱང་ཟླ་བ་ད་ལྟ་ཡོད་སྐབས་རང་བཞིན་གྱི་ལམ་མེད་པར་བཟོ་རྒྱུ་དེ་ཉེན་ཁ་ཆེན་པོ་ཡོད་སྲིད་དོ།
ཟླ་བ་མེད་ན། ང་ཚོའི་འཛམ་གླིང་གི་གནམ་གཤིས་ནི་སྲོག་ཆགས་ཀྱི་ཆེད་དུ་ལེགས་པར་མི་འགྱུར་རོ།།

ཧཱ་རི།

བྱམས་བརྩེའི་སྒྲོ་ནས་མི་གནོད་མེད་རྣམས་ལ་རོགས་རམ་བྱེད་དུ་འཇུག་ཅིག
འོན་ཀྱང་ཁོ་ཚོ་ཏ་ཅང་ཤུགས་ཆེན་པོ་མ་ཡིན།
སེམས་ཅན་ཐམས་ཅད་ཀྱིས་ཁོ་ཚོ་གསོད་པར་འདོད་དོ།
འོན་ཀྱང་པགས་པ་དཀར་པོ་ཡོད་ན། དེ་ཚོ་ནི་ནགས་ཚལ་གྱི་མཛེས་སྡུག་ཡིན།
དགའ་སྐྱོ། དགའ་སྐྱོ།
ཁྱོད་ཀྱིས་མི་གཞན་ལ་གནོད་འཚེ་གང་ཡང་བྱེད་མི་ཐུབ་པོ།
ཤ་སྨམ་པོ་དེས་དགྲ་བོར་འཐབ་རྒོལ་བྱེད་དུ་འཇུག་གོ
མི་རྣམས་ཀྱང་ཁོ་ཚོར་དགའ་སྤྲོའི་ཆེད་དུ་གསོད་པར་བྱེད།
བཙོན་ཁང་དུ་སྡོད་དགོས་པའི་དུས་སྐབས་ཤིག་ཡོད།
ཁོང་ཚོས་མི་ལ་མི་དགའ་བ་རེད།
རང་བཞིན་གནས་སྟངས་ནི་དེ་ལྟར་ཡིན།
ངས་ཁྱོད་ལ་དགའ་བའི་མགུར་མ་ཞིག་ལེན་པར་བྱའོ།

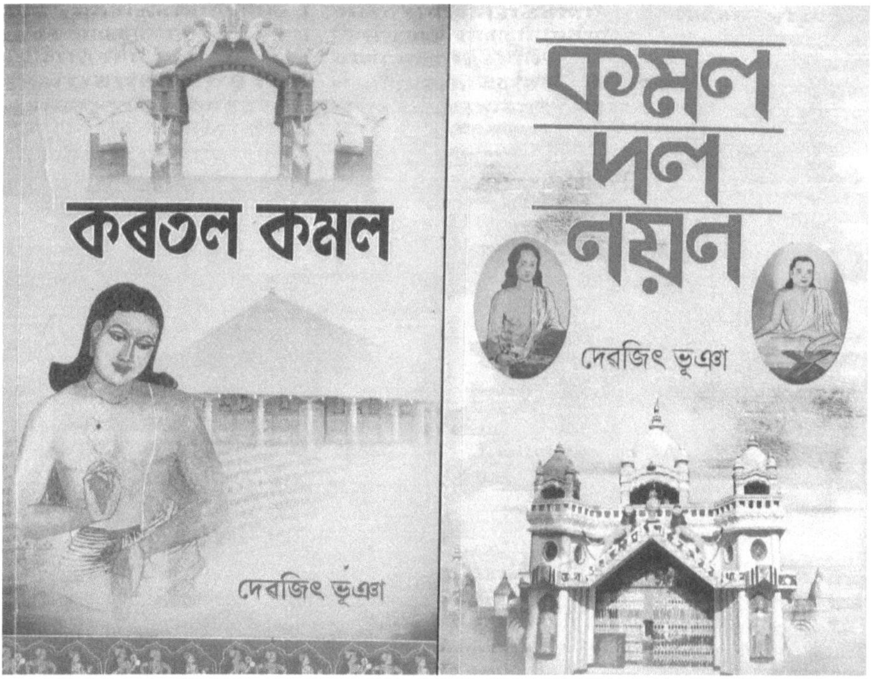

དབྱར་རྩོམ།

བུ་མོ། ཚོད་པ་མ་བྱེད་ཅིག །དེས་ཁྱོད་ཀྱི་ཚེད་ལ་གནོད་སྐྱོན་གཏོང་ཡོང་།
ཁོང་ཁྲོ་ལངས་ནས་སྡོད་ཀྱི་རེད། ཁོང་ཁྲོ་ལངས་ནས་སྡོད་ཀྱི་རེད།
ཅིག་པ་ཟ་རྒྱུ་ནི་དགའ་སྤྲོའི་ལམ་དུ་ཧ་ཅང་སྡུག་པོ་རེད།
ཅིག་པ་ཟ་བ་དང་། ཅིག་པ་ཟ་བ་དང་།
སན་ཀར་ཏེ་ཕའི་ཡུལ་ནང་འབྲུག་ཚོད་ལ་གནས་མེད་
གྲོགས་པོ་ཚོ་མཉམ་དུ་དགའ་སྤྲོའི་ངང་དུ་དགའ་སྐྱིད་དང་དགའ་སྐྱིད་ཀྱི་རོལ་མོ་བྱེད།
ཁྱོད་ལོ་ན་རྒས་པའི་རྗེས་སུ་ཉིན་མོ་འདི་ཚོ་འབྲུག་ཚོད་མཚམས་འཛོག་བྱ་རྒྱུར་རོགས་བྱེད་དོ།
མི་སྡེ་ནི་དྭངས་གསལ་དང་དྲག་ཤུགས་མེད་པར་གནས་པར་འགྱུར།

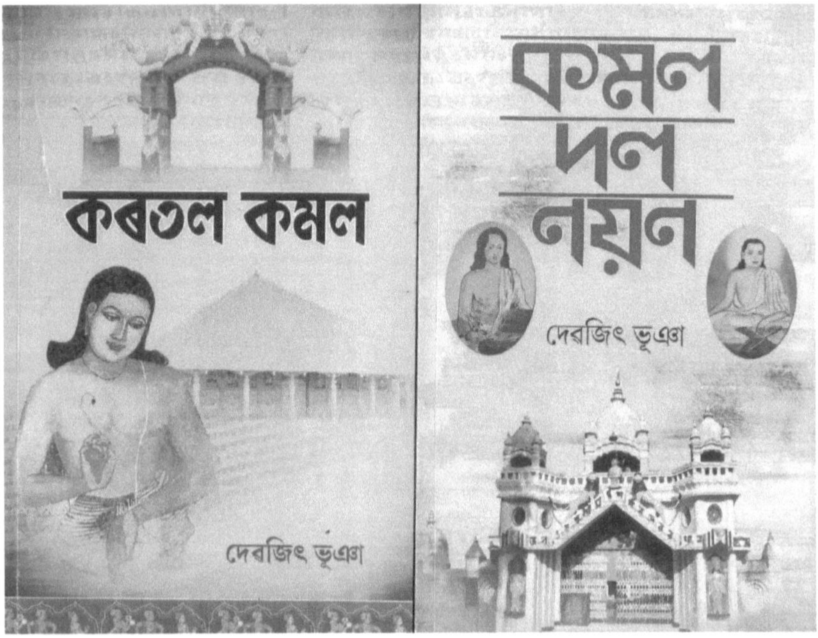

Rhino - སྲོག་ཐར་བའི་ཆེད་དུ་འཐབ་འཛིང་

འཛིགས་བྲལ། མ་རེད། : མ་རེད། ངའི : རེད།
ཁྱོད་ཀྱི་ར་ཅོ་ལ་ཇི་ལྟར་ཤུགས་ཆེན་པོ་ཡོད་པར་ཤེས་ཤིག
མི་རྣམས་གསོན་པོར་གནས་པའི་ཕྱིར་འཐབ་འཛིང་བྱས་པ།
ཁྱོད་ཀྱིས་ང་ལ་སེམས་ཤུགས་ཆེན་པོ་གནང་བྱུང་། ཁྱོད་ཀྱིས་ང་ལ་སེམས་ཤུགས་ཆེན་པོ་གནང་བྱུང་།
ཀོ་བ་རྣ་རྒྱལ་པོ་དང་མཛའ་གྲོགས་སུ་འགྱུར་རོགས།
མི་ཐམས་ཅད་མཉམ་དུ་ཀ་ཛིར་ན་གའི་སྐྱབས་མགོན་དུ་གྱུར་པ།
ཀ་ཛིར་ན་ག་ནི་གནའ་བོའི་དུས་ནས་ཁྱོད་ཀྱི་ཡུལ་ཡིན།
བྱ་དང་བྱིའུ་ཡང་ཁྱོད་ཀྱི་སྡེ་ཚན་དུ་ཡོང་བར་འགྱུར་རོ།
པེ་ཐོན་གཅིག་པུ་གཉིད་ལོག་པ་ལྟ་བུ་མ་ཡིན།
ཁྱོད་ནི་ཀ་ཛིན་ཀླ་རུ་སེམས་ཅན་གྱི་འགོ་ཁྲིད་ཡིན།
ཉིན་ཞིག་བསམ་བློ་བཟང་པོ་ཞིག་གིས་མི་ཡི་ཐོག་ཏུ་རྒྱལ་ཁ་ཐོབ་པར་འགྱུར།
ཁྱོད་ཀྱིས་སེམས་ཅན་ཐམས་ཅད་དང་མཉམ་དུ་འཚོ་བའི་རྒྱུག་འགྲན་ལ་རྒྱལ་ཁ་ཐོབ་པར་འགྱུར།

གཙང་པོའི་གཅན་གཟན་

གཙང་པོའི་ཟ་ཟླབས་ནི་རྒྱ་ལོག་ཏུ་འགྱུར་བ་དང་།
རྒྱ་ནི་རྒྱ་ལོག་ལྟར་མགྱོགས་པོར་རྒྱུག་པ་དང་།
Zig zag གཙང་པོའི་ལམ་དུ་གྱུར་པ།
ལམ་གྱི་ལམ་དང་། ཁྲིམ་གྱི་ལམ་དང་། རྒྱ་ཡི་འོག་ཏུ་ཡོད་པའི་དངོས་པོ་ཚང་མ་
ཁང་པ་མེད་པར་བཟོ་བ་དང་། ཁང་པ་མེད་པར་བཟོ་བ་དང་།
འོན་ཀྱང་རྒྱ་ལོག་གི་རྗེས་སུ་ནགས་ཚལ་ལྗང་ཁུ་སྔར་ཡང་འཕེལ་བར་འགྱུར་རོ།
རྒྱ་ལོག་ཡོང་བ་ལྟར་ན། རྒྱ་ལོག་ཡོང་བ་ལྟར་ན།

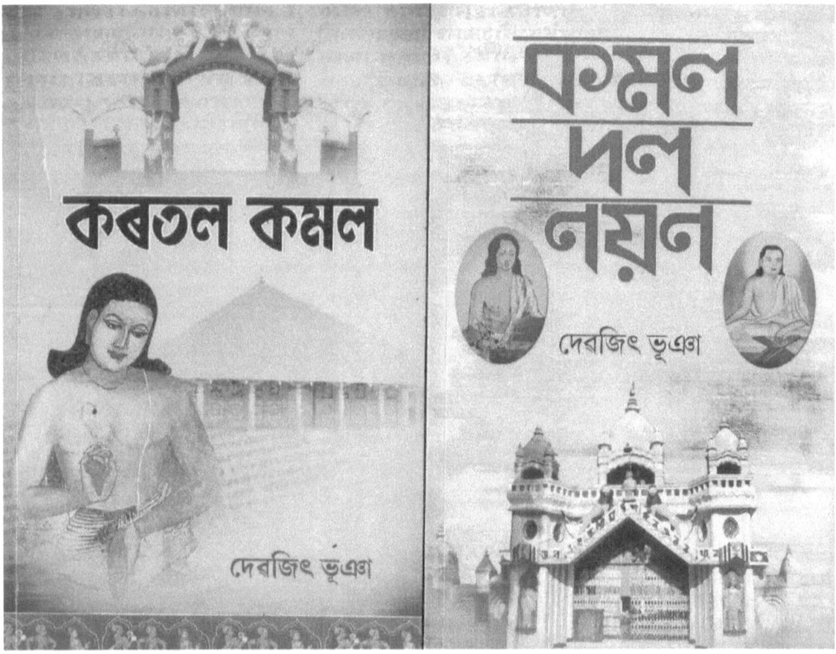

སྦྲང་ཆར།

སྒོ་ཕྱེས་པའི་ཆུ་མིག་ནང་སྐྱེས་པ།
སྦྲང་རྩི་ཆུང་བ་ལྟ་བུ་འདུག
མི་ཡི་ཁྲག་ལ་རྟག་ཏུ་ཛམ་པ་ཡོད།
མ་གཞི་ཚེ་རིང་ཐུང་ཐུང་ཐུང་ཐུང་།
གནམ་ལྷར་གྱི་དུས་སུ་ནགས་ཀྱི་རྩ་བ་ལྟ་བུ་ཆགས་པ་
ནད་གཞི་དང་ནད་གཞི་གཞན་རྣམས་མི་ལ་ཐོབ་པ།
གུ་ལྷ་ཏ་གྲོང་ཁྱེར་ནི་ཨ་སམ་གྱི་གྲོང་ཁྱེར་ཞིག་རེད། དེ་ནི་མག་ཀཱ་ནི་སྦྲང་རྩི་ཆེད་དུ་ཡིན།

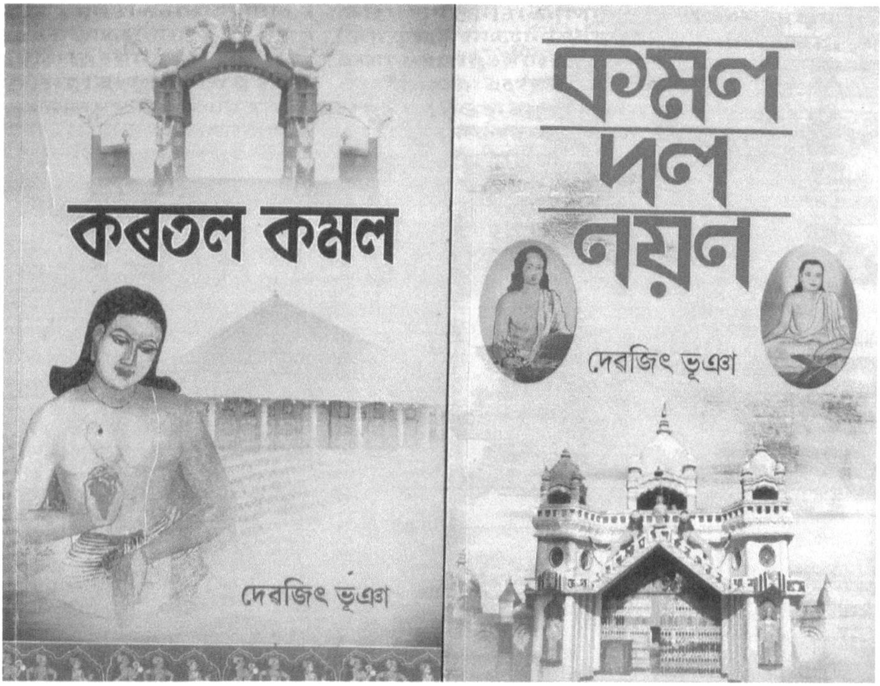

སྐར་རྩིས་རིག་པ།

སྐར་རྩིས་པས་དཀོན་མཆོག་ངོ་སྤྲོད་མི་བྱེད།
འཕྲུལ་འཕྲུལ་ཁོ་ཚོའི་སྔོན་བཤད་རྣམས་ནོར་འཁྲུལ་རེད།
སྐར་རྩིས་མཁས་པ་རྣམས་ཀྱི་རྩིས་ཁྲ་ནི་བསླུ་འཁྲིད་ཡིན།
མི་ལ་བསླུ་འཁྲིད་བྱེད་པ་དང་རང་འདོད་ཀྱི་ཆེད་དུ་དངུལ་བཟོ་
འོན་ཀྱང་མི་སེར་གྱི་དད་པ་ནི་ལོ་ན་རྒས་པའི་རྐྱེན་གྱིས་ལོང་བ་ཡིན་པར་ཡིད་ཆེས་བྱེད་ཀྱི་ཡོད།
དངུལ་མང་བ་གཏོང་སྐབས་ཁོ་ཚོས་གཏམ་བཟང་པོ་དང་ལུང་བསྟན་ལེགས་པོ་སྨྲ་བར་བྱེད་དོ།
འོན་ཀྱང་དངུལ་མེད་ན་ཁོ་ཚོས་ཚད་འཛིན་ཏ་ཅང་མང་པོ་བཏང་བར་འགྱུར་རོ།

དགུང་ལོ་བཅུ་དྲུག་ལོན་པའི་ཚུལ ༔

ཁྱོད་ལོ་དྲུག་བཅུ་ཡིན་ན། ཁྱོད་ལོ་ཉི་ཤུ་ཡིན་ན། ཁྱོད་ཀྱིས་རྒྱུག་མི་ཐུབ།
ལུས་པོ་ཉམ་ཆུང་དུ་འགྱུར་བ་དང་། རུས་པ་ཉམས་ཆུང་དུ་འགྱུར་བ་དང་།
རུས་ཀྱི་རྩ་སྐྱོན་དང་རྩ་སྐྱོན་དེ་ནམ་ཡང་སྔུར་དུ་དྲག་མི་ཐུབ།
ཁྱོད་ཀྱི་སེམས་ནི་གཞོན་ནུ། ཡང་ན་ན་གཞོན་ནུ།
འོན་ཀྱང་ལས་ཀ་བྱས་རྗེས་ཁྱོད་ཀྱི་ལུས་པོ་ངལ་གསོ་བྱ་རྒྱུར་དགའ་བར་འགྱུར་རོ།
ཁྱོད་ཀྱིས་སློབ་གྲྭའི་དུས་སུ་བྱས་པ་ལྟར་སྔུར་དུ་རྒྱུག་མི་ཐུབ་པ་ངོས་ལེན་བྱ་དགོས།
ཕྱོགས་གཅིག་ནས་སྐྱིན་འཚབ་ཆེ་བ་ཡོད་ཀྱང་སྐྱིན་འཚབ་ཆེ་བ་ཡོད་པས་སྐྱིན་འཚབ་ཆེ་བ་ཡོད།
རང་ལོ་དྲུག་བཅུ་དང་དེ་ལས་ལྷག་པའི་ལོ་ན་རྒས་པའི་སྐབས་རང་གི་ལུས་ཁམས་དང་སེམས་ཀྱི་སྲུང་སྐྱོབ་བྱ་དགོས།
ཁྱོད་ཀྱིས་དེ་ལྟར་མ་བྱས་པ་ཡིན་ན། ཁྱོད་རང་མགྱོགས་པོར་འགྲོ་ཐུབ་པོ།

མ་ཡུམ་དུས་ཆེན།

མི་རྣམས་ཡོང་བ་དང་། མི་རྣམས་འགྲོ་
དུས་རེ་ནི་འགྱུར་བ་རེད།
མི་ཚོས་དུས་སྐབས་ཅིག་རང་བསྐྱོད་བྱེད་པར་འགྱུར།
འོན་ཀྱང་མི་ཚོས་ཁས་ལེན་བྱས་མེད།
དུས་སྐབས་གཞན་སྐབས་མི་ཚོས་དོ་སྣང་མི་བྱེད་དོ།
རི་བོ་དང་ཐང་ཆེན་རྣམས་ནས་ཕྱིན་ནས།
ང་ཁྱེད་དང་མཉམ་དུ་དུས་རྟག་ཏུ་ཡོད་པར་རེ་བ་ཡོད།
མོ་ལ་སྨྲ་གུ་རྣམས་ལ་བྱམས་བརྩེ་ཡོད་མེད་ལ་ཐེ་ཚོམ་གང་ཡང་མེད།
འབྱུང་བ་འཕེལ་འགྱུར་ནི་ངེས་པར་དུ་འགྱུར་དགོས་པ་ཡིན།
ང་ཚོའི་མི་རབས་ནི་སྔ་མཐུད་དུ་གནས་བཞིན་ཡོད།

བྱམས་པའི་ཨ་སོམ་

ཨ་སོམ་ནི་ངའི་བརྩེ་བའི་ས་གནས་ཡིན །
ང་ཚོས་ཕྱི་རྒྱལ་བའི་ནང་དུའང་དྲན་གྱི་ཡོད །
ཉིན་~ རེར་རེ་~ རེ་མཇལ་~ ན འ ~ ལ །
འབྲས་བུ་འདི་ཚོ་ཧ་ཅང་ཁྱད་པར་ཅན་དང་སྐྱོ་པོ་རེད །
ཚད་ལྡན་གནམ་གཤིས་ནི་ཚོར་བ་བྱེད་རྒྱུར་ཧ་ཅང་ལེགས་པོ་རེད །
སྐྱེ་ལྡན་རིགས་ཀྱི་ཁྱད་ཆོས །
རི་དྭགས་སེམས་ཅན་དང་རི་དྭགས་སེམས་ཅན་གཉིས་ཀ་སྨྱུག་པོར་འགྱུར་རོ །།
མི་རྣམས་ཧ་ཅང་དྭངས་པོ་རེད ། མི་རྣམས་ཧ་ཅང་སྨྱུག་པོ་རེད །
ཨ་སོམ་ནི་ང་ཚོའི་ནུས་ཤུགས་ཛོ་མ་ཡིན །

བྱམས་པའི་སྨྲ་གཞས།

འབྲུ་སྲིན་གྱི་ནད་གསོ་བའི་ནུས་པ་
ང་ཚོས་སྡུག་བསྔལ་སྣ་ཚོགས་སེལ་བའི་ཆེད་པལ་མིམ་བེད་སྤྱོད་བྱེད།
འོན་ཀྱང་སེམས་ཀྱི་སྡུག་བསྔལ་གྱི་ནང་དུ་བྱམས་བརྩེ་ནི་གཅིག་པུ་ཡིན།
བྱམས་བརྩེ་དང་སེམས་ཁྲལ་གྱི་སྒོ་ནས་མི་ཞིག་གི་སེམས་ཀྱི་སྡུག་བསྔལ་སེལ་བ།
དེས་ཁྱོད་ལ་སེམས་དགའ་བར་འགྱུར་རོ།
མཁའ་འགྲོ་རྣམ་ཤེས་ཀྱིས་ལུས་ཁམས་དང་སེམས་ཁམས་ཀྱི་ནད་གཞི་གསོ་བར་མི་ཐུབ།
རིན་པོ་ཆེའི་ར་ཙོ་དང་ཏེ་གེར་གྱི་སོ་བཏབ་ལ་ནད་གསོ་བའི་ནུས་པ་མེད་
ཤིན་ཏུ་མཛེས་པའི་སྐྱེ་བོ་བཟང་པོ་
རིན་པོ་ཆེའི་ནད་གསོ་བའི་ཆེད་དུ་བཤད་པ་ནི་སྨྱོ་རྫས་ཡིན།
དཀོན་མཆོག་ཁོང་གིས་བཀོད་པའི་དངོས་པོ་ཐམས་ཅད་ལ། ཐུགས་རྗེ་ཆེན་པོས་གཅེས་པར་འཛིན་པར་མཛོད།

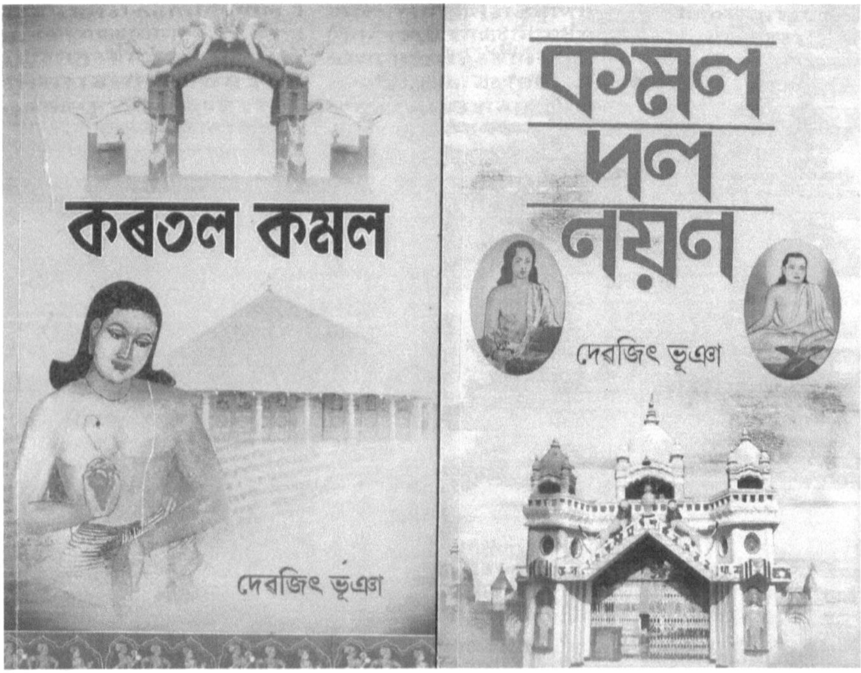

སྤྱི་ཚོགས་དང་ཁྱིམ་ཚང་གི་ལས་འགན་གྱི་བཅའ་ཁྲིམས།

མི་གྲངས་མང་པོའི་སེམས་ཉིད་ནི་སེམས་སྐྱོ་ཞིང་སེམས་སྐྱོ་པོ་ཆགས་བཞིན་ཡོད།
ད་ཆ་རང་རང་རང་ཁྱིམ་གྱི་གནས་སྟངས་དེ་ཧ་ཅང་ལེགས་པོ་མིན་པ་དང་ཧ་ཅང་དྭངས་པོ་རེད།
འབྲེལ་བ་ཧ་ཅང་ཁག་པོ་རེད།
ང་ཚོའི་ཁྱིམ་དེ་ལེགས་པོ་མེད་པ་དང་མཐུན་ལམ་མེད་པ་ཡིན་ན་
གྲོང་ཁྱེར་དང་རྒྱལ་ཁབ་ཀྱི་མཐུན་ལམ་ལ་ཇི་ལྟར་བསམ་བློ་གཏོང་ཐུབ་བམ།
མི་ཚང་མས་ཁྱིམ་གྱི་གནས་སྟངས་ལེགས་པོ་ཡོང་བའི་ཆེད་དུ་ལས་ཀ་བྱེད་དགོས་སོ།
རང་འདོད་དང་རང་འདོད་ཀྱི་རྣམ་པ་རྒྱས་མ་རྣམས་ཁྱིམ་དུ་དབྱུགས་ཤིག
བྱམས་བརྩེ་དང་། བྱམས་བརྩེ་དང་། བྱམས་བརྩེ་དང་། བྱམས་བརྩེ་དང་། བྱམས་བརྩེ་དང་།
བྱམས་བརྩེ་བཅས་ཀྱི་གནས་སྟངས་ལ་བསྒྱུར་བ་གཏོང་རྒྱུ་ནི་ལམ་ཞིག་རེད།
ཁྱིམ་གྱི་མདུན་ལམ་དྲང་པོ་ཡིན་ན། རྒྱལ་ཁབ་ཀྱང་གཡོ་འགུལ་བྱེད་པར་འགྱུར།

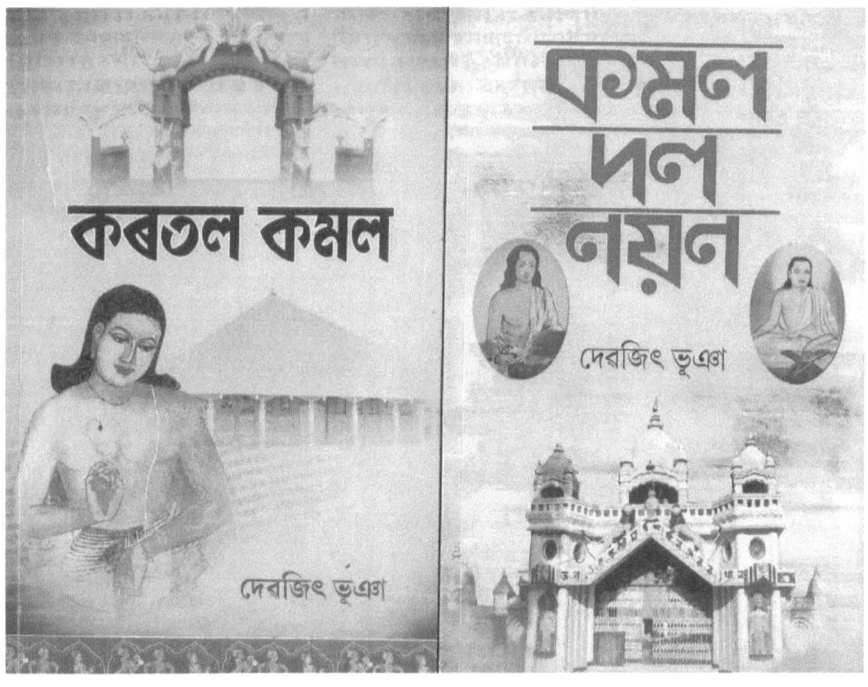

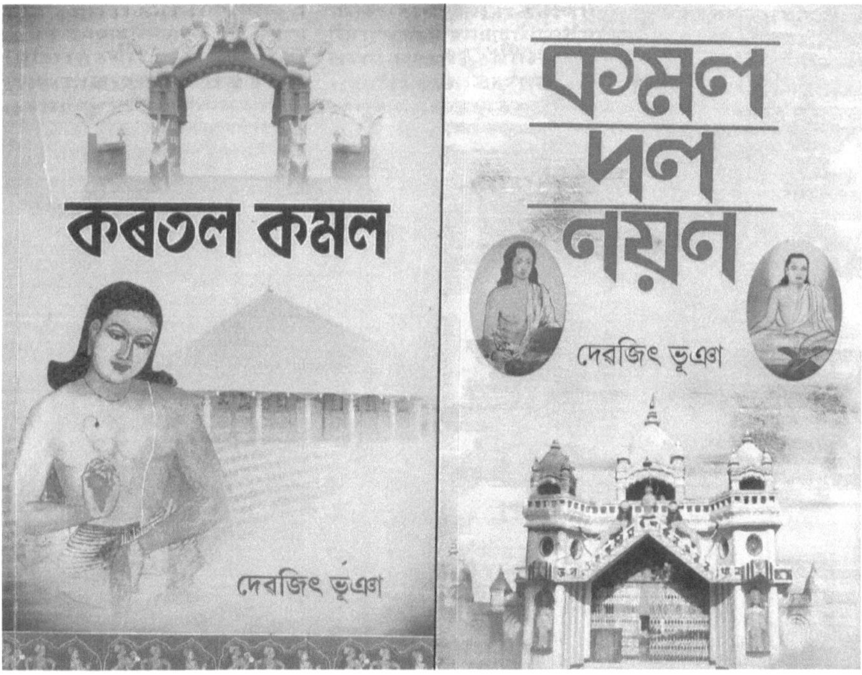

དངུལ་ནི་དགའ་ལས་ཀྱི་སྒོ་ནས་ཡོང་བ་ཡིན།

མ་དངུལ་ནམ་ཡང་ཞིང་དང་ཤིང་སྡོང་དུ་འཚར་མི་ཐུབ།
འོན་ཀྱང་ས་ཞིང་འཛུགས་སྐྱོང་གྱིས་དངུལ་བཟོ་ཐུབ་པོ།
དངུལ་ཁང་གི་བུ་ལོན་ཕྱིར་སྤྲོད་དགོས།
མ་དངུལ་སླིད་པོ་མ་ཡིན།
ལས་ཀ་ཧུར་པོ་ལས་ཐོབ་པའི་དངུལ་ནི་སྣང་རྫེ་ཡིན།
མ་དངུལ་ཇི་ལྟར་ཡོང་བ་བསམ་བློ་གཏོང་བར་དུས་ཚོད་མ་གཏོང་ཞིག
ཁྱོད་ཀྱིས་དྲང་པོའི་ལམ་དུ་འགྲོ་བ་ཡིན་ན། ཁྱོད་ཀྱིས་དངུལ་འཚོལ་ཐུབ་པོ།
འོན་ཀྱང་དངུལ་བསྩུ་བའི་ཕྱིར། ཁྱོད་ཀྱིས་དགའ་ལས་རྒྱབ་དགོས་
མ་དངུལ་གྱི་ལམ་ནི་རྟག་ཏུ་དགའ་སྤྲུག་དང་དགའ་སྤྲུག་གིས་ཁེངས་ཡོད།
དེ་བས་ན། དུས་ཡུན་མ་གཏོང་ཞིག དུས་ཡུན་ནི་དངུལ་ཡིན། དུས་ཡུན་ནི་དངུལ་ཡིན།

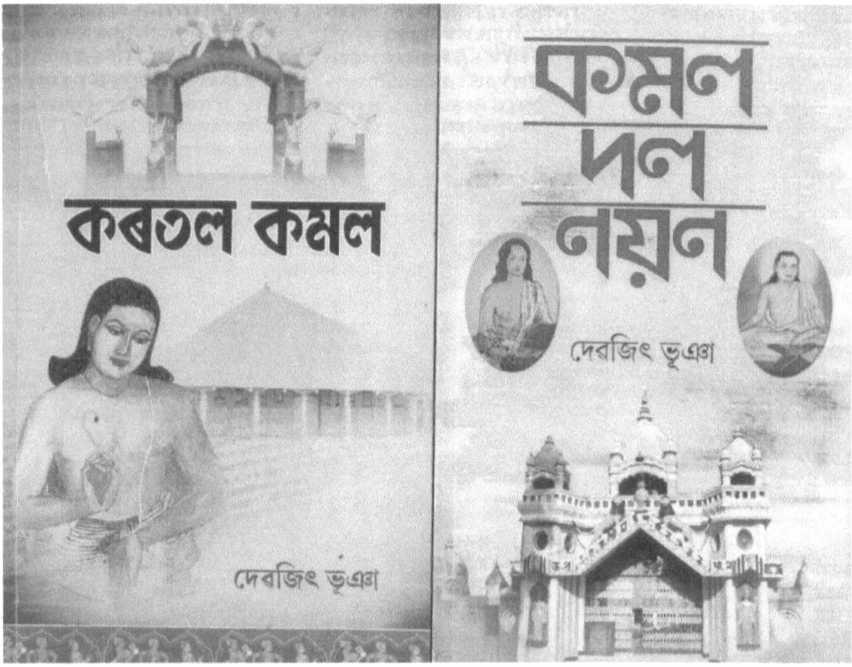

གླང་གཞོང་།

མི་དང་སྲོལ་རྒྱུན་གྱི་གནས་སྟངས་ལ་བསྒྱུར་བཅོས་གཏོང་རྒྱུའི་ཐབས་ལམ་ཞིག་རེད །
འོན་ཀྱང་གླང་དེས་ལོ་ཐོག་གི་ཆ་ཤས་ཉུང་ངུ་ཞིག་མ་གཏོགས་མི་ལེན་ནོ །
འོན་ཀྱང་མི་ལས་ཤེས་རབ་ཉུང་བའི་རྐྱེན་གྱིས་སྐྱོན་བརྗོད་དང་སྐྱོན་བརྗོད་གང་ཡང་མེད །
མི་ཚོས་དུས་སྟོན་སྐབས་ཤ་ཟ་བའི་ཆེད་ར་ཕོ་རྣམས་ཀྱང་བསད་དོ །
གླང་རྣམས་ནི་དཀོན་མཆོག་ཆུང་ངུ་དང་ནུས་མེད་ཀྱི་བུ་ཕྲུག་ཡིན །
གལ་ཏེ་ང་ཚོས་ཕོ་ཆོར་སྤྱོད་ཚུལ་བཟང་པོའི་སློ་ནས་བརྩེ་སྲུང་བྱས་པ་ཡིན་ན །
ཕོ་ཆོར་གང་གི་ཆ་ནས་གནོད་སྐྱོན་ཡོད་དམ་ཞེ་ན་མི་ཡོང་ངམ །
མི་རབས་ཀྱི་གོང་འཕེལ་གྱི་ཐད་ནས་ཕོ་ཆོའི་ལས་འགན་ནི་ཧ་ཅང་ཆེན་པོ་རེད །

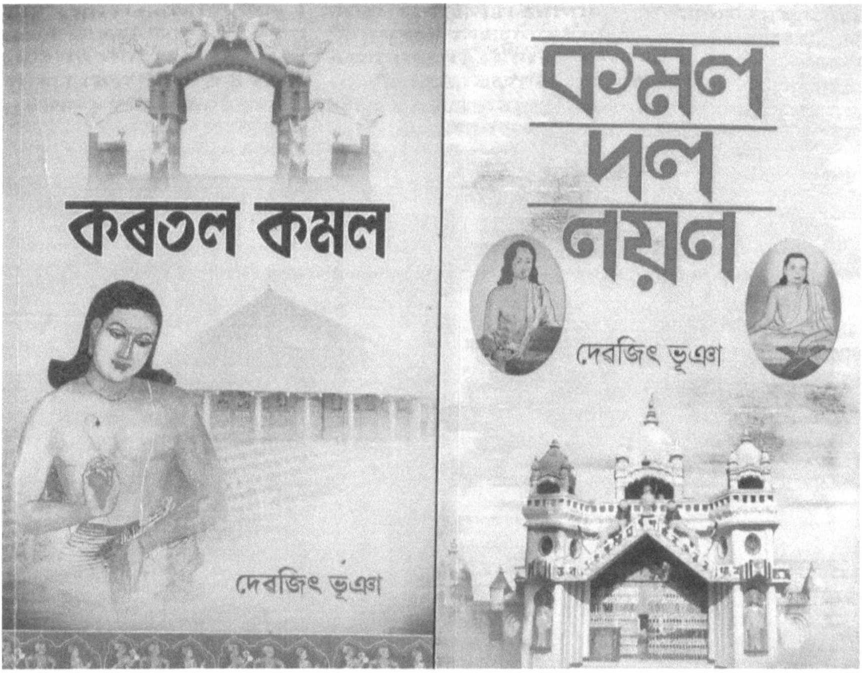

ཚོ་ཚོ།

དཀའ་སྡུག་ནི་ཁྱོད་ཀྱི་དགྲ་བོར་སྡུག་ཤོས་ཡིན།
བྱམས་བརྩེ་དང་ཉེ་བར་ཡོད་པའི་མི་རྣམས་ལ་གནོད་འཚེ་བྱེད་པ།
རྒྱལ་ཁབ་མེད་པར་བཟོ། རྒྱལ་ཁབ་མེད་པར་བཟོ།
སྐབས་དེར་བྱུང་བའི་རྐྱེན་ངན་ཆེན་པོ་ཞིག་རེད།
ང་ཡི་མི་ཚེ་འདི་ནི་སྡུག་བསྔལ་གྱི་ནང་དུ་གནས།
ཉིན་རེར་སེམས་ཁྲལ་བྱེད་པ། ཉིན་རེར་སེམས་ཁྲལ་བྱེད་པ།
ཁེ་ཕན་ཏ་ཅང་ཆེན་པོ་དང་རིན་ཐང་ཆེ།
མི་ཚང་མས་ཁྱོད་ལ་བྱམས་ཞེང་གཅེས་པར་བྱེད། མི་ཚང་མས་ཁྱོད་ལ་བྱམས་ཞེང་གཅེས་པར་བྱེད།
མེ་ཏོག་སྟོང་ཕྲག་མང་པོ་ཆར་རྒྱུའི་མདའ་ཞིག་དང་མཉམ་དུ་མེ་ཏོག་ཤར་བར་འགྱུར་རོ།

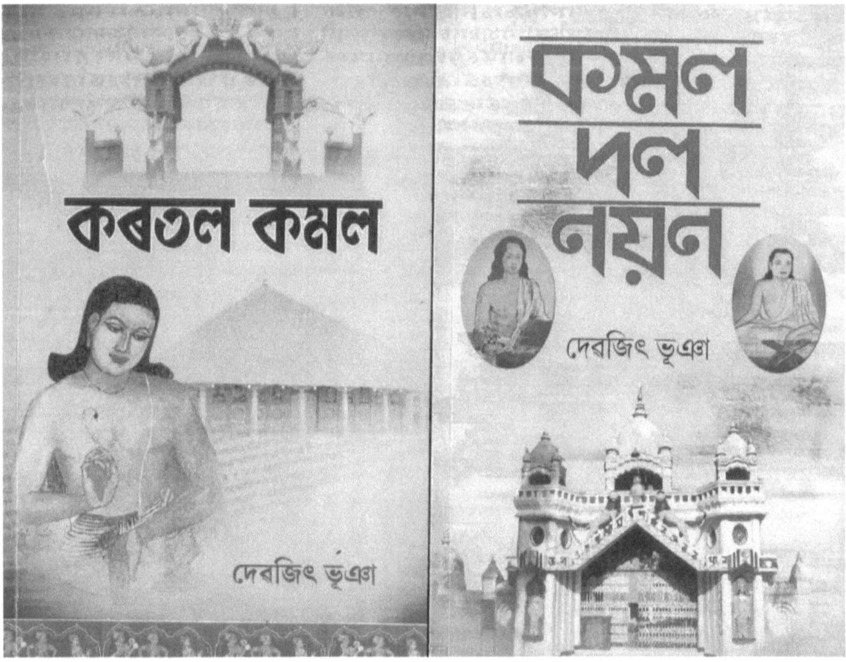

འོད་ཁམས། འོད་ཁམས།

དུས་ལ་བབས་ན། དུས་ལ་བབས་ན།
སྐྱེ་བོ་ཞིག་ཚེ་རིང་དུ་འཚོ་བར་ཐུབ་པའི་ཆེད་དུ་འདི་ནི་ཧ་ཅང་གལ་ཆེན་པོ་ཞིག་རེད།
གལ་ཏེ་ཁྱོད་ཚ་པོ་ཆགས་ན། ཁྱོད་ཀྱི་དམིགས་ཡུལ་དེ་སྒྲུབ་མི་ཐུབ་པོ།
གལ་ཏེ་ཁྱེད་རང་གྲང་པོ་ཡིན་ན། མི་ཚོས་ཕན་ཐོགས་འབྱུང་ངེས་ཡིན།
ཁྱོད་ཀྱིས་གཏམ་གླེང་བྱེད་སྐབས་མཛེས་སྡུག་ཅན་ཞིག་ཡིན་ཡང་། དགོས་པ་ཡོད་ན་སྐད་ཤུགས་ཆེན་པོ་ཞིག་སྨྲ་བར་གྱིས།
གནས་སྟངས་གང་འདྲ་ཞིག་ཡིན་རུང་། དཀའ་སྡུག་ཅན་དང་དཀའ་སྡུག་ཅན་ཞིག་ཏུ་འགྱུར་དགོས་དོན་མེད།
ཁྱོད་ཀྱིས་ནོར་འཁྲུལ་དང་ནོར་འཁྲུལ་བྱས་པ་ཡིན་ན། ཁྱོད་ཁོང་ཁྲོ་མི་ལངས་ཤིག
གལ་ཏེ་དེ་ལྟར་མིན་ན། ཁྱོད་ནི་གཙན་གཟན་སྡོགས་པ་ལྟ་བུ་ཞིག་ཏུ་འགྱུར་ཡོང་།
གནས་སྟངས་དང་གནས་སྟངས་ལ་བསྟུན་ནས་ལན་འདེབས་བྱེད་པ་ནི་ཚེ་རིང་གི་ཆེད་དུ་ལེགས་པ་ཡིན་ནོ།
ཁྱོད་ཀྱིས་རྟག་ཏུ་བུད་མེད་མཉམ་དུ་སྡོད་དགོས་པ་དེ་དྲན་པར་གྱིས་ཤིག
ཁྱོད་ཀྱི་ཆུང་མ་མཉམ་དུ་སྡོད་དགོས་པ་དེ་དྲན་པར་གྱིས་ཤིག

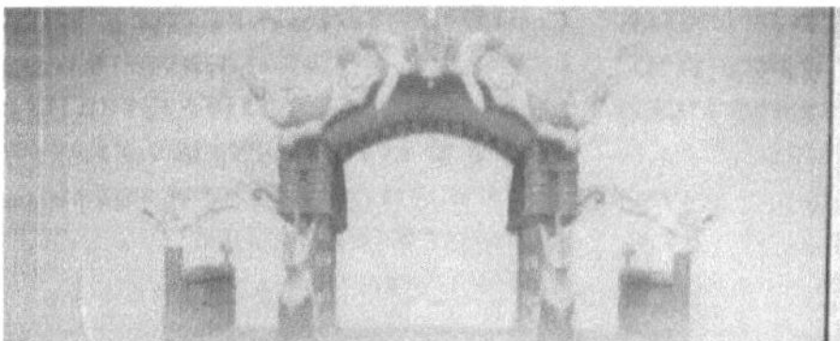

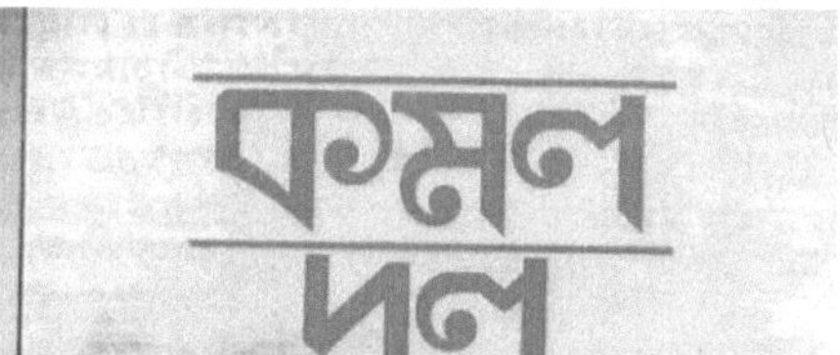

ཨོ་ཞི་ཏོ་ཅི་ལྷན།

ནམ་ཡང་རང་འདོད་ཀྱི་རྟ་མགྲིན་མ་ཡིན།
ཁྱོད་ཀྱིས་ཤེས་ཀྱི་ཡོད་ན། ཁྱོད་ཀྱིས་ཤེས་ཀྱི་ཡོད་ན།
མི་རྣམས་ཀྱི་བྱམས་བརྩེ་ཁྱོད་ལ་འཁྲིལ་བ་ལྟ་བུ་འཁྲིལ་བ་ལྟ་བུ་
ཤེས་རབ་ལྡན་པ་དང་མཛེས་སྡུག་ལྡན་པ་བྱ་རྒྱུ་དེ་ལེགས་པ་ཡིན་ནོ།

ཁྱེད་ཀྱི་གནས་ཡུལ། > གཙོ་ངོས། > སྨན་རྫས། > ལྟུམ་བུ་ཐང་སྨན།
ཁྱོད་ཀྱི་མཛེས་སྡུག་ཅན་གྱི་ཚོད་པན་དེ་ཁྱོད་ཀྱིས་མཐོང་བར་འགྱུར་རོ།
ཁྱོད་ཀྱི་སེམས་ཀྱི་གཏིང་ནས་ཁྱོད་ཀྱི་སེམས་ཀྱི་གཏིང་ནས་ཁྱོད་ལ་དགའ་བར་འགྱུར་རོ།
ཁྱོད་ཀྱི་ལུས་ཀྱི་སྐད་ཡིག་གིས་ཁྱོད་རི་བོའི་རྩེ་ནས་ཕྱིར་འཐེན་བྱེད་པར་འགྱུར།

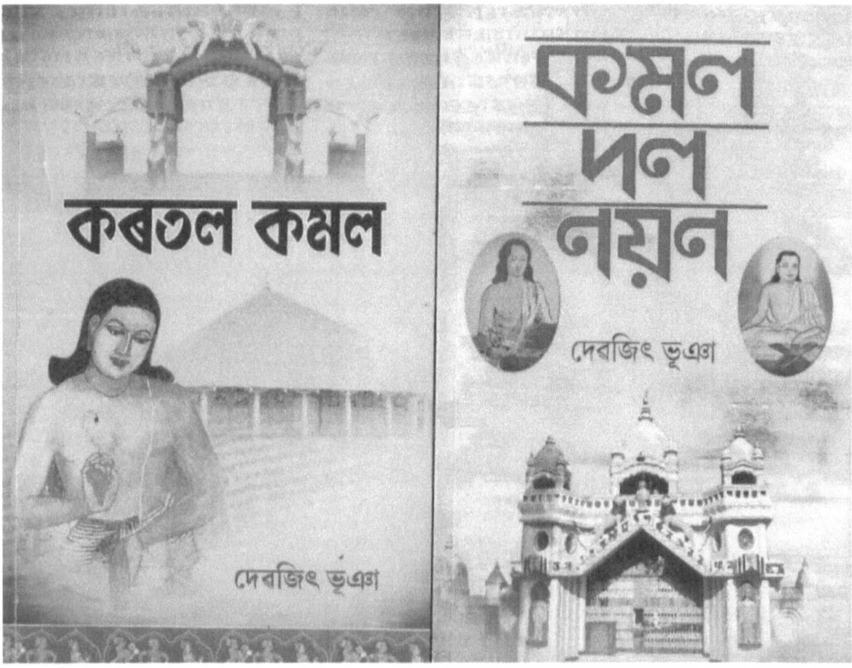

ལོ་གསར་གྱི་བྱམས་བརྩེ་དང་བྱམས་བརྩེ

New Year greetings ༄ ༅། ། ལོ་གསར་ལ་བཀྲ་ཤིས་བདེ་ལེགས་ཞུ།
སྟོན་ཀའི་དུས་བུ་བདུན་ཡིན།
ཤིང་སྡོང་གི་མདངས་ནི་འགྱུར་བ་རེད།
བོད་ཀྱི་དུས་བབ། > གསར་འགྱུར། > གསར་སྙིང་། > བོད་མི་མང་ཚོས་གྱོན་གོས་གསར་པ་ཉོ་འདོད་འདུག
མི་ཚང་མས་དུས་སྟོན་ལ་དགའ་བ་རེད།
གླང་དང་གླང་གི་བེའུ་
མི་འགའ་ཞས་དཀོན་མཆོག་ལ་ཁས་ལེན་མི་བྱེད་ཅིང་། དེ་ནི་ལོ་ཚོའི་བདེ་སྐྱིད་ཀྱི་ཆེད་དུ་ཡིན།
ལོ་གསར་གྱི་དུས་སྟོན་ལ་སྣང་སེམས་དང་། ཐུག་དོག་དང་། རང་འདོད་བཅས་ཀྱི་སྐོར།
ཤིང་སྡོང་གི་འོག་ཏུ་རྡུལ་གྱི་སྒྲ་(dhool)
གཞོན་ནུ་ཁྲབ་ཁྲབ་མཁན་རྣམས་དགའ་ཞིང་སྤྲོ་བར་འགྱུར།
བོད་ཀྱི་དུས་བབ། > གསར་འགྱུར། > གསར་སྙིང་། >
བོད་མི་མང་སྤྱི་འཐུས་ལྷན་ཚོགས་ཀྱི་གྲོས་ཚོགས་ཚོགས་ཚོགས་དུས་ཆེན་གྱི་ཚོགས་ཆེན་ཐེངས་གཉིས་པ།
རི་དྭགས་སེམས་ཅན་དང་བྱིའུ་རྣམས་ཀྱང་དགའ་ཞིང་ཁྲབ་པར་བྱེད་དོ།
ཨ་སད་ཀྱི་གནས་སྟངས་ནི་དགའ་སྟོན་དང་དགའ་སྐྱིད་དང་དགའ་སྐྱིད་ཀྱི་གནས་སྟངས་ཡིན།

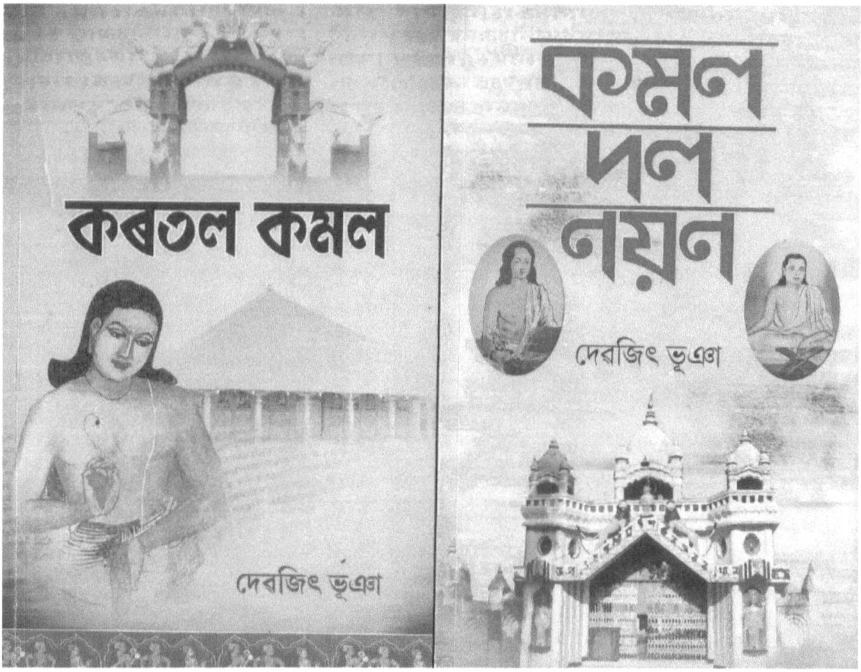

ཨ་སོམ་གྱི་གནམ་གཤིས་ཟླ་བ་གསུམ་ནས་ཟླ་བ་བཞི་བར་

འོད་ཟེར་དང་གནམ་གཤིས་ལེགས་པོ་ཡོད།
སྤྲིན་པ་དམར་པོ་སྤྲིན་པ་དམར་པོ་
སྒུམ་འཁོར་རྣམས་མགྱོགས་པོར་རྒྱུག་བཞིན་འདུག
ལས་ཀ་སྙིད་པོ་དེའི་རྐྱེན་གྱིས་པླ་ཕན་གྱིས་ཁྱིམ་དུ་འགྲོ་མ་ཐུབ་པོ།
Ikon གི་སེམས་ཉིད་ནི་Pavan མེད་པའི་རྐྱེན་གྱིས་མུན་པ་ཆགས་ཡོད།
མེ་ཏོག་གི་ཤིང་སྡོང་གི་མེ་ཏོག་གི་མེ་ཏོག་
{ གཞས་མ། སྒྲོན་མེ། སྒྲོན་མེ། }
མོ་དང་མོའི་གྲོགས་པོ་རྣམས་ཧྲི་ཏུའི་ཞིང་དུ་སོང་ངོ་།
ཤིང་སྡོང་གི་འོག་ཏུ་མི་ཚང་མས་མཉམ་དུ་ཁྲབ་པར་བྱེད།
བོད་ཀྱི་དུས་བབ། > གསར་འགྱུར། > གསར་སྙིང་། >
བོད་མིའི་སྒྲིག་འཛུགས་ཀྱི་བོད་མིའི་སྒྲིག་འཛུགས་ཀྱི་སྲིད་སྐྱོང་པ་མཆོག་གིས་བོད་མིའི་སྒྲིག་
ཟླ་བ་གསུམ་ནས་ཟླ་བ་བཞི་བར་གནམ་གཤིས་ལེགས་པོ་འདུག

ཟླ་བ་བཞི་པའི་བརྩེ་བ །

ང་ཡི་བརྩེ་གདུང་། ཟླ་བ་བཞི་པ ། དུས་ཆེན་གྱི་དུས་ཚོད །
ངས་ཁྱོད་ལ་རིན་ཐང་ཆེ་བའི་གོས་དང་རྒྱན་ཆ་སྤྲོད་མི་ཐུབ །
བུ་མོ་གཅིག་ཀྱང་མ་ལུས་པའི་རྒྱུ་ནོར་ཞིག་ཀྱང་མ་ལུས་པར་ང་ཚོའི་ཁྱིམ་དུ་གནས་པ་ཡིན་ནོ ॥
ང་ཡི་བརྩེ་སེམས་དང་བརྩེ་སེམས་
དངུལ་གྱི་ཆེད་དུ་ལམ་གྱི་འདོད་ཆགས་ནི་རྩ་ཁ་གང་ཞིག་ཡིན །
བྱམས་པའི་ལམ་ནི་མཐའ་མེད་པའི་དྲི་ཞིམ་ཡིན །
ཟླ་བ་བཞི་པའི་ཟླ་བ་ནི་ཕྱུག་པོ་རྣམས་ལ་རིན་ཐང་ཆེ་བའི་གནང་སྦྱིན་ཇོ་བའི་ཟླ་བ་ཡིན །
ང་ལ་མཚོན་ན ། དེ་ནི་སྨུན་ཟླའི་ཟླ་བ་དང་བྱམས་པའི་ཟླ་བ་ཡིན །
ངས་ཁྱོད་ལ་རྒྱན་ཆང་གི་དཀར་ཆག་ཞིག་སྤྲོད་མི་ཐུབ་པོ །
ང་ཡི་སེམས་ནི་ཁྱོད་ལ་དགའ་བར་བྱེད ། ཁྱོད་ཀྱིས་ང་ལ་དགའ་བར་བྱེད །
ཁྱོད་ཀྱི་དགའ་བའི་གདོང་ལས་རིན་ཐང་ཆེ་བའི་གནང་སྦྱིན་གང་ཡང་མེད །
ཁྱོད་ཀྱིས་ང་ལ་ལོ་སྐྱེལ་ནས་དགའ་སྤྲོའི་ངང་དུ་གད་ན ། འཛམ་གླིང་འདི་ནི་ངའི་ཡིན །

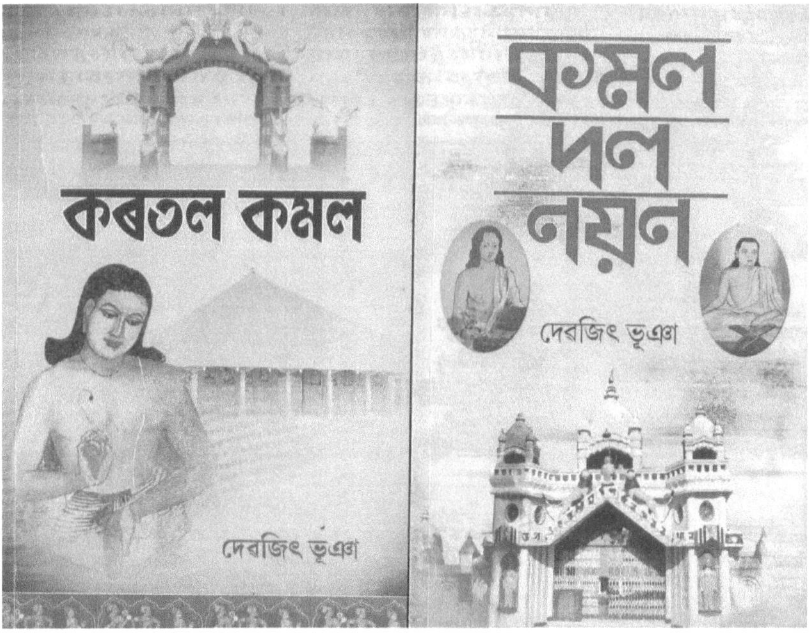

ཞིན་ཏུ་ངོ་མཚར་ཅན་གྱི་འཇིག་རྟེན་

འཛམ་གླིང་འདི་འཇིགས་སུ་རུང་བ་ཞིག་རེད།
ཕྱུག་པོ་ཧ་ཅང་ཕྱུག་པོ་རེད། དབུལ་པོ་ཚོ་ཁ་ནས་ཁ་བར་ཡོད།
ཤར་ཕྱོགས་དང་ཁྱིམ་དུ་ཉལ་བའི་ཆེད་དུ་གང་ཡང་མེད།
དབུལ་པོངས་ཀྱི་སྡུག་བསྔལ་ལ་སུས་ཀྱང་དོ་སྣང་མི་བྱེད་དོ།
ཧ་མགྲིན་ཁང་གི་ཉེ་འགྲམ་དུ་བཞག་པ།
དངུལ་ཀྲམ་སྟོང་ཕྲག་མང་པོ་སྐྲ་མདངས་དང་སྐྲ་མདངས་ཀྱི་ཆེད་དུ་བེད་སྤྱོད་བྱེད།
འོན་ཀྱང་ལམ་དུ་སྡོད་མཁན་གྱི་ཆེད་དུ་དངུལ་དུམ་བུ་གཅིག་ཀྱང་མ་ལུས་སོ།
དེ་ནི་སེམས་ཅན་མཐོ་ཉོས་ཀྱི་འཇིག་རྟེན་ཞིག་རེད།
དུས་སྐབས་རེ་བཞིན་མི་ཚོས་དོན་མེད་ཀྱི་ལས་བྱེད་པར་བྱེད་དོ།
འཛམ་གླིང་འདིའི་ནང་དྲང་པོ་བྱ་རྒྱུ་ཧ་ཅང་ཁག་པོ་རེད།
འོན་ཀྱང་ས་ཡ་མང་བ་ནི་བསླུ་འཁྲིད་དང་བསླུ་འཁྲིད་ཀྱི་སྒོ་ནས་ཡོང་བ་ཡིན།
འོན་ཀྱང་འཛམ་གླིང་ལེགས་པ་ཞིག་གི་ཆེད་དུ་དྲང་པོ་དང་དྲང་པོ་ནི་ཧ་ཅང་དྭངས་པོ་རེད།

ཨ་མའི་དུས་དྲན།

ཨ་མའི་གཅེས་གཅེས། ཨ་མའི་གཅེས་གཅེས། () - - རང་གི་
ཨ་མ་གཅེས་ཤོས་ཕམ།
ནམ་མཁའི་ཞིང་ཁམས་ནི་མ་དང་འདྲ་བ་མེད།
བྱམས་བརྩེ་གཙང་པོ་ལྟར་རྒྱུག་པ་
སྐྱོས་དང་། འཛམ་གླིང་འདིའི་ནང་བྱམས་བརྩེ་ལས་ཆེ་བ་གང་ཡང་མེད། I Love You Guard Uncle
མོ་ཡིས་རང་གི་བུ་ཕྲུག་ཚོའི་འཇོལ་བ་ཐམས་ཅད་བཞགས་པ་ཞུའོ།།
མོ་ནད་དང་ཐང་ཆད་ཡོད་ཀྱང་སེམས་གསོ་བྱོས་ཤིག
དཀའ་ངལ་དུས་སུ་མི་ཚང་མས་ཁས་ལེན་བྱ་རྒྱུར་ཁས་ལེན་བྱེད་དོ།
མོ་ཡི་ལག་པ་འཆང་བ་དང་འོ་མ་ནི་ཟུག་གཟེར་དྲག་ཤོས་ཡིན།
ནམ་ཡང་མ་བརྗེད་པར་མ་བྱེད། ཡང་ན་སེམས་ཀྱི་སྡུག་བསྔལ་མ་སྐྱོང་བར་མ་བྱེད།
མོ་ནི་མིའི་རིགས་དང་སྤྱན་ཟླའི་བར་གྱི་འབྲེལ་བ་ཡིན།
འདས་པའི་ལོ་རྒྱུས་དང་། ད་ལྟའི་ལོ་རྒྱུས་དང་། མ་འོངས་པའི་ལོ་རྒྱུས་རྣམས་མ་ཡི་མངལ་ནས་ཐོན་བཞིན་ཡོད།
ཨ་མ་མེད་ན། དུས་དང་སྲོལ་རྒྱུན་ནི་རླུང་འཚུབ་དྲག་པོ་ཞིག་གིས་མཚམས་འཇོག་བྱེད་པར་འགྱུར།

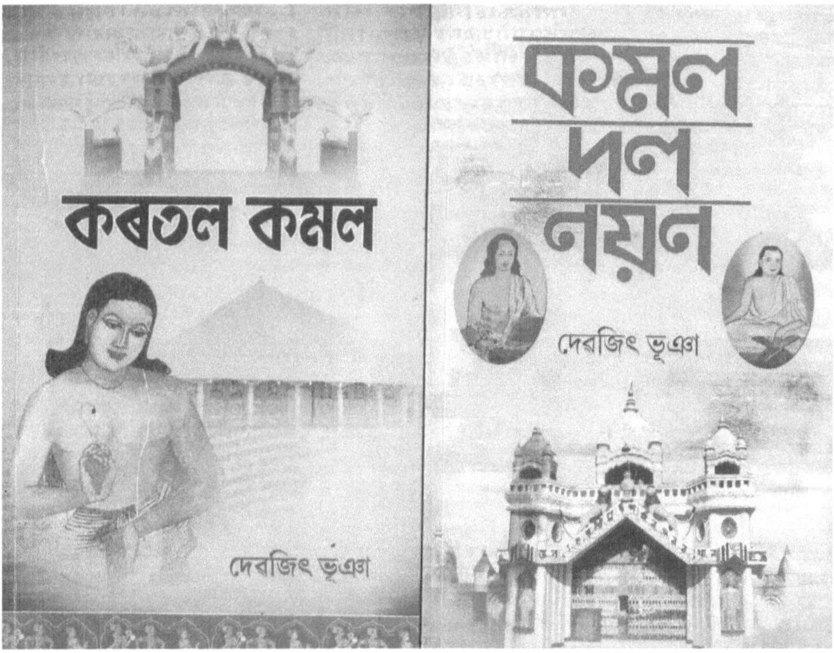

སྤྲིན་པ།

སློབ་གསོ། A-apple, B-ball, C-climate
གནམ་གཤིས་འགྱུར་ཐོག་ཧ་ཅང་སྨུར་དུ་བྱུང་།
ཟླ་བ་གསུམ་པའི་ནང་ཆར་པ་ཤུགས་ཆེན་པོ་འབབ་པ།
ཆར་པ་ཆེན་པོ་ཞིག་གིས་དུས་སྟོན་དེ་མེད་པར་བཟོས་སོ།
ཆར་པ་ལྷ་བུ།
འོན་ཀྱང་གནམ་གཤིས་འགྱུར་བའགྱུར་གྱི་ཐད་ནས་མི་ཚོས།
སྤྲིན་པ་རྒྱུན་ཆད་མེད་པར་འགོག་པར་བྱེད།
རི་བོ་དང་རི་བོ་རྣམས་དབྱུལ་ཕོངས་ཀྱི་འབྱུང་ཁུངས་ཡིན།
རི་སྟོང་དང་། རི་བོ་དང་། རི་བོ་བཅས་སུ་ཡང་གནམ་གཤིས་འགྱུར་བའི་ཉེན་ཁ་ལས་ཐར་མི་ཐུབ།
བོད་ཀྱི་དུས་བབ། > Advertisements > Advertisements > Advertisements
ཡུལ་འདི་ནི་ སྡུག་བསྔལ་དང་སྡུག་བསྔལ་གྱི་ཡུལ་ཞིག་ཏུ་འགྱུར་བ་དང་།
གནམ་གཤིས་འགྱུར་བསྒྱུད་མཚམས་འཛོག་བྱ་རྒྱུ་དེ་ད་ལྟ་མཐོང་སྣང་གཙོ་བོ་ཞིག་ཏུ་འགྱུར་དགོས་པ་ཡིན།

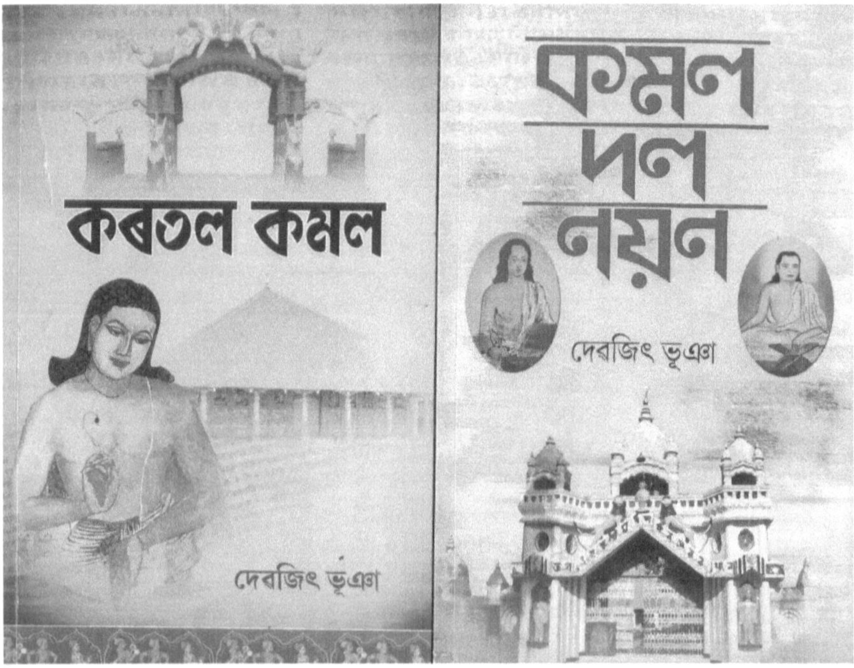

ལག་ལེན་འཛོལ་བ་

འཛམ་གླིང་གི་ས་ཁོངས། མར་བབས་བཞིན་འདུག
Homo sapiens གི་མི་འབོར་ཐག་སྟོར་བ།
གློག་ཤུགས་བེད་སྤྱོད་མ་བྱེད། གློག་ཤུགས་བེད་སྤྱོད་མ་བྱེད།
མ་དངུལ་བེད་སྤྱོད་མ་བྱེད་ཅིག མ་དངུལ་བེད་སྤྱོད་མ་བྱེད་ཅིག
པེན་སི། པེན་སི། པེན་སི། པེ་སཏི་ཀ།
ཤ་ཁུ་དང་། ཚྭ་དང་། འབྲུ་གཅིག་ཀྱང་མ་ལག་པར་བེད་སྤྱོད་མ་བྱེད་ཅིག
དུས་ཡུན་མ་གཏོང་ཞིག རྒྱུན་ལམ་མ་གཏོང་ཞིག
མི་ཡ་མང་གིས་གྲོད་པ་སྟོང་པ་ཉིད་དུ་གཉིད་ལོག་པར་བྱེད་དོ།
ཟས་བཅུད་ཞུང་དུ་གཏོང་རྒྱུ་དེ་ཉིན་རེར་ཐེངས་གཉིས་པར་ཟ་རྒྱུ་རེད།
དཀོན་མཆོག་ལ་མཆོན་ན། ལག་ལེན་ངན་པ་ཞུང་དུ་གཏོང་རྒྱུ་ནི་སྨོན་ལམ་ཞིག་ཡིན་སྲིད་དོ།

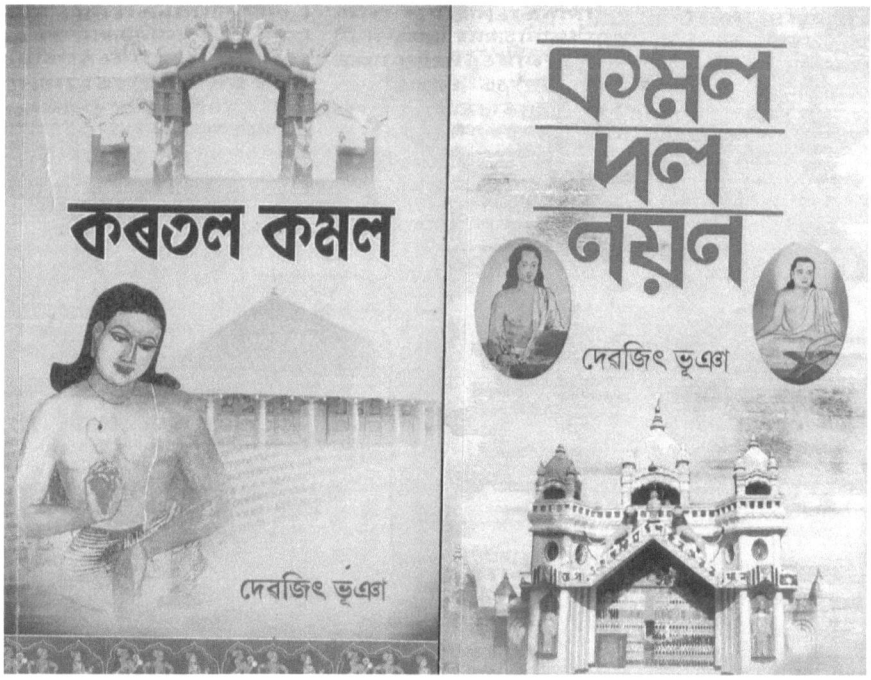

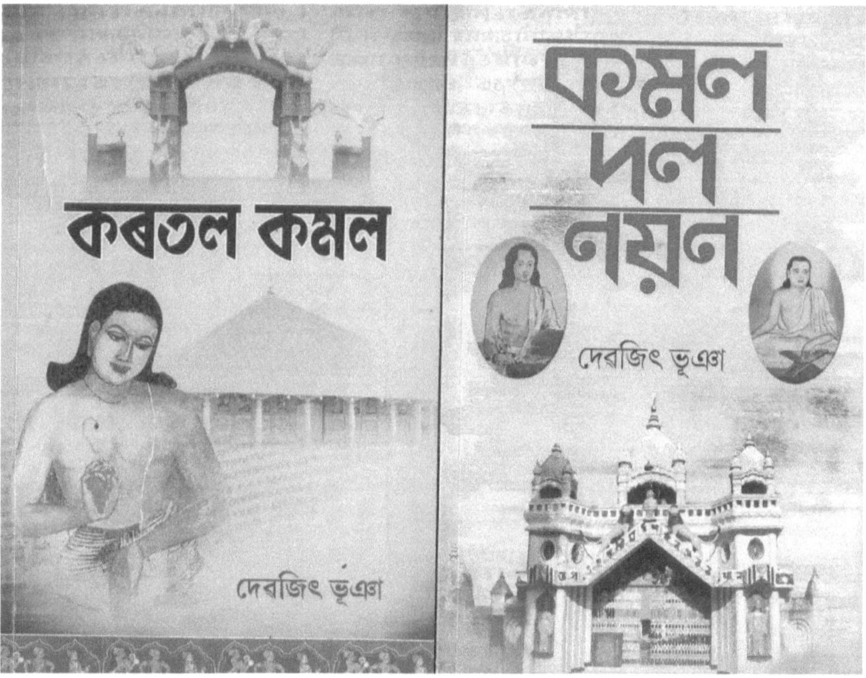

དུས་སྐབས་རེ་བཞིན་

དུས་སྐབས་དེར་ཨ་སོམ་ལ་རྒྱུ་དངོས་མང་པོ་ཡོད་དོ།།
མི་རློབས་ས་ཁྱུལ། གྲོང་གསེབ། གྲོང་གསེབ་ཆུང་། མི་གཞིས་ཆགས་པ། མི་གཞིས་ཆགས་པ།
ལྗེ་གུའི་སྐྱོར་བ། དེ་བས་མང་། > >
སྔོན་ཐོག་ལྗང་ཁུ་སྣ་ཚོགས་ཡོད།
ཐུང་ཆར། ཉ་རིགས་སྣ་ཚོགས་མཉམ་དུ་འཚོ་བཞིན་ཡོད།
གློ་བུར་དུ་མི་སེར་རྣམས་ཉེ་འཁོར་གྱི་རྒྱལ་ཁབ་ནས་ཡོང་བ་དང་།
ཁོང་ཚོས་ས་ཆ་དེ་དབང་བཟུང་བྱས་ཤིང་། ས་ཆ་དེ་རིན་མེད་དུ་དབང་བཟུང་བྱས་པ་ཡིན།
ས་གནས་ཀྱི་མི་སེར་དང་བཙན་བྱོལ་པ་རྣམས་ཀྱི་བར་གྱི་རྩོད་རྙོག་དེ་འགོ་འཛུགས་པ་རེད།
ནེ་ལི་གྱིས་བཙན་བྱོལ་བོད་མིའི་དམར་གསོད་ལ་སྣེ་འཁྲིད་བྱས་པ།
ནེ་ལི་ནི་ཨ་སམ་གྱི་ལོ་རྒྱུས་ཀྱི་འཇིགས་སྐྲག་ཅན་ཞིག་རེད།
སྲིད་དོན་གྱིས་སྣན་ཀར་ཊེ་ཕའི་ཆོས་ཀྱི་རྩ་བ་ནས་བཟོད་བསྲན་ལ་གནོད་སྐྱོན་བཏང་ཡོད།

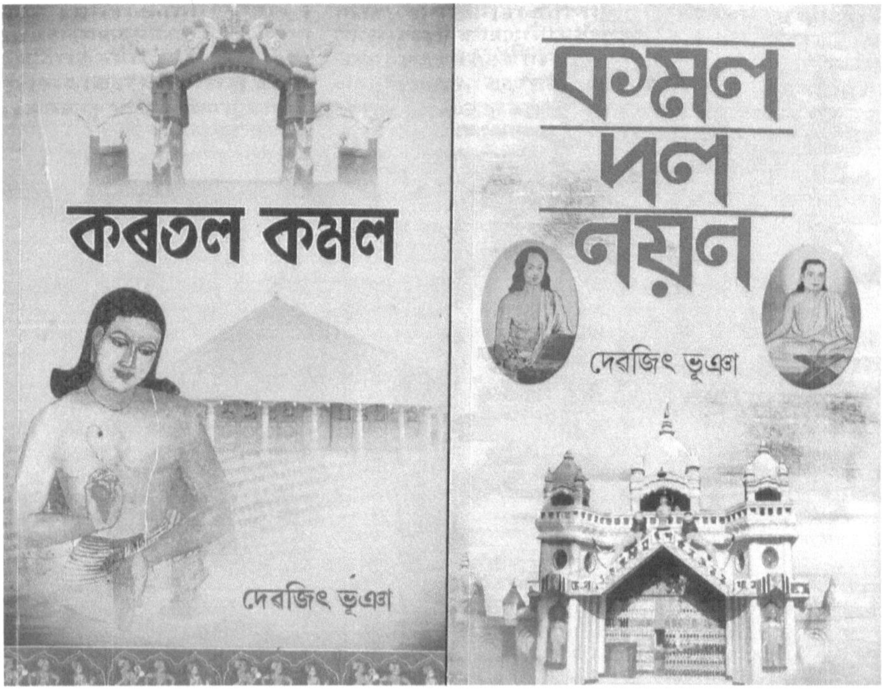

བྱམས་བརྩེ་རིན་ཐང་ཆེ །

བྱམས་བརྩེ་ནི་ཚོང་འབྲེལ་གྱི་དངོས་རིགས་ཞིག་ཏུ་འགྱུར་རོ ॥
ཁྱོད་ཀྱིས་དངུལ་བགོས་པ་ཡིན་ན ། མི་ཚོས་ཁྱོད་ལ་བྱམས་པ་དང་དགའ་བར་འགྱུར་རོ །
དངུལ་གྱི་སྒོ་ནས་བྱམས་བརྩེ་དང་གདོང་པ་ཁ་སྐྱུར་པོ་མང་པོ་འབྱུང་བར་འགྱུར་རོ །
འོན་ཀྱང་དུས་སྟོན་གྱི་དུས་སྟོན་དང་དུས་སྟོན་གྱི་དུས་སྟོན་ལ་དགའ་བའི་དགའ་སྟོན་ཞིག་འབྱུང་བར་འགྱུར་རོ །
ཁྱོད་ཀྱིས་སྦྱིན་པ་གཏོང་རྒྱ་མཚམས་འཛོག་བྱས་ན ། བྱམས་པའི་གཙང་པོ་སྐམ་པར་འགྱུར །
གྲོགས་པོ་དང་འབྲེལ་བའི་ཆེད་དུ་ཁྱེད་རང་གཅིག་པུས་ངུས་དགོས་
ཁྱོད་ཀྱིས་ཁོ་ཚོར་བྱམས་བརྩེ་དང་སེམས་ཁྲལ་བྱས་པ་སུས་ཀྱང་དྲན་མི་ཐུབ་པོ །
ཁྱོད་ཀྱིས་དེ་ལྟར་བྱ་རྒྱ་མཚམས་འཛོག་བྱ་སྐབས ། ཁྱོད་ཀྱིས་དེ་ལྟར་བྱ་རྒྱ་མཚམས་འཛོག་བྱ་དགོས །
ཁྱོད་རང་གཅིག་པུ་འཛམ་གླིང་ནང་འགྲོ་བ་དང་མི་ངོ་མ་ཤེས་པ་ཚོར་ཐུག་འཕྲད་བྱ་རྒྱུ་དེ་ལེགས་པ་ཡིན་ནོ །
དུས་ཡུན་ཐུང་ཐུང་འདི་ལ་དངུལ་དུམ་བུ་གཅིག་ཀྱང་མ་གཏོང་བར་སྡོད་ཅིག
གྲོགས་པོ་ངོ་མ་དེའི་བྱམས་བརྩེ་ནི་སྒྲོན་མེ་ལྟར་འཚོ་བར་འགྱུར །

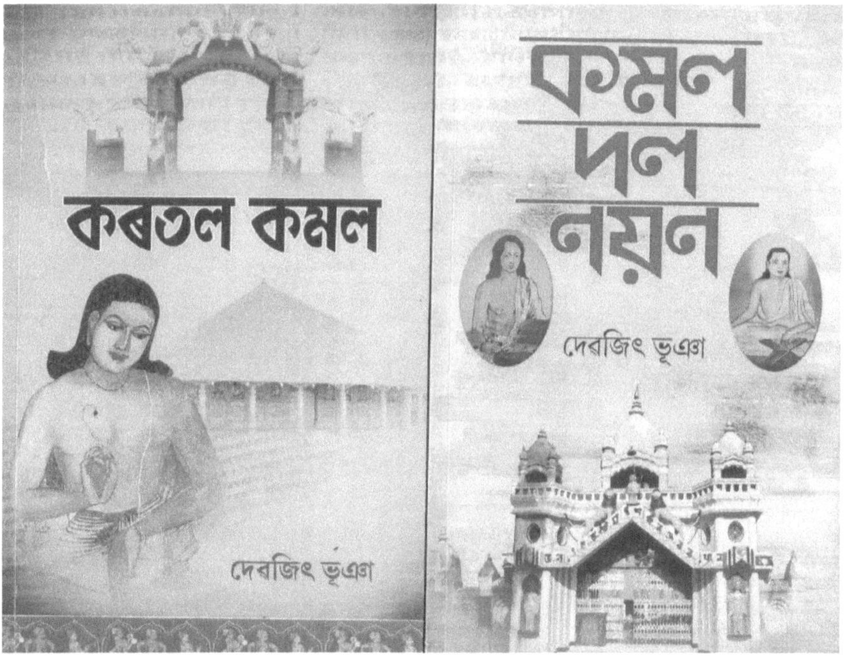

ཨ་ཧོམ་གྱི་ལོ་ངོ་༦༠༠ གི་རྒྱུན་སྐྱོང་གི་དབང་ཆ

ཨ་ཧོམ་ནི་བིར་མ་ནས་ཨ་སོམ་དུ་སླེབས་ཤིང་། ད་ལྟ་བིར་མ་ཞེས་གྲགས་སོ །
ཨ་ཧོམ་རྒྱལ་ཁམས་ཀྱིས་རྒྱལ་པོ་ཆུང་བ་རྣམས་ཕམ་པར་བྱས །
ཁོང་ཚོས་ཨ་སད་ལ་ལོ་ངོ་༦༠༠ ལང་རིང་སྲིད་སྐྱོང་བྱས་ཤིང་། ཁོང་ཚོས་དུས་ཡུན་གང་ཡང་མ་བཞག་པར་སྲིད་སྐྱོང་བྱས་པ་ཡིན །
མི་རིགས་ཆུང་ཆུང་ཚང་མ་གཅིག་ཏུ་འདུས་ནས་ཨ་སོམ་ཆེན་པོ་ཞིག་བཟོས་ཤིག
ས་ཁུལ་འདི་ནི་ཞིང་ལས་དང་། ཚོང་འབྲེལ་དང་ཕོ་བྲང་བཟོ་སྐྲུན་ལ་བརྟེན་ནས་ཡར་རྒྱས་ཐོན་ཡོད །
ཨ་སད་ཀྱི་རྒྱུ་ནོར་སྐོར་ཤེས་པའི་སྐབས་མོ་གྷུལ་གྱིས་ཨ་སད་ལ་ཐེངས་༡༧ ཐེངས་བཙན་རྒོལ་བྱས་འདུག
འོན་ཀྱང་ཨ་ཧོམ་རྒྱལ་ཁམས་ལ་རྒྱལ་ཁ་ཐོབ་མ་ཐུབ་པ་དང་། དམག་མི་སྨན་གྲགས་ཅན་རྣམས་ཀྱང་སྐྱེས་སོ །
རྗེས་སུ་ཨ་ཧོམ་གྱི་རྒྱལ་སྲས་རྣམས་ཀྱི་ཁྲོད་དུ་འཐབ་འཛིང་བྱུང་བའི་རྐྱེན་གྱིས ། རྒྱལ་ཁམས་ཀྱི་འཛིག་སྐྱོན་བྱུང་ངོ་།
བརིར་ཏེ་ཡན་གྱི་དམག་དཔུང་གིས་ཨ་སོམ་ལ་དབང་བཟུང་བྱས་ཤིང་། ཨ་སོམ་ལ་དབང་བཟུང་བྱས་ཤིང་།
ཨ་ཧོམ་རྒྱལ་ཁམས་ཀྱི་ལོ་རྒྱུས་དང་གཞི་བརྗོད་ནི་གཏན་དུ་འཛིག་པར་འགྱུར །

ངས་དེ་ལྟར་བྱ་རྒྱུ་ཧ་ཅང་ལེགས་པོ་རེད།

ང་གླིང་ཕྲན་གཅིག་ཕུར་རང་འདོད་ཅན་གྱི་མི་ཞིག་མིན་ནོ།
མི་དང་སྤྱི་ཚོགས་མེད་ན། ངས་མི་ལངས་སོ།
དེའི་ཕྱིར་ང་རྟག་ཏུ་བརྟན་པོ་ཡོད། ང་ནམ་ཡང་བརྟན་པོ་མེད།
མི་རྣམས་ཀྱི་ནུས་མཐུས་ང་ལ་འཇིགས་སྣང་བསྐྱལ་བར་བྱེད།
རི་བོ་རྣམས་བཅག་ནས་གཙང་པོ་གསར་པ་བྲུས་ཐུབ་པོ།
ང་ཡི་མི་ཚེའི་ནང་། ང་ཡི་བྱ་སྒྲག་ལྟར་འཕུར་ཐུབ་པོ།
Comments Off on འདོད་ཆགས་ནི་ནམ་མཁའ་ལྟར་མཐའ་མེད་
ང་ནི་དམ་ཚིག་ཅན་དང་ངའི་མི་མང་མཉམ་དུ་དམ་ཚིག་ཅན་ཡིན།
ངས་རྟག་ཏུ་སྤྱི་ཚོགས་མཉམ་དུ་འཚོ་བཞིན་ཡོད། དེ་ནི་ཧ་ཅང་དྭངས་པོ་རེད།
ཕྱོགས་གཅིག་ཏུ་ལས་ཀ་བྱེད་པ་དང་མཉམ་དུ་ལས་ཀ་བྱེད་པ་ནི་ངའི་ལམ་འགྲོ་ཡིན།
དེའི་ཕྱིར་ང་རང་དང་ངའི་ལས་འགུལ་གྱི་ལས་དོན་ལ་ཡིད་ཆེས་ཡོད།

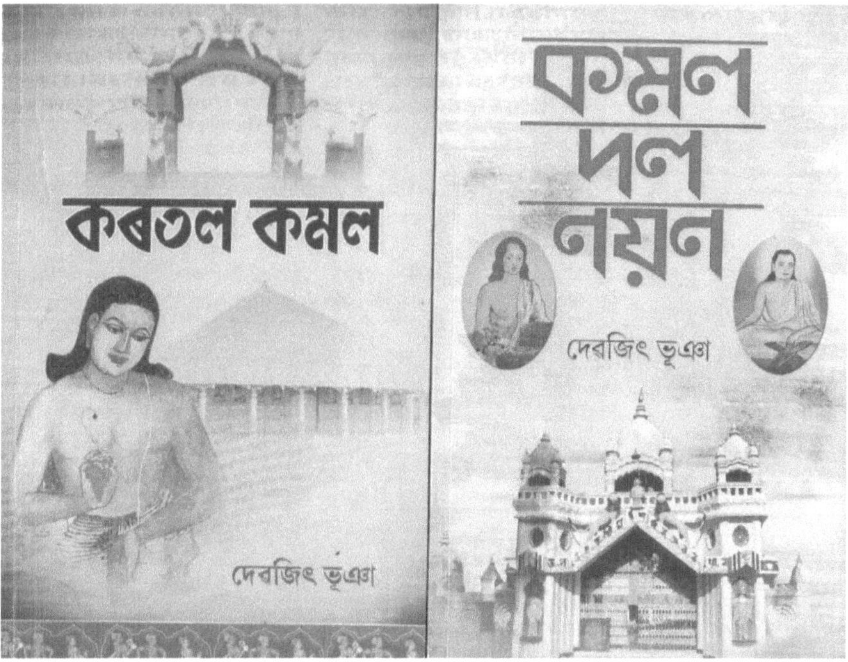

མེ་ཏོག་གི་ཤིང་སྡོང་

ཤིང་སྡོང་གི་སྟེང་དུ་མེ་ཏོག་འབར་བ་དང་། ཤིང་སྡོང་གི་སྟེང་དུ་མེ་ཏོག་འབར་བ་དང་།
དེ་ནས་སྔོ་བུར་དུ་སྔོ་བུར་དུ་སྔོ་བུར་དུ་སྔོ་བུར་དུ་འཁྱིམས་ནས་ངལ་གསོ་ཐོབ་པོ།
ཨ་མའི་སེམས། ཉེ་འདབས་ཀྱི་བུམ་ཐང་གི་ཤིང་སྡོང་ལ་བལྟས་པས།
བུམ་ཐང་གི་བུམ་ཐང་གི་བུམ་ཐང་།
སིམ་ལུའུ་(Bombax-ceiba) ནས་བལ་གྱི་དུམ་བུ་ཆུང་ངུ་ཞིག་འཕུར་བ་རེད།
སླང་དེ་ཡར་ཚུར་རྒྱུག་ནས་ཡར་ཚུར་རྒྱུག་གོ
མ་མ་ལ་རྟུང་བའི་སྐྲ་ཐོས་ནས་ཟབ་ཟབ་བྱ་དགོས།
ཤིང་ནགས་ཀྱི་ཕྱོགས་སུ་འགྲོ་རྒྱུ་ཧ་ཅང་ཁག་པོ་རེད། དེའི་འབྲས་བུ་རྣམས་ཟ་རྒྱུ་ཧ་ཅང་ཁག་པོ་རེད།
དེ་ནས་བལ་དཀར་པོ་ཚོས་ཀྱང་དེ་དག་ལ་འཚམས་འདྲི་བྱས་པ་ཡིན།
རང་བཞིན་གྱིས་སེམས་ཅན་ཐམས་ཅད་མཉམ་དུ་དགའ་བའི་དུས་ཤིག་ཡིན།

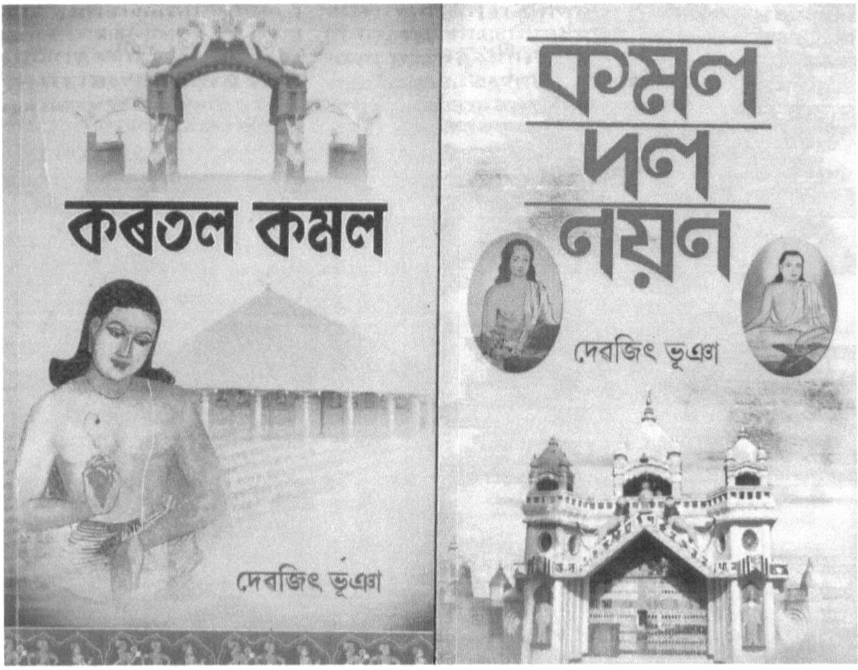

ཨ་རིབ་ཀྱི་མི་ཚེ།

རྒྱ་མཚོ་ནི་རྒྱ་ཆེན་པོ་དང་རྒྱ་ཆེན་པོ་རེད།
འོན་ཀྱང་སེམས་ཀྱི་གཏིང་རིང་པོ་ཡོད་པའི་མི་ཚོས། རྟག་ཏུ་འཐབ་འཛིང་བྱེད་ཀྱི་ཡོད།
ལོ་གཅིག་རེད། ཨ་རིའི་རྒྱལ་ཁབ་རྣམས་ཧ་ཅང་ཚ་པོ་འདུག
འདི་ནི་ཨ་རིབ་ཀྱི་མི་མང་ཚོས་རྟག་ཏུ་འཐབ་འཛིང་བྱས་པའི་རྒྱུ་མཚན་ཞིག་ཡིན་སྲིད་དོ།
ཧཛ་ར་ཐེས་ཆོས་ལུགས་གསར་པ་ཞིག་གསར་དུ་བསྐྲུན་བྱས་ཏེ། ལུང་ཕྱོགས་ཀྱི་ཞི་བདེའི་འབྱུང་ཁུངས་སུ་གྱུར་པ།
ཐོག་མར་ཁོ་ནི་ངོ་ལོག་ཅན་ཞིག་ཏུ་བརྩེ་མཁན་གྱི་མི་ཚོས་མནར་གཅོད་བཏང་ངོ་།
མ་གཞི་མ་འོངས་པར་མི་ཉམ་དའི་ཆོས་ལུགས་དེ་ཡར་རྒྱས་གོང་འཕེལ་ཆེན་པོ་བྱུང་ངོ་།
ཨ་རིའི་ཞི་བདེ། མཐའ་ཡས་མེད་པར་འགྱུར།
ས་ཁུལ་འདིའི་ནང་དམག་འཁྲུགས་སུ་མཐུད་དུ་འཚོགས་བཞིན་ཡོད་པ་དང་དེའི་ཆེད་དུ་ཐབས་ལམ་གང་ཡང་མེད།
ཨ་རིའི་མི་མང་ཚོས་བུད་མེད་ཚོའི་རང་དབང་གི་སྐོར་ལ་དེང་སང་གི་བསམ་བློ་གཏོང་དགོས་པ་ཡིན།

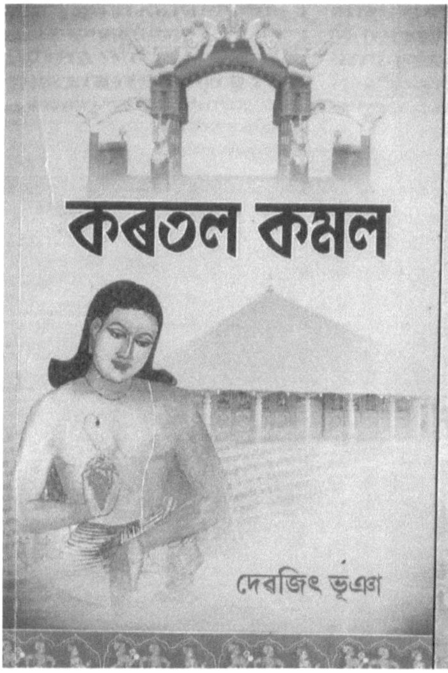

ཚིག

ནགས་ཚལ་དང་ནགས་ཚལ་རྣམས་སེམས་ཅན་གྱིས་འཛིན་སྐྱོང་བྱེད་དགོས།
ཤེས་རབ་ཅན་ཞེས་འབོད་པའི་མི་ཚོས་མི་ཤེས་སོ།
འཛམ་གླིང་འདི་ནི་རིགས་གཅིག་ལ་གཏོགས་པ་ཙམ་མིན།
དེ་ལྟ་བུའི་གནས་སྟངས་སུ་མི་རེ་རེར་འཇིག་རྟེན་གྱི་དངོས་པོ་ཐམས་ཅད་ཀྱི་དབང་ཆ་དང་བཅའ་ཁྲིམས་ཡོད་པར་འགྱུར།
ང་ཚོ་ཤེས་རབ་ཅན་ཡིན་ཡང་འཇིག་རྟེན་འདི་མེད་པར་བཟོ་རྒྱུའི་དབང་ཆ་མེད།
མི་རྣམས་གསོན་པོར་གནས་ཐུབ་པའི་ཆེད་དུ་སྐྱེ་ཁམས་ཀྱི་ཆ་སྙོམས་ཀྱང་དགོས་པ་ཡིན།
ནགས་ཚལ་དུ་ཡོད་པའི་སེམས་ཅན་ཚོས་མཐའ་འཁོར་ལ་གནས་ཐུབ་པ་བཟོ་ཐུབ་པོ།

ཀ་ཧྲ་ར (ཀ་ཧྲ་ར)

ལག་པས་བཟོས་པའི་ཀཱ་ཊི་ཁེབས་ལ་སྐྱལ་སྐྱོང་བྱེད་པ །
རྒྱ་གར་གྱི་པགས་པ་དང་དཔལ་འབྱོར་ལ་ཕན་ཐོགས་ཡོད །
དུས་སྐབས་ཤིག་ལ་ཀཱ་ཊི་ལ་སྣང་མེད་དུ་བཞག་ཡོད །
འོན་ཀྱང་ད་ལྟ་མི་ཚོས་དེའི་རིན་ཐང་ཤེས་ཀྱི་ཡོད །

ཟླན་ཊི་ཡིས་ཤ་ར་ཀཱ་(འཁོར་ལོའི་འཁོར་ལོའི་འཁོར་ལོའི་འཁོར་ལོའི་བརྒྱུད་པའི་Khadi) ཁྱབ་བསྒྲགས་བྱས་པ་ཡིན །
ཀ་ཧྲི་ཡིས་རྒྱ་གར་གྱི་གྲོང་གསེབ་དཔལ་འབྱོར་ཡར་རྒྱས་སུ་གཏོང་རྒྱུར་རོགས་བྱས
མི་སྟོང་ཕྲག་མང་པོས་དངུལ་གྱི་ཐོན་སྐྱེད་ཐོབ་པོ །
ཀ་ཧྲི་ཡིས་གྲོང་གསེབ་ཀྱི་བུད་མེད་རྣམས་ལ་དབང་ཤུགས་སྤྲོད་པ །
འོན་ཀྱང་པི་ལི་ཡེསི་ཏར་དང་པི་ལི་ཡེསི་ཏར་གཉིས་ཀ་ཀ་ཀ་ཊི་ལ་ཤུགས་ཆེན་པོ་གཏོང་གི་རེད །
ཀ་ཧྲི་ནི་དར་ཁྱབ་ཏུ་འགྱུར་རོ ༎
རང་དབང་གི་ལོ་རྒྱུས་ནང་། ཀ་ཧྲི་ནི་རྟག་ཏུ་དྲན་པར་འགྱུར །

ཨ་སམ་གྱི་དྲི་ཞིམ (Agarwood Oil)

ཨ་སོམ་གྱི་དྲི་ཞིམ་ནི་ཨ་རིའི་རྒྱལ་ཁབ་ཀྱི་ནང་ཏ་ཅང་དཀོན་མཆོག

འཛམ་གླིང་ནང་ས་གནས་གང་རུང་ཞིག་ཏུ་ཨ་སྐར་གྱི་རིགས་འདི་ཐོན་མི་ཐུབ།

ཨ་རིབ་དང་། ཡུ་རོབ་དང་། ཨ་མེ་རི་ཁ།

ད་ལྟ་ཡང་བལ་ནེ་ཏྲེཤ་དང་ཨོ་སི་ཊ་ལི་ཡ་གཉིས་སུ་དཀོན་མཆོག

Assam agarwood ཤིང་སྡོང་འཚར་ལོངས་

ཁ་སྐྱུར་པོའི་སྨུམ་དང་། ཁ་སྐྱུར་པོའི་སྨུམ་དང་།

ཨ་སྐར་གྱི་དྲི་ཞིམ་ནི་ཁྱད་དུ་འཕགས་པ་ཞིག་རེད།

དེའི་ཉེ་འགྲམ་དུ་ཡོད་པའི་བཟོ་བཀོད་ཅན་གྱི་དྲི་ཞིམ་ཐམས་ཅད་ནི་ཐུང་ཐུང་དང་དྭངས་པོ་རེད།

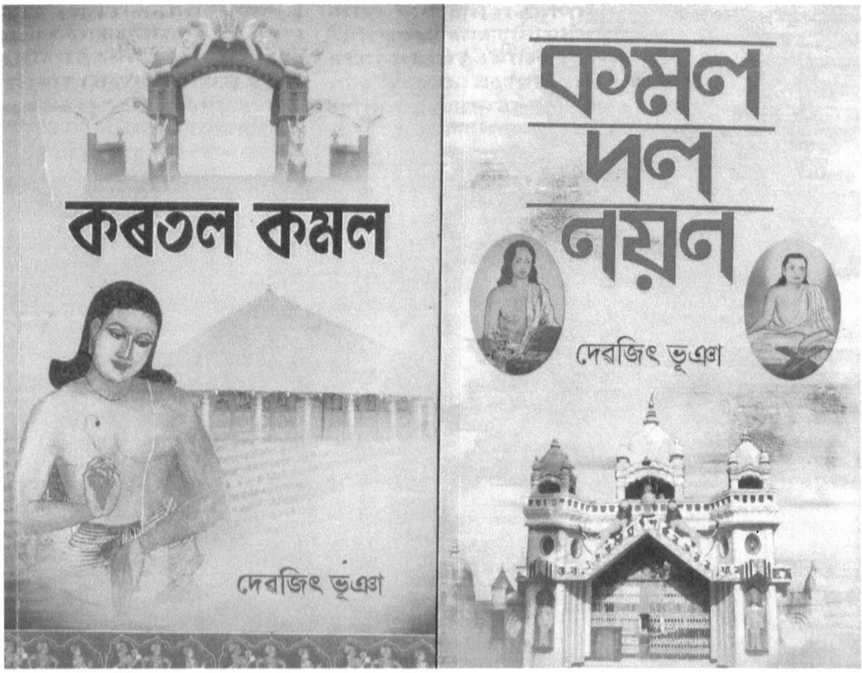

ཆུ་ཚད

ཀྱེ་ཀྱེ་གཙང་པོ་ཆེན་པོ། ཀྱེ་ཀྱེ་གཙང་པོ་ཆེན་པོ།

ཆུ་ལོག་གིས་གནོད་སྐྱོན་མི་འབྱུང་།

ཞིང་རྨོ་མི་དགོས། ཞིང་རྨོ་མི་དགོས།

ཁྱོད་ཀྱིས་བྱས་པའི་ལས་ངན་གྱི་རྐྱེན་གྱིས་དབུལ་པོ་རྣམས་སྡུག་བསྔལ་ཆེན་པོ་མྱངས་ཤིང་།

ཆར་པ་དྲག་པོ་ཡོང་བའི་སྐབས། ཁྱོད་ཀྱིས་ལམ་གང་ཙུང་ཞིག་བསྐྱོད་དགོས།

ཆུ་ལོག་གིས་མི་རབས་མང་པོ་བྲོས་སོ།

གཙང་པོ་རྣམས་ནི་མིའི་རིགས་ཀྱི་སྲོག་སྐྱོབ་པའི་ལམ་ཞིག་ཡིན་ཡང་།

འོན་ཀྱང་ད་བར་ཕོ་ཚོས་ཐབས་ལམ་གང་ཡང་མ་རྙེད་དོ།

ཆུ་མཛོད་བཅག་པའི་རྐྱེན་གྱིས་རྐྱེན་ངན་མང་པོ་བྱུང་ཡོད།

ཁྱོད་ཀྱི་ཤུགས་ཆེན་གྱི་རྒྱུག་ཆུ་དེ་རིམ་བཞིན་ཞི་ཞིང་དལ་བར་འགྱུར་རོ།

ལས་ཀ་འབྲས་བུ། (karma)

མི་ཚང་མས་རང་རང་སོ་སོའི་ལས་ཀ་ལ་ཡོངས་སྤྱོད་དགོས་ཤིང་། ལས་ཀ་བཟང་པོ་དང་ངན་པ་གཉིས་ཀ་བྱེད་དགོས།

ནུ་ཏུ་ནོན་གྱི་ཁྲིམས་གསུམ་པ་ནི་འཇིག་རྟེན་ཡོངས་ཀྱི་ཁྲིམས་ཡིན་ཞིང་། དེ་ནི་ངེས་པར་དུ་སྲུང་དགོས་པ་ཞིག་ཡིན།

དེ་ཚོ་ལ་ཕན་ཐོག་ཡོང་བའི་ཕྱིར། དེ་ཚོ་ལ་ཕན་ཐོག་ཡོང་བར་གྱིས།

ལས་ངན་དང་ལས་ངན་གྱིས་ཁྱོད་སྡུག་བསྔལ་མྱོང་བར་བྱེད།

སུ་ཞིག་ཀྱང་མ་འོངས་པའི་འབྲས་བུ་དང་མ་འོངས་པའི་འབྲས་བུ་ལ་བརྟེན་མི་ཐུབ།

ལས་ཀ་བཟང་པོ་བྱེད་པ། ལས་ཀ་བཟང་པོ་བྱེད་པ། Sankardeva 's Dharma

མི་དང་། མི་སྡེ། སེམས་ཅན་རྒྱལ་ཁབ་བཅས་ལ་ཕན་ཐོགས་ཡོད།

འཆི་བའི་དུས་སུ་ཞི་བདེ། ཞི་བདེ། གུས་ཞབས་ཐོབ་པར་འགྱུར།

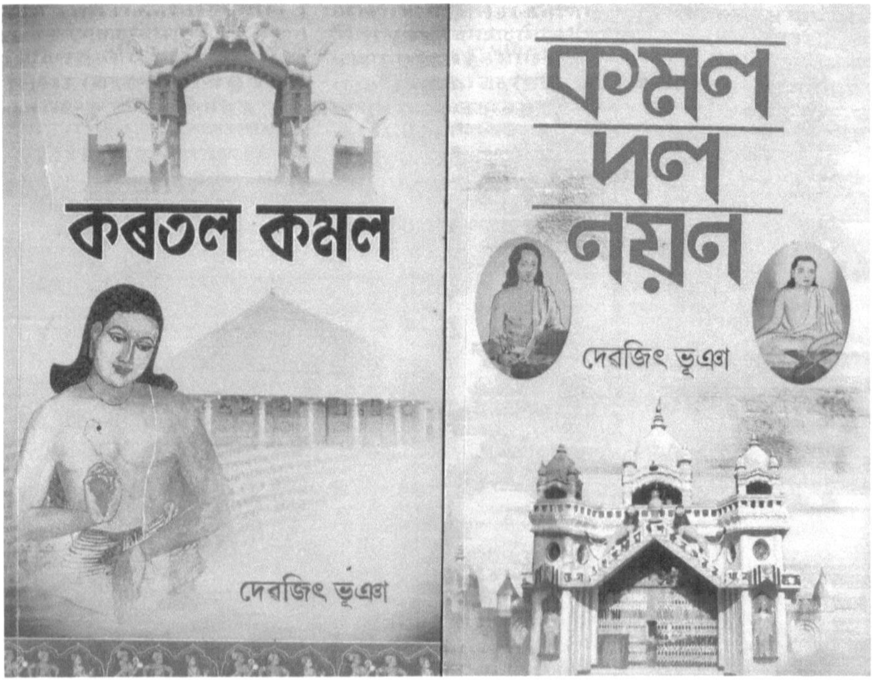

ཕྲག་དོག

མི་གཞན་གྱི་ལས་དོན་ལ་དགའ་བའི་ཕྱིར། ཕྲག་དོག་མ་བྱེད་ཅིག

ཁྱོད་ཀྱིས་དེ་ལྟར་བྱས་པ་ཡིན་ན། ཁྱོད་ཀྱིས་དེ་ལྟར་བྱས་པ་ཡིན་ན། ཁྱོད་ཀྱི་མི་ཚེ་དེ་ལེགས་པར་འགྲོ་བར་འགྱུར།

ཕྲག་དོག་བྱེད་ན། ཁྱོད་ནི་སྐྱན་གྲགས་ཅན་དུ་འགྱུར་མི་ཐུབ་པོ།

གཞན་ལ་སྐྱོན་བརྗོད་བྱེད་པ་ནི་ཁྱོད་ཀྱི་མི་ཚེ་ལ་གནོད་འཚེ་གཏོང་བ་ལྟ་བུ་ཡིན།

ཕྲག་དོག་གི་ཚབ་ཏུ་ལས་ཀ་ཆེན་པོ་ཞིག་བྱེད།

ཕྲག་དོག་དང་རང་འདོད་ནི་ཁྱོད་ཀྱི་གྲོགས་པོ་ངན་པ་ཡིན།

ཁྱོད་ཀྱིས་ནམ་ཡང་རྒྱལ་ཁབ་དང་འབྲན་བསྒྱུར་བྱ་མི་ཐུབ།

ཁྱོད་ཀྱི་གྲོགས་པོ་དེའི་བསམ་ཚུལ་ལ་གནོད་འཚེ་གཏོང་བར་བྱེད་དོ།

འདོད་ཆགས་ཀྱི་རང་འདོད་ཀྱི་རང་འདོད་ཀྱི་རང་འདོད་ཀྱི་རང་འདོད་ཀྱི་རང་འདོད་ཀྱི་རང་འདོད་ཡིན།

གྲོགས་པོ་ངན་པ་ཞིག་ལ་རྒྱབ་སྐྱོར་བྱེད་ན། མཁས་པས་རྩོམ་རིག་གི་རྣམ་པར་གཞག་བྱེད་འགོ་ཚུགས་པར་འགྱུར།

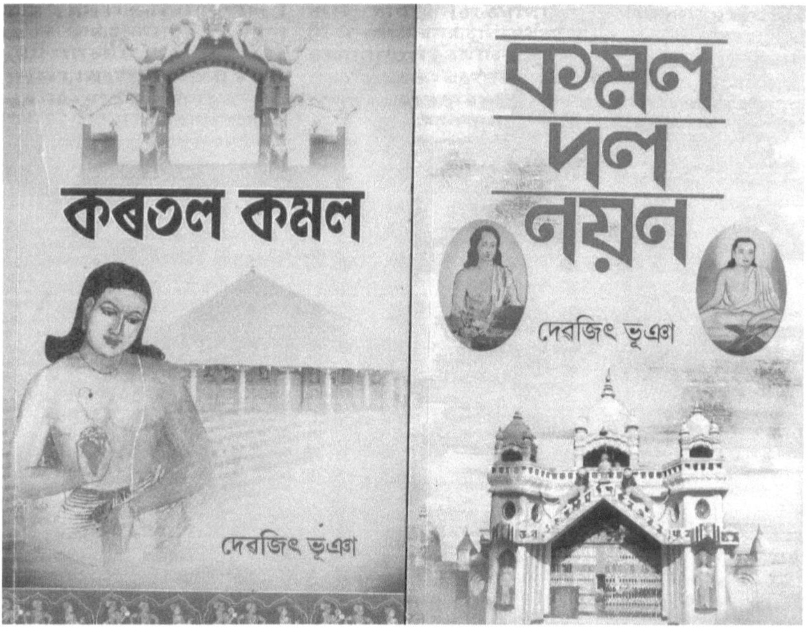

ཚང་མ་སྔར་བཞིན་འགྲོ།

Next articleཕྱི་ལོ་༢༠༡༣ ཟླ་༡ ཚེས་༢༥

འཛམ་གླིང་གིས་རང་རང་སོ་སོའི་འཁོར་ལོའི་ལས་འགུལ་དང་རང་རང་སོ་སོའི་ངོ་རྐྱལ་གྱི་ལས་འགུལ་ཞིག་བྱེད་རྒྱུ་ཡིན་

གནམ་གཤིས་ནི་རྒྱུན་ཆད་མེད་པར་འགྱུར་བ་དང་། རྒྱུན་ཆད་མེད་པར་འགྱུར་བ་དང་།

རྒྱུན་ཆད་མེད་པར་ཐབས་ལམ་ཞིག་མེད།

རྒྱུན་ཆད་མེད་པར་གང་ཡང་མི་འབྱུང་།

ང་ཡི་སེམས་ནི་སྐྱོ་པོ་ཡིན་པས་ང་ཡི་འཆི་བའི་བར་དུ། ང་ཡི་སེམས་ནི་སྐྱོ་པོ་ཡིན་པས་ན།

འོན་ཀྱང་སེམས་བཅག་པའི་མི་ཚོས་རེ་བ་དང་དད་སེམས་བརྟན་པོར་གནས་ཐུབ་པོ།

ཚང་མས་ཕན་ཚུན་ལ་དགོད་མོ་ཤོར།

རྒྱུན་ཆད་མེད་པར་རྒྱལ་སྐྱོར་བྱས་རྗེས་ཀྱང་མི་འགའ་ཤས་ད་དུང་ཐེངས་གཅིག་ལ་ཚོད་ལྟ་བྱེད་པར་འགྱུར།

འོན་ཀྱང་ས་གཞིའི་གནས་སྟངས་ནི་སྔར་བཞིན་གནས་བཞིན་ཡོད།

གྲུབ་མཐའ་གསར་པ་ནི་ང་ཚོའི་འཇིག་རྟེན་གྱི་འབྱུང་ཁུངས་ཀྱི་སྙིང་ལ་ཡིན།

རིག་རྩལ་དང་རིག་གཞུང་གི་བསམ་ཚུལ་ནི་ཁྱད་པར་ཅན་ཞིག་ཏུ་འགྱུར་ངེས་ཡིན།

འོན་ཀྱང་འཇིག་རྟེན་གྱི་ཁྱབ་སྐྱགས་མཚམས་འཛོག་མི་བྱེད།

གཞི་རྟེན་རིག་པའི་ཁྲིམས་ལུགས་ལྟར་ན། རང་བཞིན་གྱིས་སྲུང་སྐྱོབ་བྱ་རྒྱུ་ཡིན།

ལོ་གཅིག་ལ་འཇིག་རྟེན་གྱི་དོན་གང་ཡང་མེད། འོན་ཀྱང་ང་ཚོའི་དྲན་རྟེན་གྱིས་སྲུང་སྐྱོབ་བྱེད་པར་འགྱུར།

དུས་ཀྱི་དབང་ཆ་དང་། འདས་པའི་དབང་ཆ་དང་། ད་ལྟའི་དབང་ཆ་དང་། མ་འོངས་པའི་དབང་ཆ་བཅས་ཀྱི་དབང་ཆ་མེད།

འཚོ་བ་ཡོང་བ་དང་ཡོང་བ་ནི་ཐིག་ལེ་དང་ཐིག་ལེ་ལྟ་བུ་ཡིན།

འབྱུང་རྐྱེན་ཆེན་པོ་རྣམས་ཀྱི་ལོ་རྒྱུས་ཀྱང་དུས་ཡུན་ཐུང་ངུ་ཞིག་འཚོ་བར་འགྱུར།

རང་བཞིན་དང་བཀོད་པའི་མཛེས་སྡུག་འདི་འདྲ་མཉམ་དང་མཛེས་སྡུག་ཅན་ཞིག་རེད།

དགའ་སྤྲོ། རྒྱུན་ཆང་བཅས་ཀྱི་སྒོ་ནས་ཉེ་ཤུ་རྩ་གསུམ་ལ་ཁ་གྱེས་ཤིག

གཞིན་པོའི་རྣམ་ཤེས་

དུས་ཡུན་འགོར་ཞིང་རྒྱུན་ཆད་མེད་པར་རྒྱལ་ཁ་ཐོབ་པའི་ཆེད་དུ་བེད་སྤྱོད་བྱེད།

སྒྱུར་དུ་འགྲོ་མཁན་གྱི་བེའུ་དེས་ངལ་གསོ་ཕྲན་བུ་ལེན་རྒྱུ་ཐག་བཅད་པས།

འོན་ཀྱང་དེ་ལྟ་ནགས་ཚལ་བཅག་པའི་རྐྱེན་གྱིས་གནས་ཚུལ་དེ་ནི་བསྒྱུར་བ་ཡིན་ནོ།

ཕུག་རོན་དང་ཕུག་རོན་གཉིས་ཀ་རང་དབང་ཆག་སྐོར་རོ།

ཕུག་རོན་གྱིས་རང་གི་སྲུང་སྐྱོབ་ཀྱི་ནུས་པ་བེད་སྤྱོད་བྱས་ནས་ཕུག་རོན་ཤེས་རབ་ཅན་ལ་བསླུ་འཁྲིད་བྱེད་སྲིད་དོ།

འོན་ཀྱང་རྒྱ་མཚོའི་སེམས་ཅན་རྣམས་གསོན་པོར་གནས་མ་ཐུབ་པ་དང་ཞིང་ཁའི་ནང་བསླུ་འཁྲིད་བྱས་མ་ཐུབ་བོ།

ཁོ་ཡི་ཁ་ནི་ཁ་རོག་ཏུ་བཞག་སྐབས། ཁོ་ཡི་ཁ་ནི་ཁ་རོག་ཏུ་བཞག་དགོས།

ནམ་མཁའ་ནས་འཕུར་བ་ནི་སྲུང་སྐྱོབ་ཀྱི་སྐེ་རག་དང་སྲུང་སྐྱོབ་ཀྱི་སྐེ་རག་མེད་པ་ཞིག་ཡིན།
རྣ་བ་ལ་ར་ཚ་དང་ར་ཚ་སོགས་བེད་སྤྱོད་མི་བྱེད།
སྤྲ་དང་དགའ་སྟོན་ལ་ལན་འདེབས་བྱེད་སྐབས་རྟག་ཏུ་ཁོང་ཁྲོ་དང་མིག་ཆུས་ཁེངས་པ་ཡོད།

སྤྲང་ཆར། སྤྲང་ཆར།

ཕྱག་པ་དེས་ཕྱག་པ་བསྐྱ་འཁྲིད་བྱས་ཏེ། ཤ་དུམ་བུ་དེ་དགའ་བ་རེད།

ཕྱག་རོན་གྱིས་ཕྱག་རོན་གྱི་ཁ་ནས་ཕྱག་རོན་དེ་ཐར་བའི་སྒོ་ནས་དགྲ་ཤ་ལེན་ནོ།

སྤྲང་ཆུའི་ཆུ་འཐུང་བ་དང་། སྤྲང་ཆུའི་ཆུ་འཐུང་བ་དང་།

འབྲུ་སྤྲིན་གྱིས་ཐེངས་མང་པོར་རྒྱུན་འབྲུམ་ཟ་རྒྱུའི་ཚོད་ལྟ་བྱས་ཀྱང་མ་ཐུབ་པོ།

བོད་ཀྱི་དུས་བབ། > Advertisements > Advertisements > Advertisements

གལ་ཏེ་སླང་ཞིག་གིས་ལུག་ཞིག་ཡར་བསླང་ཐུབ་ན། ཅིའི་ཕྱིར་ང་ཡིས་སླང་དེ་ལ་བསམ་བློ་གཏོང་མི་ཐུབ་བམ།

མོ་ཡིས་གོས་ལ་རེག་པ་དང་། མོ་ཡིས་གོས་ལ་རེག་པ་དང་།

བུམ་ཐང་གི་ཤིང་སྡོང་གི་སྟེང་དུ་ཆུ་ལོག་ཡོང་བའི་ཆེད་དུ་དཀོན་མཆོག་ལ་སྨོན་ལམ་འདེབས་པ།

གནམ་གྲུ་ནང་འཕུར་བའི་རྗེས་སུ་སླང་དེ་གང་དུ་བསྡད་དམ།

དཀོན་མཆོག་ཁོང་གིས་ཆར་པ་འབེབ་གནང་ཞིང་། ཆར་པ་འབེབ་གནང་ཞིང་། ཆར་པ་འབེབ་གནང་ཞིང་།

བོད་ཀྱི་དུས་བབ། > གསར་འགྱུར། > གསར་སྙིང་། > བོད་ཀྱི་དུས་བབ། > གསར་སྙིང་། > བོད་མིའི་སྒྲིག་འཛུགས།

ཁྲིམས་མཆོས་རྣམས་ཤེས་རབ་ཅན་དང་ལམ་འགྲོ་ཅན་ཡིན་ན། ཐག་དོག་མ་བྱེད་ཅིག

ཁྱོད་ཀྱིས་ནུས་པ་མེད་པར་རྩེད་འགྲན་བྱ་རྒྱུའི་ཐབས་ལམ་ཞིག་འཚོལ་བ་ཡིན་ན།

ཁྱོད་ཀྱི་གནས་སྟངས་དེ་སྡུག་པོ་ཆགས་པར་འགྱུར།

ཐབས་ལམ་འཚོལ་བ །

ཁྱོད་ཀྱིས་ལོ་༢༠༠ ལྷག་ཙམ་འཚོ་བར་འདོད་དམ །

སྦྲང་ཆར ། ཡང་ན་མེ་ཏོག་སྔོན་པོ་ཞིག་ཏུ་འགྱུར་ནས་དགའ་སྐྱིད་བྱོས་ཤིག
ཁྱོད་ཀྱིས་མཛོ་རིས་ཀྱི་མཛོ་རིས་སུ་འཕུར་འདོད་དམ །
བྱ་ཞིག་ཡིན་ན་ཁྱོད་ཀྱིས་བརྟག་དཔྱད་བྱེད་ཐུབ །
ཁྱོད་ཀྱིས་སྨན་ཁམས་བདེ་བའི་ཆེད་སྔུར་དུ་རྒྱུག་འདོད་དམ །
ཁྱོད་ནི་Cheetah ཞིག་ཏུ་འགྱུར་བ་དང་། ཁྱོད་ནི་སྔོན་དུ་འགྲོ་ཐུབ་པོ །
ཁྱོད་ཀྱིས་མཛོ་ཞིང་ཐག་རིང་པོར་བལྟ་འདོད་དམ །
ཁྱོད་ཀྱིས་ཤིང་སྡོང་གི་ལོ་མ་ཟ་བ་དང་ཤིང་སྡོང་གི་ལོ་མ་ཟ་བར་བྱེད་དོ །
ཁྱོད་ཀྱིས་རང་དབང་མེད་པའི་མི་ཚེ་ཞིག་འཚོ་བར་འདོད་དམ །

སྐྱེ་བོ་ཞིག་ཡིན་ན་མི་རྟག་པ་ཞིག་ཡིན་ན་མི་རྟག་པ་ཞིག་ཡིན་ན་
གཞན་གྱི་རྩོད་གླེང་དང་རྩོད་གླེང་ལ་ཇི་ལྟར་ལན་འདེབས་བྱེད་ཀྱི་ཡོད་དམ །

རོ་ཏེ་ལེ་ལར་ཁྱི་ཞིག་ཡིན་ན་གཞན་ལ་སོ་བཏབ་དགོས །
ཁྱོད་ཀྱིས་ཉིན་མཚན་གང་གཉིད་ཁུག་འདོད་དམ །

ཀོ་ལྃ་ཞིག་ཏུ་འགྱུར་བ་དང་། ལས་ཀ་བྱེད་པ་དང་འཐབ་རྩོད་བྱེད་རྒྱུ་མིན་ནོ །
ཁྱོད་ཀྱིས་ཟས་ཀྱི་ཚད་ལས་ལྷག་པ་ཟ་འདོད་དམ །

ང་ནི་སློ་བུར་དུ་སློ་བུར་ཞིག་ཡིན །
ཁྱོད་ཀྱིས་འགྲུལ་འཁྱིམ་དང་ཕྱི་ཇོར་མེད་པར་འགྲོ་འདོད་དམ །

སིབ་རི་ཡའི་ཤིང་སྡོང་ཞིག་ཏུ་འགྱུར་རྒྱུ་ནི་ཐབས་ལམ་བཟང་པོ་ཞིག་རེད །

འོན་ཀྱང་ཁྱོད་ནི་ཤེས་རབ་ཅན་ཞིག་ཡིན་ན །

ཁྱོད་ཀྱིས་གང་ཞིག་འདོད་པ་དང་གང་ཞིག་གལ་ཆེ་བ་ཡིན་ན ། ཁྱོད་ཀྱིས་རང་གི་ཐབས་ལམ་འཚོལ་ཐུབ་པོ །

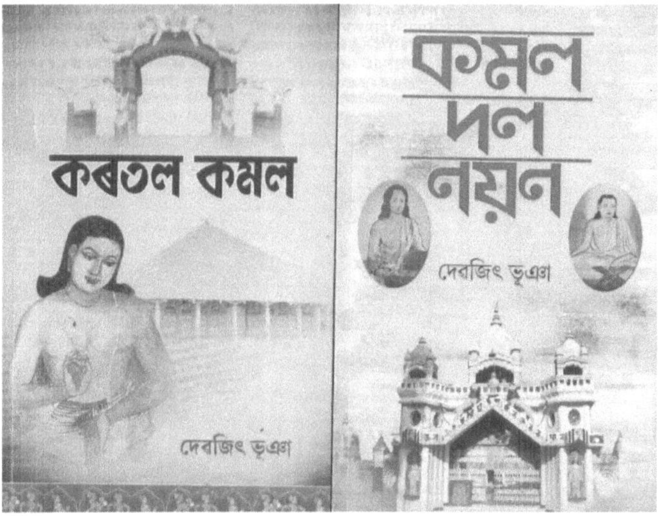

སུས་ཀྱང་ཁྱོད་ལ་ཡར་སྣང་མི་ཐུབ།

ཁྱོད་འགྲེལ་སྐབས་སུ་ཞིག་གིས་ཁྱོད་ལ་རོགས་བྱེད་ཀྱི་མིན།

མི་ཚང་མས་ཅོད་པན་ཐོབ་པར་འགྱུར།

ཇི་ལྟར་ནུས་པ་བཞིན་སྨོས་ཤིག

ཁྱོད་ཀྱི་ཕུང་པོ་རྡོ་ཞིག་ཏུ་འགྱུར་སྲིད་དོ།

ཁོང་གིས་ང་ལ་བཀའ་གནང་བ། ཁྱོད་ནི་འཇིག་རྟེན་ཡོངས་ནས་ང་ལ་ཟུར་དུ་སྡོད་མཁན་གཅིག་པུ་ཡིན།

ཁྱོད་ཀྱིས་ང་ལ་ཉན་གྱི་འདུག་གམ།

སུ་ཞིག་ཀྱང་ཁྱོད་ཀྱི་མིག་ཆུ་སྐམ་པར་ཡོང་མི་ཐུབ། ཁྱོད་ཀྱི་མིག་ཆུ་སྐམ་པར་ཡོང་མི་ཐུབ།

ཁྱེད་རང་གཅིག་པུ་སྡོད་ཅིག། ཁྱེད་རང་ཡར་ལངས་ནས་སྡོད་ཅིག། ཁྱེད་རང་ཞི་བདེར་སྡོད་ཅིག།

འོན་ཀྱང་མཐའ་མར་ང་ཚོ་ཚང་མ་རྣ་སྙིང་གི་རེད།

སྡུག་བསྔལ་དང་། དགའ་སྤྲོ། མིག་ཆུ་བཅས་ཀྱི་འབྱུང་བ་ཐམས་ཅད་འབྱུང་བར་འགྱུར་རོ།

དེ་འདྲ་སོང་ཙང་ཅིའི་ཕྱིར་དུས་སྐབས་རེ་བཞིན་འགྲེལ་བའི་འཇིགས་སྣང་གིས་ཅི་བའི་རྒྱུག་འགྲན་ལ་ཞུགས་སམ།

ཁྱོད་ཀྱིས་ཤེས་ན། མཐའ་མར་མ་འགྲུབ་པའམ་མ་མ་འགྲུབ་པའི་དོན་གནད་གང་ཡང་མེད།

རྒྱུན་ཆད་མེད་པར་འགྲོ་བ་དང་། རྒྱུན་ཆད་མེད་པར་འགྲོ་བ་དང་།

དེ་ལྟར་བྱས་ན་འགྲུལ་ལམ་གྱི་རིང་ལ་སེམས་འཁྲལ་དང་ན་ཟུག་ལས་ཐར་ཐུབ་པོ།

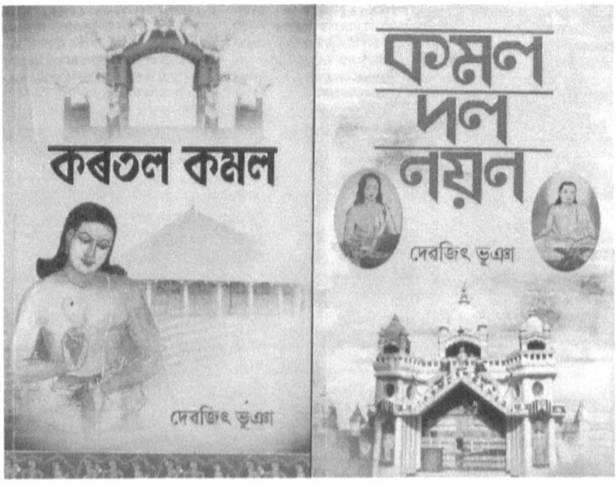

ཕྲུག་དོག་ཅན་དང་། ཕྲུག་དོག་ཅན་དང་།

ལོ་མང་པོ་འགོར་བའི་རྗེས་སུ་ཁོང་གིས་དཀོན་མཆོག་ལ་གསོལ་བ་བཏབ་བོ །

"ཨ་ཡེ - ངས་ཁྱོད་ལ་བཤད་མ་སྨྲོང་ངམ ། ཁྱོད་ཀྱི་བུ་རྒྱ་གར་ན་ཡོད་ཚོད་རེད ། འདི ། ཁོའི་ཡི་གེ" ཡིག་སྐྲེལ་

"ངས་གང་ཞིག་ཞུས་ནའང་ངས་དེ་མ་ཐག་ཏུ་ཐོབ་འདོད་ཡོད་"

"ཅིའི་ཕྱིར་ཁྱོད་ལ་བྱིན་རླབས་འདི་ལྟ་བུ་དགོས་སམ །"

"ངས་དགའ་ཞིང་སྐྱིད་པོ་འགྱུར་འདོད་ཡོད་"

ངས་ཁྱོད་ལ་བྱིན་རླབས་འདི་གནང་ཐུབ་པ་ནི་དཀོན་མཆོག་གིས་ལན་འདེབས་གནང་བ་ལས་ལྷག་པ་མ་ཡིན །

"ངའི་ཆེད་དུ་གོ་སྐབས་ཚང་མའི་གོ་སྐབས་ཡོད །" ངའི་འདོད་པ་དེ་སྒྲུབ་པར་བྱེད་དོ །

"ཁྱོད་ཀྱིས་གང་འདོད་པ་དེ་ཐོབ་པར་འགྱུར ། འོན་ཀྱང་ཁྱོད་ཀྱི་ཁྱིམ་མཚེས་ལ་དེ་གཉིས་ལྡབ་ཐོབ་པར་འགྱུར །"

འོན་ཀྱང་ཁྱོད་ཀྱིས་མི་གཞན་ལ་གནོད་འཚེ་བྱེད་འདོད་ན ། དེ་ཐམས་ཅད་མེད་པར་འགྱུར །

དཀོན་མཆོག་ཁོང་གིས་ཁྱོད་ལ་ཉེན་བརྡ་གནང་ཡོད །

མི་དེས་ལན་དུ ། དཀོན་མཆོག་གིས་ཨ་མེན་ཞེས་གསུངས །

"ང་ལ་ཁང་མིག་མཛེས་པོ་གཉིས་ཤིག་འཛོག་རོགས་གནང་།" མི་དེས་འདོད་དོ །

དེ་མ་ཐག་ཏུ་ཁྱིམ་མཚེས་ལ་ཁང་པ་བཞི་ཞིག་ཡོད་པ་དང་མཉམ་དུ་བྱུང་ངོ་།

ངའི་ཁྱིམ་དུ་མཛེས་སྡུག་ཅན་གྱི་ཤིང་རྟ་འཁོར་ལོ་བཅུ་ཡོད་དགོས་

དེ་མ་ཐག་ཏུ་རང་གི་ཁྱིམ་མཚེས་ལ་ཤིང་རྟ་འཁོར་ལོའི་མཛེས་སྡུག་ཉི་ཤུ་ཡོད་པ་རེད །

ངའི་ཁྱམས་ར་ནང་ཆུ་རྫིང་ཞིག་ཡོད་

དེ་མ་ཐག་ཏུ་ཁྱིམ་མཚེས་ལ་ཆུ་རྫིང་གཉིས་བྱུང་ངོ་།

བདུན་ཕྲག་གཅིག་གི་ནང་། མི་དེས་རང་གི་ཁྱིམ་མཚེས་ལ་སེམས་འཁྲལ་དང་ཕྲག་དོག་སྐྱེས་སོ །

མྱུར་དུ་ཁོང་ཁྲོ་ལངས་ནས་ཁྱིམ་མཚེས་ཀྱི་རྒྱུ་ནོར་ལ་བལྟས་པས །

ཁོ་ཡིས་ཁྱིམ་མཚེས་ལ་ཇི་ལྟར་རྒྱལ་ཁ་ཐོབ་པར་བསམ་སྐབས ། ཁོ་ནི་སྨྱོས་པ་དང་སྨྱོས་པ་ཆགས་སོ །

ཁྱིམ་མཚེས་ཀྱི་ཁྱིམ་དུ་བལྟས་ན ། ཁོ་ནི་ཏ་ཅང་སེམས་སྐྱོ་པོ་ཆགས་སོ །

ཁྱིམ་མཚེས་དེས་རང་གི་ཆུ་རྫིང་གཉིས་ཀྱི་ཉེ་འགྲམ་དུ་དགའ་སྤྲོའི་ངང་འགྲུལ་བཞིན་ཡོད་དོ །

ཁོ་ཡི་ཁྱིམ་མཚེས་དགའ་པོ་མཐོང་སྐབས ། སློ་བུར་དུ་ཁོ་ཡི་སེམས་ལ་ཐབས་ལམ་ཞིག་ཡོང་ངོ་།

"ངའི་མིག་གཅིག་ལ་གནོད་སྐྱོན་གཏོང་བར་མཛོད།" མི་དེས་རང་གི་ཁྱིམ་མཚེས་ལ་བལྟས་པས།

དེ་མ་ཐག་ཏུ་ཁྱིམ་མཚེས་སོང་བ་ཞིག་ཆགས་ནས་དེར་ཡོད་པའི་ཆུ་རྫིང་དུ་ལྷུང་ངོ་།

གཞོན་ནུ་དེས་ཆུ་ལ་ནམ་ཡང་ཐུབ་ཀྱི་མེད།

ལྷ་ས།... ང་ལ་ཁ་ཞིག་གྲག་རོགས།

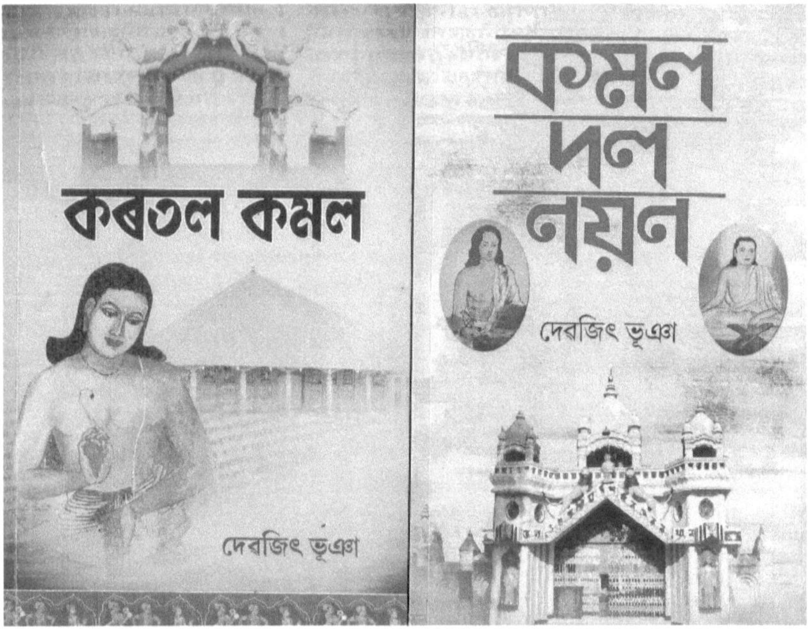

འདོད་ཆགས་དང་། འཆི་མེད་དང་། འཆི་མེད་

ཁྱོད་འཆི་འདོད་ན། ཁྱོད་འཆི་བར་མི་འགྱུར། ཁྱོད་འཆི་བར་མི་འགྱུར།

གལ་ཏེ་ཁྱེད་རང་གཏན་དུ་གསོན་པོར་གནས་འདོད་ན། ཁྱེད་ནི་འཆི་བར་འགྱུར་རོ། གང་ལ་ཟེར་ན།
ཁྱེད་ནི་འཆི་བར་འགྱུར་རོ།

ཚེ་འདིའི་སྣང་གཞིའི་རང་བཞིན་ནི་མཐའ་མེད་པའི་ཚེ་སྲོག་ཡིན།

འོན་ཀྱང་རང་བཞིན་གྱི་ཁྲིམས་ལུགས་ནི་འགལ་བ་རེད། སྐྱེ་བོ་བཟང་པོ་རྣམས་ཀྱང་འཆི་དགོས་

སྲོག་དང་འཆི་བའི་ནུས་པ་གཉིས་ཀ་རྟག་ཏུ་ལས་ཀ་བྱེད་བཞིན་ཡོད་དོ།

དེའི་རྐྱེན་གྱི་རིགས་ཀྱི་འཕེལ་རྒྱས་ནམ་ཡང་མཚམས་འཛོག་མི་བྱེད།

ལ་ལོ་ནི་ཆུ་ཚོད་ཤུང་ཙམ་གསོན་པོར་གནས་ཤིང་། ལ་ལོ་ནི་ལོ་ལྔ་བརྒྱ་གསོན་པོར་གནས་པར་འགྱུར།

འོན་ཀྱང་མི་སུ་ལའང་རང་བཞིན་གྱིས་ཁྱད་དུ་འཕགས་པའི་སྨན་བཅོས་དང་མིག་ཆུ་འཛག་མ་ཐུབ་པོ།

ཁྱོད་གསོན་པོར་གནས་ཡུན་རིང་ལ། Rigor Mortis འགོ་བཙུགས་མ་སྐྱོང་།

ཁྱོད་ནི་ནམ་ཡང་འཆི་བ་མེད། ཁྱོད་ནི་ནམ་ཡང་འཆི་བ་མེད།

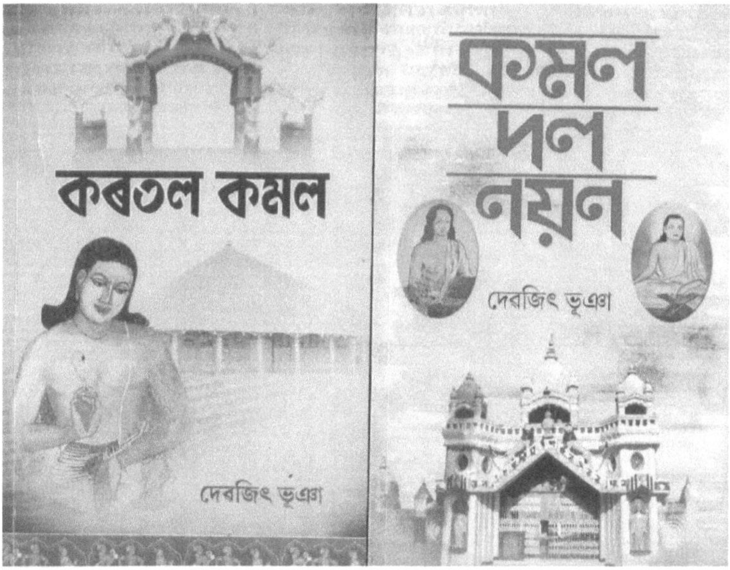

ངས་དོན་གཉིད་གང་ཡང་མི་ཤེས་སོ །

ཕྲུ་གུ་སྐྱེ་བའི་ཆེད་དུ་རང་སྲོག་བློས་གཏོང་།
ཡང་ན་སྲོག་གི་དམིགས་ཡུལ་ནི་སྐྱེ་བོའ ི སྐྱེ་བོའ ི སྐྱེ་བོའ ི སྲུང་སྐྱོབ་ཡིན་ནམ །

ཟས་ལེགས་པོ་ཟ་བ་དང་གཉིད་ལེགས་པོ་ཡོང་བའི་ཆེད་དུ་འཚོ་བའི་དམིགས་ཡུལ་ཡིན །
ཡང་ན་དམིགས་ཡུལ་ནི་མི་རབས་རྗེས་མའི་ཆེད་དུ་གཏམ་ཞིག་བཟོ་རྒྱུ་ཡིན་ནམ །

མ་དངུལ་དང་རྒྱུ་ནོར་གསོག་འཇོག་བྱ་རྒྱུ་དེ་ཚེ་རིང་གི་དམིགས་ཡུལ་ཡིན །
ནམ་མཁའི་ཞིང་ཁམས་སུ་འགྲོ་དགོས་སམ ། ཡང་ན་དམྱལ་བའི་གནས་སུ་འགྲོ་དགོས་སམ །

ཚེ་སྲོག་གི་དམིགས་ཡུལ་ནི་ཞི་བདེ་དང་བདེ་སྐྱིད་ཀྱི་རྗེས་སུ་འབྲང་རྒྱུ་རེད །
དེ་འདྲ་སོང་ཙང་ཅིའི་ཕྱིར་དམག་འཁྲུགས་དང་འཁྲུགས་རྩོད་མང་པོ་བྱུང་ངམ །

སྐྱེ་བའི་དམིགས་ཡུལ་ནི་སྡུག་བསྔལ་ཞུང་དུ་གཏོང་བ་དང་བདེ་སྐྱིད་ཀྱི་ཚོད་མཐོ་བར་གཏོང་རྒྱུ་རེད །
ཁྱོད་ཚོར་ཕན་ཐོག་ཡོང་བའི་ཕྱིར །

ལན་དོར ། གཞན་ལ་རོགས་རམ་དང་སེམས་ཤུགས་གཏོང་མཁན་རྣམས་ཡིན །
དེས་ན་ང་ཚོས་བྱ་དང་ལུག་དང་སེམས་ཅན་སྲུན་རྣམས་ཇི་ལྟར་ཟ་ཐུབ་བམ །

དཀོན་མཆོག་ལ་གསོལ་བ་འདེབས་པ ། དཀོན་མཆོག་ལ་གསོལ་བ་འདེབས་པ །
ཅིའི་ཕྱིར་ང་ཚོའི་ཕ་མེས་ཀྱི་དངུལ་དང་། ཤ་པན་སི ། ནམ་ཡང་དེ་ལྟར་མ་བྱས་སམ །

དམིགས་ཡུལ་མེད་པ ། དམིགས་ཡུལ་མེད་པ །
དེ་རིང་གི་བདེ་སྐྱིད་དང་ཞི་བདེའི་ངང་དུ་སྡོད་པ་ནི་ཐབས་ལམ་གཅིག་པུ་ཡིན །

ང་ཚོས་དམིགས་ཡུལ་ཞིག་འཚོལ་སྐབས་ང་ཚོ་ནགས་ཚལ་གཏིང་རིང་པོ་ནང་ཡོད་པ་ཡིན་ན་ཁུ་སིམ་མེད་པར་ཡིན །

ཁྱོད་རང་གི་མི་ཚེ་བསྐྱལ་བ་ལས་ལེགས་པར་སྡོད་ཅིག ཁྱོད་རང་གི་མི་ཚེ་བསྐྱལ་བ་ལས་ལེགས་པར་སྡོད་ཅིག

ང་ཚོས་དཀའ་ལས་རྒྱབ་པའི་དངུལ་དེ་གང་དུ་ནྲག་སོང་ངམ།

ཚེ་གང་གི་རིང་དུ་རང་ལུས་ཀྱི་ནུས་ཤུགས་ཐོབ་ནས་རང་ལུས་ཀྱི་ནུས་ཤུགས་དང་རང་ལུས་ཀྱི་ནུས་ཤུགས་ལ་རྒྱལ་ཁ་ཐོབ་པོ།

འོན་ཀྱང་གཡོ་འགྱུལ་དང་གཡོ་འགྱུལ་གྱིས་སློག་ཤུགས་ཤུགས་ཤུགས་ཆེ་རུ་གཏོང་རྒྱུ་ཡིན།

གློག་མེ་དང་རང་ཤུགས་ཀྱི་རང་ཤུགས་ནི་སློག་གི་འབྱུང་ཁུངས་ཡིན།

དཀའ་སྤྱག་ནི་ང་ཚོའི་ལུས་ཁམས་ཀྱི་ལམ་དུ་འགྲོ་རྒྱུར་ཧ་ཅང་གལ་ཆེན་པོ་རེད།

ང་ཚོའི་དངུལ་མང་ཤོས་ར་ཤུགས་ཀྱིས་བེད་སྤྱོད་བྱེད།

ཤིན་ཏུ་མཛེས་པའི་གོས་དང་རྒྱན་ཆ་རྣམས་མ་གཏོགས་གཞན་གང་ཡང་མེད།

རྒྱུན་སྐྱོང་བྱེད་ཕྱིར་ང་ཚོ་ལ་གློག་ཤུགས་གཏོང་དགོས་པ་ཡིན།

གཡོ་འགྱུལ་དང་གློག་མེ་དང་ནོག་ལིའི་ནུས་པ་བཅས་ཀྱི་རྟེད་འགྲུབ་ནི་སློག་ཡིན།

དཀའ་སྤྱག་གི་འབག་ཁུར་ནི་བུད་མེད་ཞིག་གིས་བྱས་པ་ལྟར་ལས་ཀ་ཚང་མ་བྱེད་རྒྱུ་རེད།

ཟས་རིགས་ལ་ཤུགས་ཀྱི་གནས་སྟངས་སུ་བསྒྱུར་བ། ཤུགས་ཀྱི་གནས་སྟངས་ལ་ཤུགས་ཀྱི་གནས་སྟངས་སུ་བསྒྱུར་བ།

སྐྱེ་བོ་བཟང་ཐབས་ཀྱི་ལས་འགན་འདི་སྒྲུབ་པའི་ཆེད་དུ་Homo sapiens གྱིས་གཞན་ལས་ཁུངས་གང་ཡང་མེད།

ཤིང་སྡོང་རྣམས་རང་ཤུགས་དང་རང་ཤུགས་ཀྱི་ཐད་ནས་ལེགས་པར་གནས་ཡོད།

ཟས་ཀྱི་ཐད་ཀྱང་fotosynthesis ནི་ཁོ་ཚོའི་གསང་བ་གཅིག་པུ་དང་ཐབས་ལམ་འཇམ་པོ་ཞིག་རེད།

མོང་སྐར་ཡུལ་རེད།

ཁོ་ལ་སྡང་སེམས་དང་ཕྲག་དོག་དང་མི་ཚེའི་དཀའ་སྡུག་གི་སྐོར་གང་ཡང་ཤེས་ཀྱི་མེད།

ཁོང་རང་གི་སྦྱིན་བདག་དང་ཁོང་གི་བུ་ལ་སྙིང་ནས་བྱམས་སོ།

ཁོང་གི་བྱམས་པ་དང་དམ་ཚིག་ལ་སེམས་འགྱུལ་དང་སེམས་འགྱུལ་སོགས་གང་ཡང་མེད།

ཁོ་ནི་སེམས་ཅན་གྱི་རང་བཞིན་དང་མི་ཡི་སེམས་ཁམས་དྭག་པོ་ལས་ཀྱང་ལྷག་པའི་སེམས་ཅན་ཞིག་རེད།

དེར་བརྟེན་ཁོང་འཆི་བ་དང་ཕུས་མོ་བཙུགས་ནས་སྦྱིན་བདག་གི་ཕྲུ་གུ་སྲོག་སྐྱོབ་ཐུབ་པོ།

ཁོང་རང་གི་སྦྱིན་བདག་ལ་བྱམས་བརྩེ་དང་དྲང་པོ་ཡོད་པས་ཁོང་ལ་རྒྱལ་ཁ་ཐོབ་པོ།

ཁོ་ཡི་རང་མོས་དང་རང་མོས་ཀྱི་སློ་ནས་ཁོ་ཡི་གྲོགས་པོ་ཆུང་བ་སྲུང་སྐྱོབ་བྱེད་པར་འགྱུར།

མི་ཡི་སེམས་ཉིད་ནི་རྟག་ཏུ་བསམ་ཚུལ་ངན་པ་ཞིག་ཡིན།

མོང་གོའི་སྐུ་ཕུང་གི་ཁྲག་ལ་བལྟས་ན། བུད་མེད་དེས་ཁོ་གསོད་པར་བྱེད་དོ།

གང་ཡིན་ཟེར་ན། ཐོག་མར་བསམ་བློ་ཡག་པོ་དང་ལེགས་པོ་ཡོད་པས་མི་ཉུང་ཉུང་ཙམ་གྱིས་བསམ་བློ་གཏོང་ཐུབ་པོ།

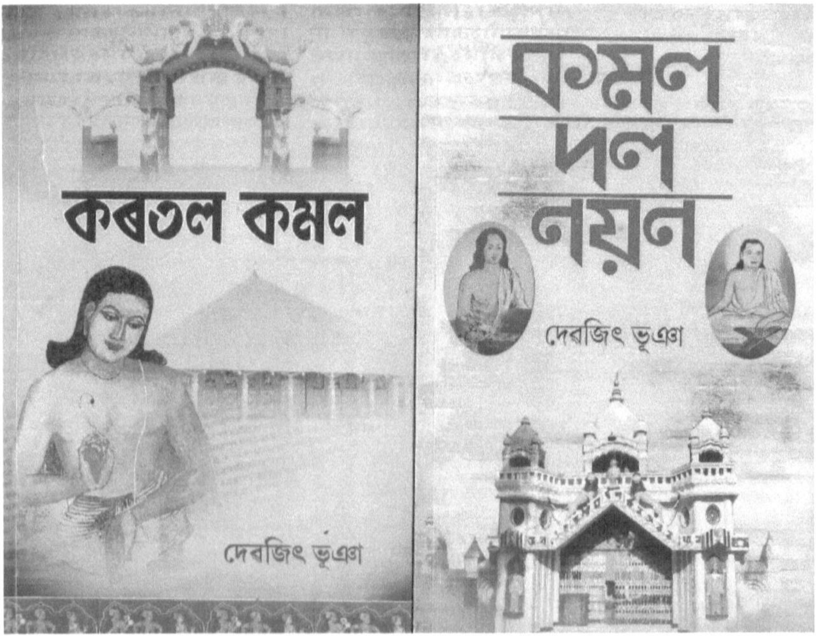

དཀོན་མཆོག་ཞིང་གིས་ཁྱོད་ལ་བྱིན་རླབས་གནང་བར་ཤོག

དཀོན་མཆོག་གི་བྱིན་རླབས་ནི་ནང་མའི་བརྟག་དཔྱད་དང་དུས་སྟོན་གྱི་རྟགས་མཚན་ལྟ་བུ་ཡིན །

ཁྱོད་ཀྱིས་སྨོན་ལམ་འདེབས་ན ། ཁྱོད་ཀྱིས་དངུལ་དང་གསེར་འབུལ་ན ། ཁྱོད་ཀྱིས་བྱིན་རླབས་ཐོབ་པར་འགྱུར །

གལ་ཏེ་ཁྱོད་ཀྱིས་དོན་འདི་ཚོ་ཚང་མ་མ་བྱས་ན ། ཁྱོད་གསོན་པོར་གནས་ཐུབ་ཡོང་། འོན་ཀྱང་ཁྱོད་ལ་རྒྱལ་ཁ་ཐོབ་པར་འགྱུར །

འོན་ཀྱང་སྨོན་ལམ་མ་འདེབས་པར་བརྟག་དཔྱད་དེ་གྲུབ་འབྲས་ཀྱི་ཐོག་ནས་བརྩོན་ཤུགས་ཆེན་པོ་བཟོས་ཐུབ་པོ །

Apple Polishམེད་ན ། མི་མང་པོས་ཀྱང་ལོ་རྒྱུས་ལེགས་པ་ཞིག་བྲིས་ཡོད །

ཉིན་རེར་སྨོན་ལམ་འདེབས་མཁན་རྣམས་ཀྱང་ནད་དང་རྐྱེན་ངན་གྱིས་འཆི་བར་འགྱུར་རོ །

འདོད་མོས་མེད་པའི་མི་རྣམས་ཀྱི་ཆེད་དུ་ཡང་སྡིག་དང་འཆི་བ་གཉིས་ཀ་འདྲ་མཚུངས་ཀྱི་ཆ་ཤས་ཤིག་ཡོད །

ཅི་ལ་ཆོས་ཀྱི་ཚོང་པ་ཚོས་སྨོན་ལམ་ལ་ལྷག་ཏུ་ངོ་སྣང་བྱེད་ཀྱི་ཡོད་པ་མ་རྟོགས་སམ །

དཀོན་མཆོག་ནི་སྙོགས་པའི་སྨོན་ལམ་འདེབས་མཁན་ཞིག་ཡིན་པ་དེ་སུས་ཀྱང་མཐོང་མ་མྱོང་།

དཀོན་མཆོག་གི་ལུས་སྲུང་གི་རྣམ་པ་ཅན་རིག་གི་དབང་རྟགས་ནི་ཏ་ཅང་ཞུང་ཞུང་ཞིག་རེད །

དཀོན་མཆོག་གི་བྱིན་རླབས་དང་། དྲང་བདེན ། དྲང་བདེན ། དྲང་བདེན ། དྲང་བདེན ། རྒྱུན་ལྡན་གྱི་ཆ་ཤས་ལེགས་པོ་ཡིན །

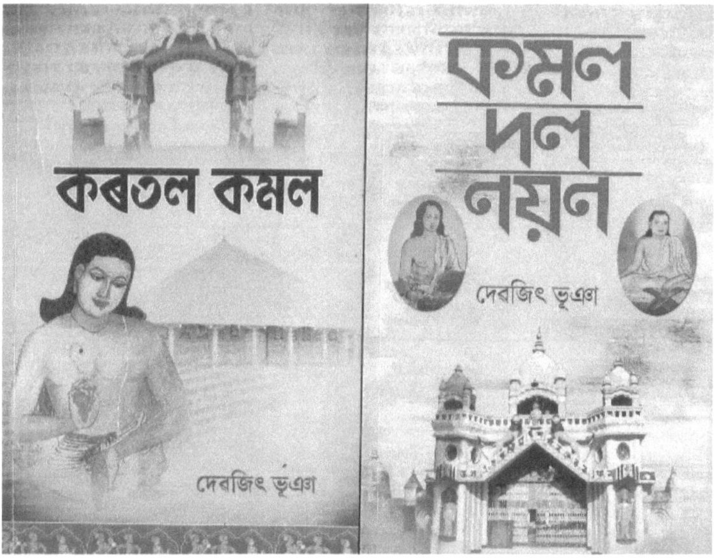

ཤི་བའི་ཤིང་སྡོང་ཞིག་ཏུ་འགྱུར་རྒྱུ་དེ་ལེགས་པ་ཡིན་ནོ།

ང་ཤི་བའི་ཤིང་སྡོང་ཡིན། ཉི་ཟླ་དང་ཟླ་བའི་འོག་ཏུ་ཉལ་ཡོད།
སྐྱུར་དུ་མ་ཡི་ས་གཞི་ལ་འཛོམས་པར་བྱེད།

ངའི་ལུས་པོ་ཤི་བ་ནི་བྱིན་རླབས་ཡིན།

འཆི་བའི་རྗེས་སུ་ཀྱང་ཕོ་ཚོར་ཟས་དང་གསོ་སྐྱོང་སྤྲོད་ཅིག

ཕོ་ཚོའི་ཆེད་དུ་ང་ནི་འཕོ་འགྱུར་གྱི་ལམ་གྱི་མེ་ལོང་ཡིན།

ང་ནི་ས་གཞིའི་ནང་དུ་འཛུལ་ནས་དེའི་ཆ་ཤས་ཤིག་ཏུ་འགྱུར་བར་བྱ།

སྔོ་ཚོད་དང་འབྲུ་སྲིན་མང་བ་གསར་དུ་འཚོ་བར་འགྱུར།

ཉིན་ཞིག་བྱ་ཞིག་ཡོང་ནས་ངའི་རིགས་ཀྱི་ས་བོན་རྣམས་མར་བབས་པར་འགྱུར།

ངས་སྔར་ཡང་ཤིང་སྡོང་ཆེན་པོ་ཞིག་ཏུ་འགྱུར་བ་དང་། བྱ་རྣམས་ཀྱང་ཤིང་སྡོང་ཆེན་པོ་ཞིག་ཏུ་འགྱུར་བ་དང་།
དེའི་ནང་ང་འཆི་བར་མི་འགྱུར་བ་དང་། ཤིང་སྡོང་ལ་མི་ཚང་མས་དོ་སྣང་བྱེད་དགོས་པ་ཡོད།

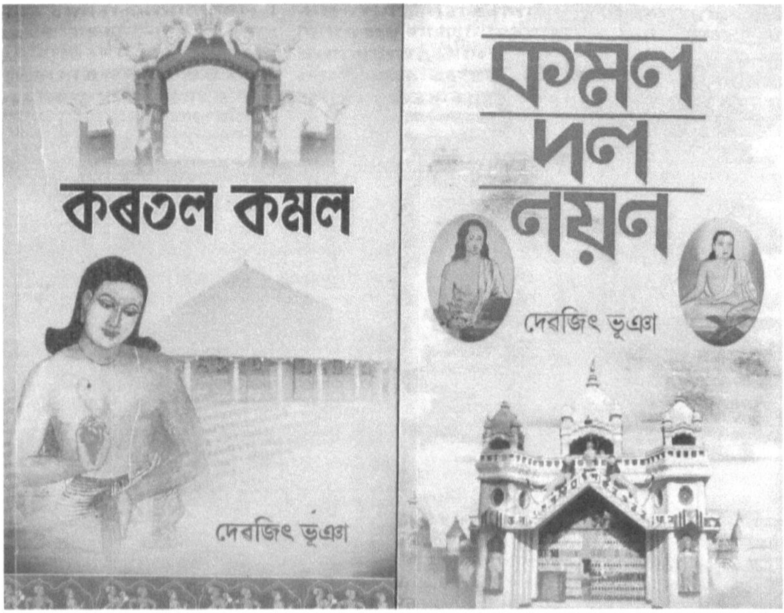

ང་རྗོམ་པ་མཉམ་དུ་འཚོ་བཞིན་ཡོད།

ང་རྗོམ་པ་གི་བྲུ་ཚོགས་ནང་འཚོ་བཞིན་ཡོད།

དངུལ་དང་འདོད་ཆགས་ཀྱི་འདོད་ཆགས་

རིན་གོང་གི་ལམ་ལུགས་དེ་ཉམས་དམས་སུ་གཏོང་གི་རེད།

ངས་རྟུལ་གྱི་རྟུལ་དེ་གཙང་མ་བཟོ་བར་མི་འདོད་དོ།

མ་དངུལ་ལ་བརྟེན་ནས་ཁོ་ཚོར་དད་པ་དང་ཡིད་ཆེས་ཡོད།

འདོད་ཆགས་ནི་རྒྱུ་ནོར་དང་ནམ་ཡང་འཆི་བ་མེད་པའི་རྒྱུ་ནོར་ཡིན།

མཐའ་མེད་པའི་ཚེ་རིང་། མཐའ་མེད་པའི་ཚེ་རིང་།

ཁོ་ཡི་དམིགས་ཡུལ་གཅིག་པུ་ནི། ཁོ་ཡིས་དབང་པོ་ཐྲངས་པར་བྱེད།

མི་སུ་ཞིག་གིས་ཀྱང་བྲུ་ཚོགས་ཀྱི་གནས་སྟངས་བསྒྱུར་མི་ཐུབ་པོ།

ཧྲུ་ཧྲ་དང་ཡེ་ཤུ་དང་གཞན་རྣམས་ཐང་ཆད་

མི་སྟོང་ཕྲག་མང་པོས་འདས་གྲོངས་སུ་གྱུར་པ་དང་སྐྱུ་ལུས་ལུས་ལུས་སོ།

འོན་ཀྱང་འདོད་ཆགས་དང་འདོད་ཆགས་ཀྱི་ཆེད་དུ། རྗོམ་པ་ཚོ་ཐང་ཆད་མེད།

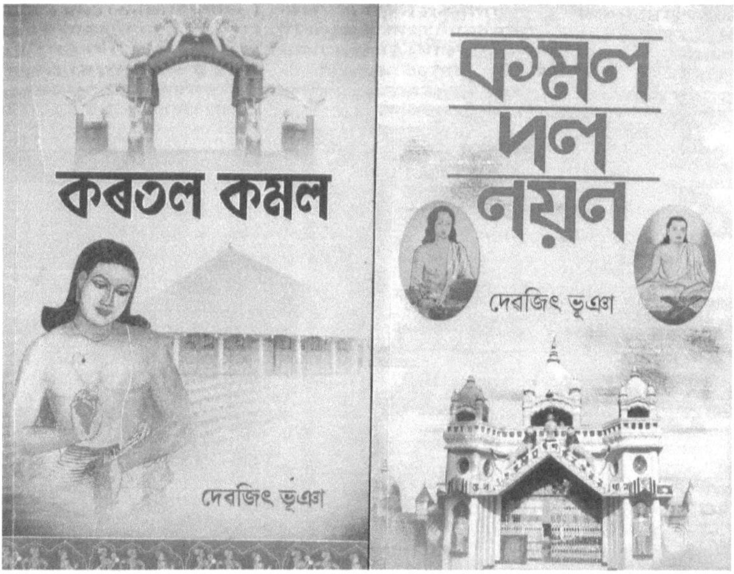

དེ་འདྲ་སོང་ཚང་མི་ཚེ་འདི་

གཟའ་ཕྱིན་པ། གཟའ་ཕྱིན་པ། བདུན་ཕྲག་བཅུ་པ།
ཐུ་ཧྲུ་གཅིག་ནི་ཟླ་རེའི་སྒྲ་ཆ་སྤྲོད་པའི་དུས་ཚོད་ཡིན།

ཟླ་བ་གཉིས་པ། ཟླ་བ་གཉིས་པ།

དུས་ཡུན་འགོར་བར་སྐྲག་ནས་ལྷུན་དང་ལྷུན་
གནམ་ཐང་གི་ཁང་མིག་ནང་སྐྲག་རྒྱུ་ནི་དུས་ཡུན་རྣག་སྟོར་གཏོང་རྒྱུ་རེད།

འགྲོ་འགྲུལ་གྱི་དུས་ཚོད་དེ་ཕན་མེད་རེད།

ང་ཚོས་མི་ཚེ་གསུམ་ཆ་གཅིག་ལ་ཉལ་སར་བསྐྱུར་བ་ནི་རྒྱུན་དུ་རང་ལུས་མེད་པ་ཞིག་ཡིན།

སློབ་ཕྲུག་གི་མི་ཚེ་ནང་དོན་མེད་ཀྱི་སློབ་སྦྱོང་ལ་ཆུ་ཚོད་དྲུག་ཙམ་གྱི་རིང་ལ་ཕན་ཐོགས་གང་ཡང་མེད།
སྨན་ཁང་གི་ཕྱི་རོལ་དུ་སྐྲག་པའི་སྐབས་སུ། ང་ཚོས་ཤེས་བྱུང་། དུས་ཡུན་ཐུང་ངུའི་རེད།

ད་དུང་དུས་ཡུན་ཇི་ཙམ་ཡོད་མེད་སུས་ཀྱང་མི་ཤེས་སོ།

དུས་ཡུན་ཆུ་ཚོད་གསུམ་གྱི་རིང་ལ་བརྟག་དཔྱད་ཁང་དུ་བསྡད་ཡོད་ཅིང་།
ང་ཚོས་རང་སྒྲིག་ལེགས་པར་བཟོ་རྒྱུར་དུས་ཚོད་ཅི་ཙམ་བེད་སྤྱོད་བྱས་ན་ང་ཚོ་ནམ་ཡང་རྫིས་མི་ཐུབ་པོ།

ཕྱོགས་གཅིག་ཏུ་འཁོར་བ། ཕྱོགས་གཅིག་ཏུ་འཁོར་བ།

མི་སུ་ཡང་འཛམ་གླིང་ཞིག་མིན་ཏེ། དུས་ཡུན་གཏན་འབེབས་བྱས་པའི་ནང་ཉི་མ་འཁོར་བར་འགྲོ་དགོས་པ་ཡིན།

གལ་ཏེ་ཁྱེད་རང་ཚོས་འཛམ་པོའི་ལམ་ལུགས་ནས་ཕྱིར་ཐོན་མ་ཐུབ་ན། ཉི་མའི་འོད་མི་མཐོང་།

རྒྱུགས་ཚད་ཀྱི་འགྲན་བསྡུར་བྱ་རྒྱུ་དང་རྒྱུགས་ཚད་ཀྱི་འགྲན་བསྡུར་བྱ་རྒྱུ་
རང་གི་མི་ཚེ་རང་རང་སོ་སོའི་ཐབས་ལམ་གཅིག་ཕྱུར་བསྐྱོད་ན། ཁྱོད་ནི་རྒྱལ་སྐྱོར་བྱེད་ཀྱི་ཡོད།

དུས་ཡུན་ཐུང་ངུ་ཞིག་སླེབས་པ་དང་། ཁྱོད་དུར་སར་འགྲོ་དགོས་པ་ཡིན།
ཁྱོད་ཀྱིས་ཤེས་ན། ངས་བསམ་རྩལ་གཞན་ཞིག་ནམ་ཡང་བྱས་མེད། གང་ལ་ཟེར་ན།
ང་ངོ་ཚ་ཅན་དང་སྤོབས་པ་ཅན་ཞིག་མིན་ནོ།

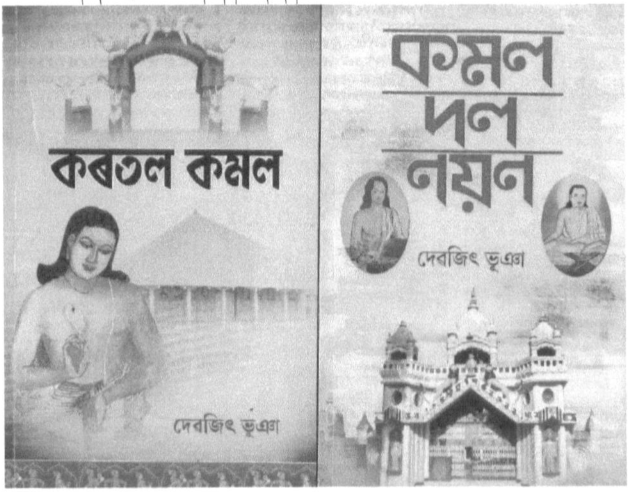

ཁ་བཏ ། _སེམས་ཀྱི་མེ་ཏོག་ཀང་གཅིག

གློ་བུར་དུ་སེམས་སྐྱོ་པོ་ཆགས་སྐབས །

མི་རྣམས་ར་བཟི་བར་གྱུར་པ་དང་།

འོན་ཀྱང་འདི་ནི་བརྟག་དཔྱད་བྱས་པའི་སྨན་མ་ཡིན །

ཁྱོད་ཀྱི་མི་ཚེ་ལ་འཕྲོག་བཅོམ་བྱེད་ནུས་པ་ཡོད །

དུས་གང་ཙང་དུ་གང་ཞིག་འབྱུང་སྲིད་དོ །

འདས་པའི་ལོ་རྒྱུས་བརྗོད་ནས་འགྲོ་རྒྱུ་ནི་ཧ་ཅང་བདེ་པོ་རེད །

མི་ཚང་མས་རང་རང་སོ་སོའི་ཁྲིམ་མཆོས་སུ་འགྱུར་མི་ཐུབ་པོ །

ངས་ཁྱོད་ལ་སློད་དགོས་པའི་བྱ་དགའ་ཞིག་ཡོད །

རང་ཉིད་གཅིག་པུར་བསམ་སྐབས ། ང་ཚོས་ཐབས་ལམ་ཞིག་འཚོལ་ཐུབ །

སྔ་དྲོ་རེ་བཞིན་ཉི་མ་ང་ཚོར་རེ་བ་དང་རེ་བ་གསར་པ་གཏོང་།

སེམས་ཀྱི་རྣམས་སྐྱོན་བྱུང་སྐབས་མི་འགའ་ཤས་རང་སྲོག་བཅད་དོ །

འོན་ཀྱང་དུས་ཡུན་ཐུང་ངུ་ཞིག་གི་ནང་། ཁྱོད་ཀྱིས་ཐག་གཅོད་བྱ་རྒྱུ་དེ་མ་ཐག་ཏུ་ཐག་གཅོད་བྱ་རྒྱུ་རེད །

ཕྱི་རོལ་གྱི་མི་རྣམས་ཀྱི་སྡུག་བསྔལ་དང་སྡུག་བསྔལ་ལ་ལྟོས་ཤིག

ཁྱོད་ཀྱིས་རེ་བ་མེད་ཀྱང་ན་ཟུག་དེ་འཛམ་སྟོང་ཏོ་དུ་འཇོམས་པར་འགྱུར །

དཀའ་ངལ་ཚང་མ་སེལ་ཐབས་བྱེད་དེ ། ནང་ལ་མ་གཏོགས་གཞན་གང་ཡང་མ་རྙེད་དོ །

རྒྱུན་ལས་མེད་པའི་རིག་གནས། རྒྱུན་ལས་མེད་པའི་རིག་གནས།

རིགས་གྲས །: སྤྱི་ཚོགས་ཀྱི་འགྱུར་ཁམས །

མི་རྣམས་ད་ལྟ་ཤེས་རབ་ཅན་དང་ཤེས་རབ་ཅན་དུ་འགྱུར་ཡོད །

རལ་གྲིའི་དབང་གིས་ཆོས་ལ་ཁྱབ་སྤེལ་བྱེད་རྒྱུ་ནི་དཀའ་སྡུག་ཞིག་རེད །

ཁྱོད་ཀྱིས་མཚོན་ཆ་ལག་ལེན་འཐབ་ནས་སྤྱི་མཐུན་རྒྱལ་ཁབ་ལ་དབང་བསྒྱུར་བྱེད་མི་ཐུབ །

འོན་ཀྱང་དམག་དཔུང་གིས་སྤྱི་འཐུས་ཀྱི་དབང་ཆ་འཕྲོག་བཅོམ་བྱས་པ་དེ་ནི་ཧ་ཅང་མི་འདྲ་བ་ཞིག་རེད །

མི་འགའ་ཤས་ད་དུང་རང་ལུས་ཀྱི་རྩ་བ་ཁས་ལེན་མ་སྒྲོང་།

ཁོང་གི་དད་སེམས་སྲུང་སྐྱོབ་བྱེད་ཕྱིར ། འཛམ་གླིང་ཡོངས་ནས་ང་ཚོས་ངོ་རྒོལ་མཐོང་།

འོན་ཀྱང་མི་རབས་ཀྱི་འཕེལ་རྒྱས་དེ་མུ་མཐུད་དུ་འཕེལ་བཞིན་ཡོད །

འཕྲུལ་རིག། སྐྱེལ་འདྲེན་གྱི་ཐ་སྐབས། ས་མཚམས་ཀྱི་སྒོར་ནམ་ཡང་སེམས་ཁྲལ་མི་བྱེད །

མི་རྣམས་མེ་ལྟར་འབར་བ་དང་། དེ་ཚོ་ནི་མེ་ལྟར་འབར་བ་དང་།

མཐར་དུ་སྤྱི་ཚོགས་ཀྱི་ཆ་བགོས་ཀྱི་ལམ་ལུགས་ཀྱི་ངན་པའི་ཆ་ཤས་ཐམས་ཅད་མེད་པར་འགྱུར །

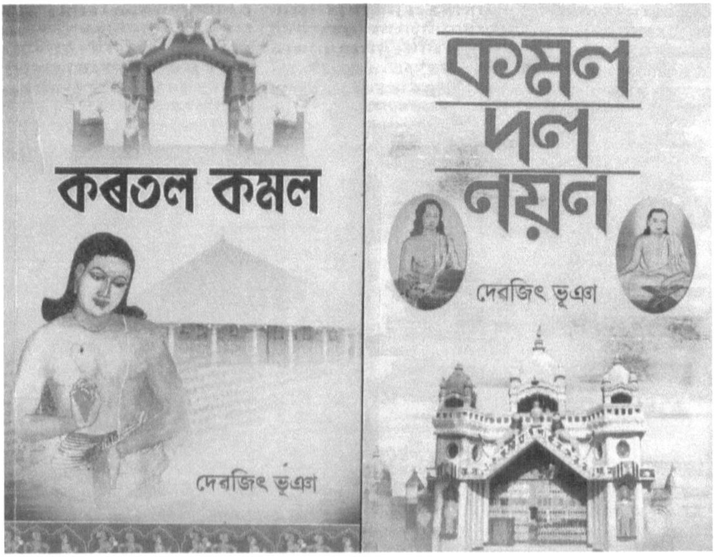

སྐྱེས་པ་དང་བུད་མེད་ཀྱི་བར་ན་ཆ་སྙོམས་མེད་པ།

མོ་ཡིས་མིག་ཆུ་འཁྱུ་ནས་ནམ་མཁའ་ལ་བལྟས་པས།

ཕྲུ་གུ་བཞི་པོས་རང་གི་གོས་ཕུད་པར་བྱེད་དོ།

ལོ་དྲུག་ཙམ་གྱི་སྔོན་དུ་མོ་རང་གི་མ་དང་ཁ་བྲལ་ལོ།

མོ་དུ་ཞིང་དུ། འོན་ཀྱང་སུ་ཞིག་གིས་ཀྱང་མོ་ལ་ཉན་མ་ཐུབ་བོ།

ཁོ་ནི་ཕྲུ་གུ་བཅུ་ལས་རྒན་ཤོས་ཡིན་པས་ན། ཁོ་ནི་ཞིག་དྭ་ལ་ངོས་ལེན་བྱེད་དགོས་སོ།

ཁོའི་སྲིང་མོ་དྲུག་གི་འགན་འཁུར་ཡང་ཡོད།

ཁོང་ཚོ་ཇི་ལྟར་ཆང་ས་བརྒྱབ་ཐུབ་པམ། རྒན་ཤོས་དེ་ཁྱིམ་དུ་ཡོད་པས་

མོ་ནི་ལོ་༡༣ ལང་སྐབས་ཐོག་མར་བཙན་འཛུལ་བྱས་པ་ཡིན།

མོ་རང་གི་ཁྱོ་ག་ལ་ཇི་ལྟར་འཇིགས་པ་དྲན་པར་ཁྱོས་ཤིག

བུད་མེད་གཞན་གསུམ་གྱིས་ཀྱང་མོ་ལ་སྡུག་བསྔལ་གྱི་ངང་དུ་བལྟས་པས།

འོན་ཀྱང་ཁོ་ཚོས་གཞན་གྱི་ཐབས་ལམ་གང་ཡང་མ་རྙེད་པར། ཁོ་མོ་ཁང་མིག་གསར་དུ་བཏང་ངོ།

ད་ལྟ་བུད་མེད་བཞི་པོ་ཐམས་ཅད་ཀྱིས་སྡང་སེམས་དང་ཕྲག་དོག་མཉམ་དུ་འཚོ་བཞིན་ཡོད།

ཁོ་ཚོས་རང་གི་ཕྲུ་གུ་ཚོར་སློབ་སྦྱོང་དང་གསོ་སྐྱོང་བྱ་རྒྱུར་རོགས་བྱེད་དོ།

ཉིན་ཞིག་ཉི་མ་ཤར་བ་རེད། ཉི་མ་ཤར་བ་རེད།

འཛམ་གླིང་འདི་ནི་དཀོན་མཆོག་གི་མཚན་གྱི་ནང་དུ། སྐྱེས་པ་དང་བུད་མེད་ཀྱི་བར་ན་འདྲ་མིན་གྱི་ཆ་ནས་ཐར་བར་འགྱུར་རོ།

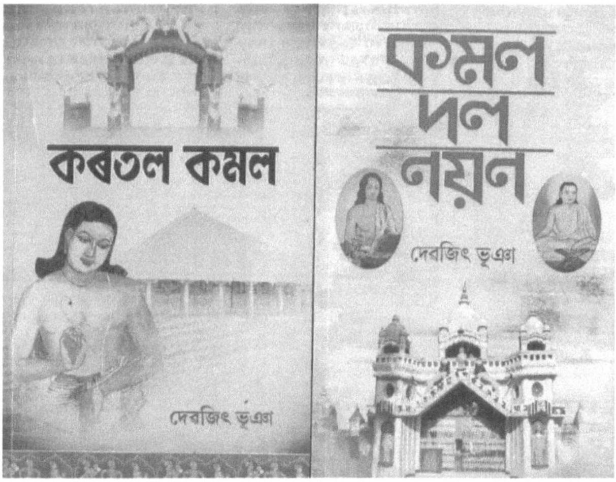

ཉིན་ཞིག་ཤེལ་གྱི་ཐོད་མི་འདུག

དུས་སྐབས་ཤིག་ལ་མོ་ནི་མེར་སྲེག་བཏང་བའི་ས་ཁོངས་སུ་ཤི་དགོས་བྱུང་ངོ་།
ཁོང་ཚོས་སྐད་ཤུགས་ཆེན་པོ་གཏོང་བ་དང་། ཁོང་ཚོས་སྐད་ཤུགས་ཆེན་པོ་གཏོང་བ་དང་།
མོ་ནི་བྲན་གཡོག་དང་བྲན་གཡོག་གི་ལས་ཀ་ལྷ་བུ་ཡིན་ཏེ །
རྒྱལ་པོས་ཀྱང་རང་གི་མི་ཚེ་རྫིལ་པོར་ལོང་བར་མཛད་དོ ། གང་ལ་ཟེར་ན ། རྒྱལ་པོས་ཀྱང་ལོང་བར་མཛད་དོ །
མོ་ནི་སྐྱེས་པའི་རང་འདོད་ཀྱི་དོན་རྐྱེན་དང་གོ་སྐབས་མེད་པར་ཕྱིར་འབུད་བྱས་པ་ཡིན །
མོ་རང་གི་ཁྱོ་གའི་མིང་ཡང་མི་གཞན་གྱི་ཁྲིད་དུ་གསལ་པོར་བཤད་མ་ཐུབ་པོ །
མོ་ནི་རང་གི་ཁྱིམ་དུ་བྱ་སྒྲག་ལྟར་འཚོ་བཞིན་ཡོད་པ་དང་། མོ་ནི་རང་གི་DNAཉམས་སྲུང་བྱེད་ཕྱིར་སྒོ་ང་བཞག་ཡོད་དོ །
ཆོས་ལུགས་ཀྱི་ཚོང་པ་ཚོས་ཀྱང་མོ་ལ་མཆོད་ཁང་ནང་དུ་འཛུལ་མི་ཆོག་པའི་བཀའ་རྒྱ་གནང་ཡོད །
འོན་ཀྱང་ཁོ་ཡི་སྣོ་སྤོབས་ནི་མི་རབས་ཀྱི་འོད་ཟེར་འཕྲེར་བའི་ཕྱིར ། ཁོ་ཡི་སྣོ་སྤོབས་ནི་ནམ་ཡང་ཉམས་མེད་དུ་མི་འགྱུར །
དེའི་ཕྱིར་ང་ཚོས་ད་དུང་རང་ཡུལ་དང་སྐད་ཡིག་གི་ཕ་ཡུལ་ཞེས་འབོད་ཀྱི་ཡོད །
མོ་ནི་ད་ལྟ་གནམ་ཁ་སྤྱི་བའི་ཁང་མིག་ནས་ཕྱིར་ཐོན་འདུག འོན་ཀྱང་མཐོ་ཚད་མང་པོ་ཡོད་པས་མོ་ལ་འཕུར་དགོས་བྱུང་།
ཉིན་ཞིག་ཁྱད་པར་གང་ཡང་མི་འབྱུང་ཞིང་། སྐར་ཁྱུང་གི་ཐོད་ནི་ཡལ་བར་འགྱུར །
ཨ་མའི་གུས་ཞབས་དང་བུད་མེད་ཀྱི་མཛེས་སྡུག་ལ་སུས་ཀྱང་གནོད་འཚེ་བྱེད་མི་ཐུབ་པོ །

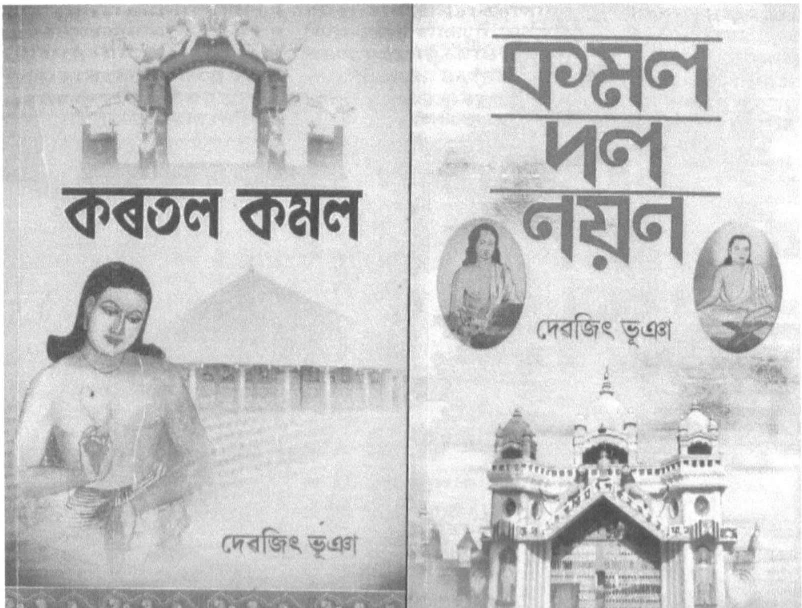

དཀོན་མཆོག་ཁོང་གིས་ཁོང་གི་མཆོད་ཁང་ལ་དོ་སྣང་མི་གནང་ངོ །

འཛམ་གླིང་འདི་ལྷ་ཁང་། ལྷ་ཁང་། ལྷ་ཁང་བཅས་ཀྱིས་གང་།

འོན་ཀྱང་འཇིག་རྟེན་གྱི་ཞི་བདེ། སྤྱན་ཟླའི་མཐུན་ལམ་ནི་འཕྲུལ་དུ་ཉམས་དམས་སུ་གཏོང་གི་རེད།

མི་ཚེའི་རང་དབང་དང་དྲག་ཤུགས་ཀྱི་ཐབས་ལམ་ནི་ཏ་ཅང་མི་བདེ་བ་རེད།

དཀོན་མཆོག་ཁོང་གི་མཚན་ནས་ཆོས་ཐམས་ཅད་ཀྱིས་གཡོ་སྒྱུ་དང་གཡོ་སྒྱུ་གཏོང་བཞིན་ཡོད།
རམ་དྣན་ཟླ་བ་དམ་པའི་སྐབས་ཀྱང་མི་ཚོས་དཀའ་སྡུག་བཟོའོ།

དཀོན་མཆོག་ཁོང་གིས་འཇིག་རྟེན་གྱི་ས་གནས་གང་དུའང་ཁོང་གི་གསོལ་འདེབས་ཁང་ལ་སྲུང་སྐྱོབ་མ་གནང་ངོ།
ལྷ་ཁང་། ལྷ་ཁང་། ལྷ་ཁང་། ཁོ་ནི་གྲང་པོ་རེད།

དཀོན་མཆོག་ཁོང་གི་མཚན་ནས་སྲོག་གཅོད་མཚམས་འཛོག་བྱ་རྒྱུའི་བློ་སྟོབས་ནམ་ཡང་མེད།

འབྱུང་འགྱུར་དང་རང་བྱུང་གི་རིམ་པ་བརྒྱུད་ནས། དངོས་པོ་ཚང་མ་འཕེལ་བར་བྱེད།
ཉིན་ཞིག་དཀོན་མཆོག་གི་བསམ་ཚུལ་དེ་མ་འཚོང་བར་གནས་པར་འགྱུར།

མི་རྣམས་དཀོན་མཆོག་གི་མཚན་ནས་ཁ་གྱེས་པ། མི་རྣམས་སྡུག་བསྔལ་ནང་དུ་ཚུད་པ།

དམ་པའི་གྲོང་ཁྱེར་ཞེས་པ་དག་གིས་གཏེར་མཛོད་ཆེན་མོ་ཞིག་སྒོ་འབྱེད་ཡོད།
དམག་མི་ཚོས་གོ་མཚོན་ཉོ་འདོད་ཡོད་ན། དམག་མི་ཚོས་གོ་མཚོན་ཉོ་འདོད་ཡོད་ན།

ད་ལྟའི་རིང་། སློག་མེ་དང་དྲག་ཤུགས་ཀྱི་ཐད་ནས་ཆོས་ཀྱི་གནས་སྟངས་ནི་དགོན་ཁང་ཞིག་ཏུ་འགྱུར་ཡོད།
ཁྱད་པར་གཅིག་པུ་ནི་བོད་ཀྱི་དགེ་རྒན་རྣམས་ཡིན།

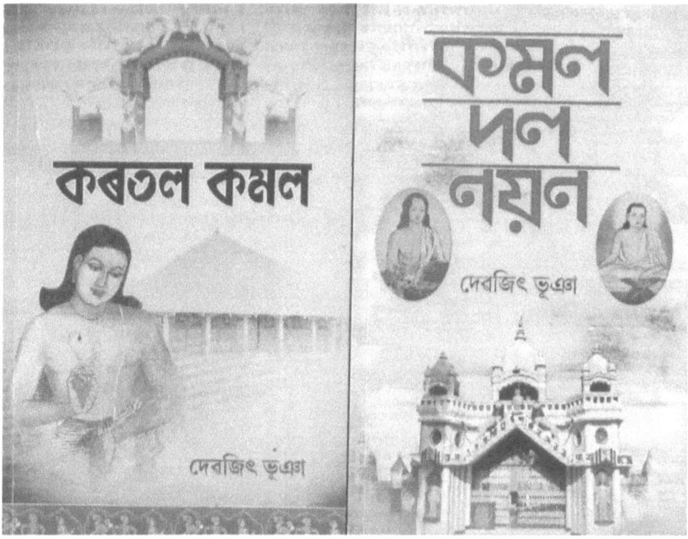

རྩོམ་པ་པོ །

Devajit Bhuyan

DEVAJIT BHUYAN ནི་སློབ་རིག་མཁས་པ་ཞིག་དང་སེམས་ཀྱི་གཏིང་ནས་སྨན་དཔག་པ་ཞིག་ཡིན །
ཁོ་ནི་དབྱིན་སྐད་དང་ཨ་སེམ་སྐད་ཀྱི་སྨན་ངག་གི་ནང་མཁས་པ་ཞིག་ཡིན །
ཁོ་ནི་རྒྱ་གར་གྱི་ལས་བྱེད་པ་གཙོ་འཛིན་གྱི་སློབ་གཉེར་ཁང་དང་། རྒྱ་གར་གྱི་ལས་བྱེད་པ་གཙོ་འཛིན་གྱི་སློབ་གཉེར་ཁང་དང་།
ཨ་སམ་ས་ཧི་ཏྱ་ས་བྷ་(Asam Sahitya Sabha) ཞེས་པའི་མཛོ་རིམ་ཡིག་ཚང་གི་འཐུས་མི་ཞིག་རེད །
ཨ་སམ་ས་ཧི་ཏྱ་ས་བྷ་(Asam Sahitya Sabha) ཞེས་པའི་མཛོ་རིམ་ཡིག་ཚང་གི་འཐུས་མི་ཞིག་རེད །
འདས་པའི་ལོ་༢༥ ནང་། ཁོང་གིས་སྐད་ཡིག་༨༥ དང་དེ་ལས་ལྷག་པའི་སྐད་ཡིག་ཁག་གི་གསལ་བསྒྲགས ། དེབ་གྲངས་༧༠
ལྷག་ཙམ་བྲིས་ཡོད ། ཁོང་གི་སྐད་ཡིག་ཀུན་ཏུ་གསལ་བའི་དེབ་ཡོངས་བསྡོམས་ནི་༡༥༧ ཡིན་པ་དང་།
ལོ་རེ་བཞིན་གོང་འཕེལ་གྱི་གནས་སྟངས་དེ་འདྲ་རེད ། ཁོང་གི་སྨན་ངག་གི་དེབ་གྲངས་༨༠
ཙམ་ནི་ཨ་སེམ་གྱི་སྨན་ངག་གི་དེབ་གྲངས་༣༠ ཙམ་དང་། ཨ་ལོ་ཚོའི་ཆེད་དུ་དེབ་གྲངས་༨ དང་།
གཞན་ཡང་ཚན་རིག་གི་དེབ་གྲངས་༡༠ ཙམ་ཡིན ། Devajit Bhuyan གི་སྨན་ངག
ཀྱིས་ང་ཚོའི་ས་གཞིའི་ནང་ཡོད་པའི་དངོས་པོ་ཚང་མ་བཀག་ཅིང་ཉེ་མའི་འོག་ཏུ་མཐོང་ཐུབ་པ་ཡོད །
ཁོང་གིས་མི་ནས་སེམས་ཅན་དང་། སྐར་མ་དང་། སྐར་མ་དང་། ནགས་ཚལ་དང་།
ནགས་ཚལ་བཅས་ནས་མི་ཚེའི་བར་གྱི་སྨན་ངག རྣམས་བརྩམས་ནས་ཡོད ། ཁོང་གི་སྐོར་མང་དུ་ཤེས་འདོད་བྱེད་ན །
www.devajitbhuyan.com ཡང་ན་ཁོང་གི་YouTube channel @
careergurudevajitbhuyan1986 ལ་གཟིགས་རོགས་གནང་།

www.ingramcontent.com/pod-product-compliance
Lightning Source LLC
LaVergne TN
LVHW041850070526
838199LV00045BB/1523